Dan Jolley

Waterland

Aufbruch in die Tiefe

Aus dem Englischen
von Sabrina Sandmann

KJB

Der zweite Band der Serie erscheint im Frühjahr 2021

Aus Verantwortung für die Umwelt hat sich der Fischer Kinder- und Jugendbuch Verlag zu einer nachhaltigen Buchproduktion verpflichtet. Der bewusste Umgang mit unseren Ressourcen, der Schutz unseres Klimas und der Natur gehören zu unseren obersten Unternehmenszielen.

Gemeinsam mit unseren Partnern und Lieferanten setzen wir uns für eine klimaneutrale Buchproduktion ein, die den Erwerb von Klimazertifikaten zur Kompensation des CO_2-Ausstoßes einschließt.

Weitere Informationen finden Sie unter: www.klimaneutralerverlag.de

MIX
Papier aus verantwortungsvollen Quellen
FSC® C083411

Erschienen bei FISCHER KJB

Hedderichstr. 114, D-60596 Frankfurt am Main
Umschlaggestaltung: Punchdesign
Umschlagabbildung: Helge Vogt
Satz: Dörlemann Satz, Lemförde
Druck und Bindung: CPI books GmbH, Leck
Printed in Germany
ISBN 978-3-7373-4217-9

»Zu lange haben sie die Augen vor der Wahrheit verschlossen; zu lange war ihre Gier größer als ihr Verstand. Und als die Erde es leid hatte, bestrafte sie die Menschen mit einer Großen Flut. Während die Ozeane anschwollen und alles bedeckten, kletterten einige der Menschen höher und höher gen Himmel, in Türme der Abgeschiedenheit; andere wiederum sprangen in die offenen Arme des Meeres und wurden eins mit den Fluten. Und das Antlitz der Welt hatte sich für immer verändert.«

Aus *Die Geschichte der Neuen Welt* von Oona Overland

1

Tausendfünfhundert Meter über dem Meeresspiegel öffnete Jacob Overland die Tür zu seinem Schlafzimmer einen Spaltbreit und lauschte. Er glaubte nicht, dass sein Bruder Tristan und Onkel Sato schon wach waren – und tatsächlich kamen die einzigen Geräusche in dem Penthouse von Tristans gedämpftem Schnarchen und dem leisen Knarzen und Ächzen der sachte schwankenden Turmfestung. Also schlich Jacob sich hinaus in den Flur und weiter zur Eingangstür.

Sein Onkel Sato, der Gouverneur der Turmfestung, hatte ihm erklärt, dass diese ein wenig schwanken *musste* – etwas nachgeben *musste*. Sonst würden die heftigen Stürme, die über das Meer hinwegfegten, die Mauern des großen Turmes zertrümmern und alles in die Tiefe stürzen.

Am fernen Horizont lugte die Sonne gerade eben über die Wellen und tauchte die vereinzelten Wolken in ein blasses, silbriges Pink. Jacob wusste, dass er sich beeilen musste. Heute würden die Leute früher auf den Beinen sein als sonst. Denn heute war *Der Tag der Meereskönigin*.

Das war schlichtweg der aufregendste Tag des Jahres, jedenfalls wenn es nach Jacob ging. Der Tag, an dem Leute von sämtlichen Trockensiedlungen im weiten Ozean zur *Meereskönigin* reisten, um die erstaunlichsten Dinge zu kaufen und zu verkaufen. Exotische Lebensmittel, vorflutliche Gegenstände – sowohl echte als auch nachgemachte –, brandneue Technologien. Bei dem Gedanken daran bekam er vor Aufregung Schmetterlinge im Bauch.

Doch jetzt hatte Jacob erst einmal etwas anderes vor. *Keine Sorge, Kumpel*, dachte er. *Ich bin auf dem Weg zu dir.*

Jacob musste absolut leise sein. Zumindest, wenn er weiterhin hinunterschleichen und seinen Freund King besuchen wollte, einen Seelöwen. Jacob weigerte sich, King als sein Haustier zu bezeichnen; Freunde passte besser. Bloß lebte der eine Freund im Meer und konnte tun und lassen, was er wollte, während der andere dafür sorgen musste, dass sein Onkel nichts von den Ausflügen hinunter zum Pier mitbekam.

Nicht nur hatte Onkel Sato Jacob verboten, ohne Begleitung auf den unteren Ebenen herumzuspazieren, auch verstießen Wasserhaustiere gegen die Gesetze der Turmfestung – selbst für den Neffen des Gouverneurs. Besonders für den Neffen des Gouverneurs. Jacobs Onkel schärfte ihm immer wieder nachdrücklich ein, dass er als Mitglied der hochrangigsten Familie der Turmfestung den anderen

Bewohnern ein gutes Beispiel sein müsse. Und dass sein Verhalten sich auf das Gouverneursamt auswirke und auf die strenge Hierarchie, die die Turmfestung zusammenhielt: In ihrer Gesellschaft hatte jeder seinen Platz, jeder seine Aufgabe. Wenn die Menschen begannen, diese Ordnung anzuzweifeln, könnte das die Turmfestung zerstören. Somit riskierte Jacob mit seinen heimlichen Ausflügen mehrmals die Woche nicht nur, die Wut seines Onkels auf sich zu ziehen, sondern gefährdete – anscheinend – auch die Zukunft der Turmfestung selbst. Jacob verdrehte die Augen. Sein Onkel übertrieb es gerne mal etwas mit der Strenge, aber Jacob wollte seine Theorie auch nicht unbedingt auf die Probe stellen. Das hieß also: ganz, ganz leise sein!

Vor dem Zimmer seines Bruders Tristan hielt Jacob inne. Tristan wusste über King Bescheid, und als sie noch jünger waren, hatte er sich oft zusammen mit Jacob rausgeschlichen und mit dem Seelöwen gespielt, ihm Fische zugeworfen oder manchmal auch Krebsfleisch. Doch in letzter Zeit – seit Tristan älter geworden war und Mädchen viel mehr Aufmerksamkeit schenkte als seinem kleinen Bruder – machte Jacob sich meistens allein auf den Weg. Nach kurzem Zögern öffnete er die Tür zu Tristans Zimmer und schlüpfte hinein.

Wie üblich lag sein Bruder schräg auf dem Bett ausgestreckt, die Decke um sich herumgewickelt. Für Jacob sah das immer aus, als würde Tristan in einem Kokon schlafen.

Eine Schulter schaute heraus, und Jacob schüttelte sie sanft, sprach leise.

»Tristan. Tristan! Ich geh runter zum Pier. Willst du mit?«

Tristan grunzte, schnitt eine Grimasse und zog sich das Kissen über den Kopf. Er murmelte etwas, das wie »Grummel« klang.

Jacob hob eine Ecke des Kissens gerade so hoch, dass eines von Tristans Augen zum Vorschein kam, welches sich geöffnet hatte und ihn missmutig anblickte. »Was soll das denn bitte für ein Wort sein, Tristan?«

Tristan befreite einen Arm, schnappte sich sein Kissen und holte damit ein paarmal sanft in Jacobs Richtung aus, als würde er eine Motte wegscheuchen. Jacob musste lachen, und Tristan antwortete: »Ich frage mich, wie wohl Leute ohne kleine Brüder schlafen?« Tristan ließ das Kissen fallen, setzte sich auf und reckte ausgiebig die Arme. »Besser als ich, da wette ich mit dir. Hör mal, ich hab 'nen großen Tag vor mir. Und so gerne ich King mit dir besuchen würde, ich hab leider keine Zeit. Gib ihm einen Fisch von mir, ja?«

Jacob schnaubte, seufzte übertrieben und ließ die Schultern sinken. »Naaa gut. Du bist echt ein totaler Langweiler geworden.«

Tristan zuckte die Achseln. »Kann schon sein. Aber jetzt beeil dich besser. Im Turm wird heute ganz schön viel los sein.«

Jacob winkte Tristan halbherzig zu, als er aus dem Zimmer ging.

Dann den Flur hinunter und durch die Eingangshalle – doch bevor er die Penthouse-Tür öffnete, blieb er kurz vor einem hohen Spiegel stehen und beäugte seine Aufmachung, die er gern als sein »Kostüm« bezeichnete.

Statt der feinen seidenen Kleidung, die Onkel Sato ihm immer kaufte, trug Jacob heute Morgen eine einfache, triste, graubraune Kluft, die aus einer Kappe, einem Kittel und Kniehosen bestand, wie sie sonst die Reinigungskräfte trugen.

Mehr als einmal hatte Jacob in seinen zwölf Lebensjahren versucht, mit Kindern auf den unteren Ebenen Freundschaft zu schließen. Nie war es ihm gelungen. Entweder weigerten sie sich schlichtweg, mit ihm zu sprechen, oder sie wurden, falls sie doch einen Versuch wagten, von einem der Erwachsenen weggescheucht. Letzten Sommer hatte Jacob gedacht, endlich einen Freund gefunden zu haben, einen Jungen in seinem Alter mit Namen Oric, aber sie hatten lediglich eine Runde Murmeln spielen können, bevor Orics Mutter gekommen war und ihrem Sohn die Ohren langgezogen hatte. »Das is' der Neffe vom Gouverneur«, hatte die Frau gezischt, während sie Oric fortschleifte. »Der Gouverneur will nich', dass einer von seiner Familie sich mit jemandem wie dir abgibt!«

Jacob dachte lieber nicht darüber nach, als er jetzt das Penthouse verließ und sich zu einer der Hintertreppen schlich. Er huschte vorbei an kunstvoll geschnitzten Holztüren, verziert mit korallenförmigen Reliefs und Bildnissen von Göttern, die die Menschen in der Alten Welt verehrt hatten. Durch Fenster in den Türen, die zum Glück nur teilweise aus grünem Milchglas bestanden, erhaschte er Blicke auf golden gestrichene Korridore, ausgestattet mit Teppichvorlegern aus Walrossfell und hell erleuchtet von dem warmen Licht muschelförmiger Wandlampen. Ein paar Männer und Frauen, gekleidet in den Farben hochrangiger Beamter und Gouverneursgehilfen, traten, gähnend und hastig an einem Frühstück kauend, aus ihren Zimmern. Normalerweise schlich Jacob sich so früh hinaus, dass er auf seinem Weg zum Pier selten anderen Menschen begegnete. Doch heute, am *Tag der Meereskönigin*, waren viele Leute schon auf den Beinen – es war »ganz schön viel los«, wie Tristan gesagt hatte. Keiner der Frühaufsteher nahm jedoch Notiz von Jacob: Personen, die diese Treppe benutzten, waren ihre Aufmerksamkeit nicht wert, waren bloß Bedienstete der oberen Ebenen, wie Reinigungskräfte, Wäschereipersonal und Köche. Ein paar Stockwerke tiefer, wo sich die Turmfestung verbreiterte, waren die Türen und Korridore einfacher gestaltet: Auf diesen Ebenen lebten die Technologen und Verteidigungsbeauftragten, die dafür zuständig waren, die Turmfestung mit kampfbereiten Booten und Befestigungsanlagen rundherum auszustatten. Jacob hörte die gedämpften Stimmen junger Leute, wie sie plauderten und lachten: Brüder und Schwestern, Cousins und Freunde, die Tür an Tür in enger Gemeinschaft aufwuchsen – genau, wie Jacob es sich sein Leben lang gewünscht hatte, anstatt im Penthouse allein und von allen abgeschnitten zu sein. Neid versetzte ihm einen Stich, doch Jacob schob das Gefühl beiseite. Ja, vielleicht hatte er keine Freunde in seinem Alter. Und vielleicht hatte Tristan nicht mehr so viel Zeit für ihn wie früher, was ihn zugegebenermaßen ziemlich schmerzte. Aber wenigstens hatte er noch King!

Als Jacob die Industrie- und Technik-Ebenen erreichte, musste er sich einen anderen Weg als üblich suchen, um die heute so viel geschäftigeren Korridore zu vermeiden. Er lief durch eine Reihe von Türen in eine große Halle. Leise ging er an den glänzenden Metalltüren einiger Expressaufzüge vorbei und trat auf einen Außenbalkon mit Eisenreling hinaus, der auf einem Umweg zu den Lastenaufzügen führte und über den manchmal Gegenstände transportiert wurden, die für die innen liegenden Korridore zu groß waren. Einen Augenblick lang blieb er stehen, hielt mit einer Hand die Kappe auf seinem Kopf fest, während der Wind vom Meer um ihn herumpfiff, und staunte einfach nur.

Jacob würde sich an diesem Anblick niemals sattsehen.

Die Turmfestung fiel zum Wasser hin ab, ein riesengroßer, aus dem Meer aufragender grauer Berg, erbaut aus Beton und Stahl und Glas und dem Trotz der Menschheit. Unendlicher Ozean erstreckte sich nach allen Seiten, der gewaltige Turm war das einzige Anzeichen menschlicher Zivilisation. Jacob wusste, dass die Turmfestung nicht die einzige Trockensiedlung nach der Großen Flut war. Es gab noch einige weitere. Aber sie waren so weit weg, dass man sie von hier aus nicht sehen konnte, nicht einmal mit dem stärksten Hochleistungsteleskop. Die achttausend Bewohner des Turms wurden hier geboren, wuchsen heran und starben hier – eine der letzten noch übrig gebliebenen menschlichen Gesellschaften nach der Großen Flut.

Jacob folgte dem Balkonverlauf um den Turm herum und stieg in einen Lastenaufzug. Die Seitenwände bestanden aus Holzlatten, und als Jacob den Aufzug seewärts schickte, spähte er durch die Lücken zwischen den Latten ins Innere des Turms, das sich ihm Stockwerk für Stockwerk eröffnete.

Die Turmfestung hatte die Form einer hohen, schlanken Pyramide, die sich immer mehr verbreiterte, je weiter Jacob nach unten kam. Die obersten Stockwerke bis hin zum Gouverneurs-Penthouse wurden alle für Landwirtschaft genutzt – waren gläserne Gewächshäuser voller Pflanzen: Reis und Bohnen, Kürbisse und Tomaten. Von der Mitte ausgehende Ringe mit fruchtbarer schwarzer Erde, die Kartoffeln und Rüben hervorbrachten. Riesengroße Tanks mit Wasser, alles Salz herausgefiltert, in das Obst- und Gemüsepflanzen direkt ihre Wurzeln tauchten. Wenn er konnte, blieb Jacob gerne bei diesen Tanks stehen und beobachtete, wie Fische zwischen den Wurzeln umherschwammen, unerwünschte Insekten und Würmer abpflückten und den Tank zusätzlich mit Dünger versorgten.

Doch heute war dafür keine Zeit.

Unter den landwirtschaftlichen Etagen erstreckten sich die Industrie-Ebenen, Stockwerke über Stockwerke mit Maschinen. Geborgene Relikte der Alten Welt kämpften sich durch die Hand von Technologen zurück in reaktivierte Funktionalität, und brandneue Geräte und Maschinenelemente erwachten zu elektrischem Leben.

Ruckelnd fuhr der Aufzug weiter nach unten, jetzt vorbei an den Wohnebenen, wo Menschen wie die Reinigungskräfte und die Mechaniker und manche der Fischer lebten.

Plötzlich verlangsamte sich der Aufzug, und Jacob hielt die Luft an. Was, wenn ihn jemand sah? Falls er erkannt würde, ginge es für ihn schnurstracks zurück zum Gouverneurs-Apartment, und Jacob wollte sich gar nicht ausmalen, welche Bestrafung ihn erwartete, wenn man seinen Onkel zu so früher Stunde aus dem Bett holen würde. Als die Tür sich öffnete, betrat ein Herr mit grau meliertem Haar und herunterhängendem Schnurrbart den Aufzug. *Ibrahim*, dachte Jacob, sein Gehirn ratterte. *Das ist Joseph Ibrahim, Minister bei der Instandhaltung.* Er kam oft in Onkel Satos Büro zu Besprechungsterminen.

Jacob zog den Kopf ein und schob sich die Kappe tiefer in die Stirn. Zum Glück schenkte Ibrahim ihm keinerlei Beachtung. Er stand nur da und starrte auf das Tablet in seiner Hand, als wäre er vollkommen allein im Aufzug. Jacob dachte schon, er hätte noch einmal Glück gehabt, doch gerade, als er sich wieder zu entspannen begann, drehte der Minister sich um und spähte zu ihm hinunter. *Oh nein*, dachte Jacob.

»Habe ich dich nicht schon mal irgendwo gesehen, Junge?«, fragte Ibrahim, seine Aussprache war genauso klar und kultiviert wie die von Onkel Sato.

Jacob hielt den Kopf gesenkt, die Augen auf den Boden des Aufzugs gerichtet. Er versuchte, den Slang der Reinigungskräfte nachzuahmen. Dabei war sein Mund so ausgetrocknet, dass es ihn wunderte, überhaupt ein Wort herauszubekommen. »Wahrscheinlich schon, Sir. Hab in letzter Zeit ziemlich viele Schichten geschoben.«

Einen unendlichen Augenblick lang sagte Ibrahim nichts, und Jacob hatte nicht den geringsten Zweifel daran, auf frischer Tat ertappt worden zu sein, doch dann wandte der Mann sich ohne ein weiteres Wort wieder seinem Tablet zu und tippte mit einem Finger auf dem Bildschirm herum. Sobald der Aufzug in einem tieferen Stockwerk erneut hielt, flitzte Jacob an ihm vorbei und den Korridor hinunter, mit gesenktem Kinn und die Kappe tief ins Gesicht gezogen.

Das ist ja gerade noch mal gutgegangen!

Jacob war nun weit genug nach unten gelangt, um für den restlichen Weg die Treppen zu nehmen.

Ein paar Minuten später drückte er die rostige, quietschende Tür zur Meeres-Ebene der Turmfestung auf und trat hinaus. Er fand die Bezeichnung »Meeres-Ebene« nicht gerade treffend, denn das klang wie die zugemauerten

Stockwerke des Turmes selbst – was aber ganz und gar nicht stimmte. Vielmehr war die Betonplattform um den Fuß des Turmes auf allen Seiten den Elementen ausgesetzt. In regelmäßigen Abständen befanden sich fleckige, von Seepocken übersäte Stützpfeiler aus Stahl, die das gesamte Gewicht der Turmfestung trugen wie die rostigen Finger eines Riesen. Die Meeres-Ebene thronte mehrere Stockwerke über dem Ozean, damit sie bei Stürmen dem schlimmsten Seegang entging. Wenn die Meteorologen einen herannahenden Taifun vorhersagten, wurden mechanische Klappen zwischen den Pfeilern heruntergelassen, um einen Schutz gegen den Wind und die Wellen zu bieten. Doch die gewaltigen Stürme, die manchmal monatelang über den Ozean fegten, da kein Land ihre unberechenbare Stärke milderte, änderten zuweilen plötzlich den Kurs und trafen die Turmfestung, bevor die Klappen heruntergelassen werden konnten. Wenn sich dann noch Bewohner auf der Meeres-Ebene befanden, wurden sie mitunter hinausgetragen und von dem weiten, aufgewühlten Meer verschluckt, das gegen das schützende Steinfundament schäumte wie der Speichel eines mächtigen Ungeheuers. Die Meeres-Ebene maß tausendfünfhundert Meter im Durchmesser – somit war sie genauso breit wie die Turmfestung hoch – und beherbergte unzählige dicht an dicht stehende Bauten: Marktstände, Ladenfronten aus dunklem Holz und Verkaufshäuschen aus Beton, die von einer glitzernden Schicht Flugsalz bedeckt waren. Zudem wurden in riesigen kuppelförmigen Lagerhallen Sand zur Zementherstellung und andere Baumaterialien aufbewahrt, wie Marmor, Sandstein und Granit – der wegen seiner Härte besonders geschätzt war – sowie Metallerze, die von Tauchrobotern unter Wasser abgebaut und dann von den Schmelzöfen auf der Metall-Ebene weiterverarbeitet wurden. All diese Bauten, groß und klein, manche als Wohnraum, andere als Geschäfte genutzt, lagen zusammengedrängt in einem Labyrinth aus schluchtartigen Gassen und Gängen, in denen sich jemand, der sich nicht auskannte, ganz schnell und völlig hoffnungslos verlaufen konnte. Aber Jacob wusste genau, wo er hinwollte, und schlängelte sich flink durch eine der Ladenstraßen zum Pier.

Er lief um eine Ecke – blieb stehen und erstarrte. Direkt vor ihm hatten gerade zwei junge Männer, vielleicht ein oder zwei Jahre älter als Tristan, ein grellgelbes Plakat mit schwarzer Schrift an die Wand eines Standes für getrockneten Fisch befestigt.

BÜNDNIS ODER TOD verkündete das Plakat in kantigen Buchstaben. Darunter befand sich das künstlerisch gezeichnete Bild zweier Hände, die je einen Dolch umklammerten. Von den Spitzen der Dolche tropfte Blut. Die Haut an der einen Hand war glatt und sandbraun, genau wie Jacobs, genau wie die fast aller Trockensiedler. Die andere Hand jedoch hatte zwar dieselbe *Form* wie eine menschliche Hand, war aber mit zarten grünlichen Schuppen bedeckt. Am unteren Rand des Posters, in einer Schrift, die wie verspritzte Farbe aussah, prangten die Buchstaben »WK« – das Logo der WasserKrieger.

Beide jungen Männer hatten sich ein unverkennbares schwarz-gelbes Band um den linken Oberarm gebunden, und schwarz-gelbe Tücher verdeckten ihre Gesichter von der Nase abwärts. Ohne Jacob eines Blickes zu würdigen, rannten sie davon.

Jacob wusste nicht viel über die WasserKrieger. Ein paarmal hatte er sie gesehen – meistens auf der Meeres-Ebene, aber hin und wieder auch oben im Turm –, sie hatten Plakate geschwenkt und Parolen gerufen. Er wusste, dass sie irgendwie politisch waren, aber Politik interessierte Jacob ungefähr so viel, wie Onkel Sato bei einem Vortrag über Fischereisteuern zuzuhören.

Jacob lief weiter, hatte sowohl das Poster als auch die jungen Männer gleich wieder vergessen und ließ den Markt bald hinter sich zurück. Seine Füße trugen ihn hinaus auf einen der vier gewaltigen Kais der Turmfestung – riesige rechteckige Gebilde, die strahlenartig vom Turm wegführten wie die Himmelsrichtungen auf einem Kompass – und huschten dann eine lange, gerade Treppe hinunter zu einem der kleineren Piere. Seine Lunge füllte sich mit der frischen salzigen Luft, die hier unten so viel schwerer war als oben in den schwindelerregenden Höhen des Penthouses. Er liebte diesen Geschmack.

Alle Boote der Turmfestung waren hier unten vertäut, an jedem der mehrere Dutzend Piere, die von den vier großen

Kais ausgingen. Keiner hier besaß ein Boot nur zum Spaß. Alle Wasserfahrzeuge durften ausschließlich von Fischern und Verkäufern mit amtlicher Genehmigung genutzt werden. Jacob hüpfte in eines der Fischerboote, schnappte sich drei Fische aus einem Eimer und ließ im Gegenzug eine Handvoll Münzen hineinfallen. Die schwimmende Währung der Turmfestung – Hartplastikscheiben verschiedener Größen und Farben, genannt »Schwimmtaler« – gesellte sich zu den verbleibenden Fischen, als Jacob vom Boot sprang und den Pier entlanglief.

Ein blubberndes Geräusch zu seiner Rechten erregte seine Aufmerksamkeit, und er ging langsamer. Plötzlich tauchten neben einem weiteren Fischerboot zwei Menschen aus dem Wasser auf. Jacob unterdrückte einen Aufschrei und duckte sich hinter einen Stapel Kisten. Sofort erkannte er, dass die beiden Menschen Taucherausrüstung in Spitzenqualität trugen. Ein Taucher mit einer so hochwertigen Ausrüstung musste irgendeine Verbindung zu Onkel Sato haben – wahrscheinlich waren das Sicherheitskräfte. Jacob wollte nichts weniger, als hier unten erwischt zu werden, vor allem, da er King noch gar nicht gesehen hatte, also blieb er reglos in seinem Versteck, während die beiden Männer eine rostige Leiter hochkletterten, auf den Pier traten und die Treppe hinauf zum Kai gingen. Jacob konnte ihre Gesichter nicht sehen, da sie sich mit dem Rücken zu ihm bewegten, aber sie hatten ihre Helme abgenommen, sobald sie aus dem Wasser gekommen waren:

Der eine Mann hatte eine blankpolierte Glatze, während dem anderen eine dichte Lockenmähne wuchs.

Als sie sich weit genug entfernt hatten, kroch Jacob aus seinem Versteck, hätte sich aber fast wieder weggeduckt, als er eine Stimme rufen hörte.

»Hey!«

Der Ausruf wurde von einem platschenden Spritzgeräusch gefolgt, dann ertönte erneut: »Hey! Hey!«

Jacob ging von den Kisten weg zum Rand des Piers. Dort trieb King auf dem Rücken im Wasser, mit Schalk in den Augen, und öffnete weit den Mund: »Hey!«

Jacob grinste und setzte sich auf die Pierkante. »Du hast mich fast zu Tode erschreckt!«

Jetzt machte King ein anderes Geräusch – ein freches »Pfff« – und schlug einen Rückwärtssalto im Wasser. Jacob lachte und warf ihm einen der Fische zu, den der Seelöwe in der Luft auffing. King war schon immer gut darin gewesen, seltsame Geräusche zu machen, seit ein paar Monaten klang er jedoch fast wie ein Mensch. Natürlich *sprach* er nicht, benutzte keine Wörter, aber King konnte menschliche Stimmen mit verblüffender Genauigkeit nachahmen. Jacob fand das urkomisch. Zumindest, wenn er sich dabei nicht halb zu Tode erschreckte.

King tauchte ab, jagte dann geradewegs nach oben und schwang sich aus dem Wasser auf den Pier, bespritzte Jacob dabei mit Salzwasser. »King!«, lachte Jacob. »Pass doch auf!« King rollte sich auf den Rücken, machte wieder das *Pfff*-Geräusch, und Jacob rieb ihm den Bauch, bis die Schwanzflossen des Seelöwen bebten.

Unter den winzigen Ohren, die Seelöwen schon immer gehabt hatten, befand sich ein Körpermerkmal, das Seelöwen normalerweise *nicht* hatten: *Kiemen*. Vollständig entwickelte Kiemen, die – soweit Jacob das beurteilen konnte – genauso gut funktionierten wie die eines Fisches. Onkel Sato würde deswegen doppelt wütend sein, wenn er irgendwann von King erfahren sollte. Denn Sato Overland hasste jedwede Form der genetischen Anpassung und für ihn wäre King … verdorben. Nicht geeignet für menschlichen Umgang.

Leise sagte Jacob: »Noch ein Grund, dich geheim zu halten, was, Kumpel?«

King reckte den Hals, um an Jacob vorbei zu den Stufen zu schauen, die zum Kai hochführten. Er öffnete sein barthaariges Maul und machte »Wow!«, eine formvollendete Nachahmung davon, wie Tristan das Wort aussprach, wenn er beeindruckt war oder etwas cool fand.

Jacob seufzte. »Tut mir leid, Kumpel. Tristan hat heute anscheinend Wichtigeres zu tun, als dich besuchen zu kommen.« King machte wieder das *Pfff*-Geräusch, und Jacob musste lachen. »Ja, finde ich auch. Aber heute ist *Der Tag der Meereskönigin*, weißt du.« Er streichelte immer noch Kings Bauch. »Alle Leute von allen Trockensiedlungen kommen einmal im Jahr zusammen. Und zwar auf der *Meereskönigin*, die befindet sich …« Er drehte den Körper, um nach Süden zeigen zu können. »… da lang. Die ist echt der Wahnsinn! Dieses Jahr darf Tristan mit, und ich möchte da auch *so, so, so* gerne hin! Jetzt muss ich mir nur noch überlegen, wie ich meinen Onkel davon überzeuge.«

King drehte sich auf den Bauch und reckte den Hals, um sich hinter Jacob einen der beiden übrigen Fische mit den Zähnen zu schnappen. Jacob sagte: »Hey!«, und nachdem King den Fisch im Ganzen verschlungen hatte, antwortete King ebenfalls mit: »Hey!«

Jacob lehnte sich zurück und ließ den letzten Fisch zwischen seinen Fingern baumeln. »Okay, vergessen wir den *Tag der Meereskönigin*. Ich werde diesen Fisch so hoch und so weit werfen wie möglich. Meinst du, du kannst ihn auffangen, bevor er aufs Wasser trifft?«

King schnaufte und wippte mit dem Kopf, und noch bevor Jacob mit dem Arm ausholen konnte, sprang der Seelöwe vom Pier ins Wasser. »Los geht's, Kleiner! Ich werfe ihn jetzt!«

King machte: »Juuup juuup!«, als der Fisch in die Luft sauste, und jagte ihm hinterher.

Jacob blieb noch lange am Pier, sprach mit dem Seelöwen, streichelte ihn und übte Tricks mit ihm. King beherrschte Rückwärtssaltos, Drehungen um die eigene Achse und – Jacobs Lieblingstrick – »Torpedo-Surfen«: Wenn King schnell genug schwamm, konnte er sich aus dem Wasser katapultieren und auf dem Bauch über die Oberfläche gleiten, wie ein flacher Kiesel beim Steinehüpfen – nur ein *klein wenig* dicker und runder. Jacob grinste, als sein Freund an ihm vorbeischoss wie eine wabbelige Rakete. »Hey, konzentrier dich!«, rief Jacob lachend, als King eine scharfe Kurve schwamm und nach etwas in der Luft schnappte. »Oh, verflixter Seetang!«, entfuhr es Jacob, als er die Möwen bemerkte, die in einem kreischenden Schwarm herbeiflogen und sich auf den Kabinen der kleinen Krabbenfischerboote niederließen. King sprang bellend herum und jagte aufgeregt den Vögeln hinterher. Jacob schaute zum Kai hoch und sah eine Gruppe von Fischern in knöchellangen gelben Öljacken zu ihren Booten schlendern, die Arme beladen mit Körben für ihren nächsten Fang. Die meisten Fangschiffe für Schnapper und Tiefseethunfische liefen noch vor Sonnenaufgang von der Turmfestung aus. Genau deshalb wählte Jacob diese Tageszeit, um King zu besuchen – die Piere waren menschenleer. Zumindest, bis eine Stunde später die Krabbenfischerboote abfuhren. Für sie war es im Hellen einfacher, die Bojen auszumachen, an denen ihre Fangkörbe befestigt waren. Heute war es bewölkt, und Jacob hatte nicht bemerkt, wie hoch die Sonne schon gestiegen war. Er war zu lange hier unten am Pier geblieben. Ein Blick auf die Uhr verriet ihm, dass er nur noch zwanzig Minuten hatte, bis um Punkt sieben Uhr dreißig das Frühstück serviert wurde. »Tut mir leid, Kumpel, ich muss los! Die ziehen mir bei lebendigem Leibe das Fell über die Ohren, wenn ich zu spät zum Frühstück komme.« Er kniete sich hin, umarmte King ein letztes Mal und gab ihm einen Kuss auf die barthaarige Wange. »Sei schön brav, ja? Ich komme wieder, sobald ich kann.«

King wippte mit dem Kopf, machte »Juuup!« und ließ sich vom Pier ins Wasser gleiten.

Jacob winkte ihm zum Abschied und rannte zum Kai zurück.

Siebzehn Minuten später schlüpfte Jacob, jetzt wieder in den Kleidern, die sein Onkel ihm gekauft hatte, zurück in das Gouverneurs-Penthouse. Aus dem Speisesaal drangen die Stimmen von Onkel Sato und Tristan zu ihm – ein normales Frühstücksgespräch. Grinsend tappte Jacob den Flur zu seinem Zimmer hinunter, öffnete und schloss die Tür lautstark und schlenderte mit einem absichtlich herzhaften Gähnen in den Saal. Weder Onkel Sato noch Tristan schenkten ihm besondere Aufmerksamkeit.

»Morgen«, sagte er mit seiner schläfrigsten Stimme. Die Köche hatten ein großes Buffet auf der Anrichte zwischen Speisesaal und Küche aufgebaut, und Jacob steuerte schnurstracks darauf zu, um sich Reis und Dörrfisch auf den Teller zu häufen. Dann nahm er ein Ei, und allein bei dem Gedanken, wie er es über dem Reis aufschlagen und in der kochend heißen Schüssel verrühren würde, bis die Mischung köstlich klebrig war, lief ihm das Wasser im Mund zusammen.

Schon mehr als einmal hatte sein Onkel ihm erklärt, dass sie sich glücklich schätzen konnten, überhaupt Eier zu bekommen, weil nur noch so wenige Hühner übrig waren. Jacob hatte nie groß darüber nachgedacht – er wusste nur, wie gerne er Reis mit Eiern zum Frühstück aß.

Wie üblich saß Onkel Sato am Kopfende des Tisches – und wie üblich starrte er auf sein Tablet. Jacob vermutete, dass er bereits fleißig bei der Arbeit war, die Turmfestung am Laufen hielt. Gouverneur zu sein war eine wichtige und schwierige Aufgabe, doch Onkel Sato beherrschte sie bis ins kleinste Detail. Kein Wunder, dass ihn jeder so respektierte!

Tristan stand auf und kam zur Anrichte herüber. »Du riechst nach Seelöwe«, flüsterte er Jacob zu. Jacob warf einen erschrockenen Blick zu ihm hoch, aber Tristan grinste ihn nur verstohlen an. »Keine Angst, alles gut. Mach's nur nicht immer so spannend, ja?«

Jacob stieß seinem Bruder spielerisch den Ellbogen in die Rippen und ging mit seinem Teller zum Tisch. Dann kam auch Tristan mit einer dampfenden Tasse Algentee zurück.

Ein paar Minuten später und die Augen weiterhin auf sein Tablet gerichtet, sagte Onkel Sato: »Großer Tag heute. Bist du bereit, Neffe?«

Jacob wollte sich gerade einen Bissen eigetränkten Reis in den Mund schieben, ließ jedoch bei den Worten seines Onkels fast die Essstäbchen fallen. Vielleicht würde er

Onkel Sato gar nicht überreden müssen? Vielleicht würde sein Wunsch tatsächlich in Erfüllung gehen? Die Augen weit geöffnet, schluckte Jacob und antwortete: »Du meinst, ich darf mit dir zum *Tag der Meereskönigin* gehen?«

Zum ersten Mal, seit Jacob eingetreten war, schaute Sato Overland ihn direkt an und verzog bedauernd den Mund. »Ich nehme dir deinen Optimismus nicht übel. Aber, Jacob, du weißt doch, dass du noch nicht alt genug bist. Ich meinte deinen Bruder.« Satos Augen glitten zu Tristan hinüber. »Er ist jetzt ein Mann. Für ihn ist es an der Zeit, die Verantwortung einer Führungsposition kennenzulernen.«

Jacob drehte sich der Magen um.

Allein am Tonfall seines Onkels erkannte Jacob, dass er Sato nicht würde überzeugen können. Nichts, was Jacob vorbringen könnte, würde die Meinung seines Onkels ändern.

Danach begannen Onkel Sato und Tristan über die Rationierung von Sonnenenergie-Kollektoren zu sprechen.

Jacob blendete das Gespräch aus und lehnte sich in seinem Stuhl zurück. Ihm war plötzlich der Appetit vergangen. Erst jetzt bemerkte er den Gegenstand an Tristans Handgelenk. *Dads Uhr!* Tristan trug sie an demselben Handgelenk wie sein geflochtenes Tau-Armband – Tristan hatte es selbst gefertigt, und es glich dem um Jacobs eigenem Handgelenk. Die Uhr sah gut aus neben dem verwitterten Tau.

Jacob liebte diese Uhr aus glänzendem Silbermetall und mit tickenden Zahnrädern. Ein wunderschönes Beispiel vorflutlicher Handwerkskunst. Tristan trug sie in letzter Zeit immer öfter. Früher war sie zu groß für sein Handgelenk gewesen, doch wie Onkel Sato schon gesagt hatte, war Tristan nun ein *Mann*, und plötzlich passte ihm die Uhr.

Ein bitterer Geschmack breitete sich in Jacobs Mund aus. Blöder Tristan. Mit seinem blöden neuen Pferdeschwanz, den er sich in letzter Zeit immer band, und mit seinem blöden Erwachsenenzeug. Ständig schlich er sich weg, um seine Freunde zu treffen, und dauernd sagte er zu Jacob: *Wenn du älter bist und die oberen Ebenen allein verlassen darfst, dann kannst du mit uns abhängen.* Dabei konnte Jacob doch gar nichts dafür, dass er noch nicht sechzehn war! *Würg!*

Onkel Satos Tablet klingelte, und Jacob erkannte die Stimme von Toby Woolruff, einem der Assistenten seines Onkels. »Sir, es tut mir leid, aber Sie werden dringend auf Industrie-Ebene Drei gebraucht. Es geht um die Wasserentsalzung. Pumpenausfall.«

Sato nickte und stand auf, wischte sich dabei mit der Serviette sorgfältig den Mund ab. Zu Tristan gewandt sagte er: »Sei um neun Uhr bereit.« Anschließend kam er um den Tisch herum und legte Jacob eine Hand auf die Schulter. »Geduld zu lernen ist wichtig. Noch vier Jahre, dann bist du dran. Okay?«

Jacob nickte, den Blick starr auf den Teller gerichtet. Onkel Sato schien damit zufrieden. Ohne ein weiteres Wort verließ er den Raum.

Sobald sich die Eingangstür hinter seinem Onkel geschlossen hatte, wandte Jacob sich Tristan zu. Er hoffte, dass man seiner Stimme die plötzliche Verzweiflung in seinem Herzen nicht anmerken würde. »Hör mal. Ich möchte dich um einen Gefallen bitten. Einen ziemlich großen sogar.«

Tristan kaute an einem Bissen Salzfleisch. »Ich glaube nicht, dass ich dir dabei helfen kann.«

»Du weißt doch noch gar nicht, worum es geht.«

Tristan sah seinen jüngeren Bruder mit hochgezogener Augenbraue an. »Du willst mit uns zum *Tag der Meereskönigin*.«

Jacob schoss jede Vorsicht in den Wind. »Okay, ja. Bitte nimm mich mit! *Bitte*?!«

Tristan hob abwehrend die Hände. »Du hast doch gehört, was Onkel Sato gesagt hat. Du bist nicht alt genug. Und das ist auch nicht nur seine Vorschrift. Das ist allgemeine Vorschrift. Du kannst nicht mitkommen.«

»Aber ich würde so gerne! Hier hab ich sowieso nichts zu tun, mir ist sterbenslangweilig!«

Tristan lachte spöttisch. »Du musst zum Unterricht! So in 'ner halben Stunde?«

Jacob verstummte kurzzeitig, malte sich in Gedanken den Privatunterricht aus, den er jeden Tag über sich ergehen lassen musste – ausgerechnet bei Miss Petersyn, einer strengen alten Schachtel mit dem Humor einer Miesmuschel. »Ach, komm schon. Onkel Sato muss es ja nicht erfahren. Ich stör dich auch nicht, ich will nur die *Meereskönigin* sehen, und du wirst nicht mal merken, dass ich da bin!«

Tristan stand auf und wuschelte ihm – zu Jacobs enormer Verärgerung – durchs Haar. »Tut mir leid, Kleiner. Die Antwort lautet immer noch nein.«

Jacob verschränkte die Arme vor der Brust und zog die Schultern hoch. »Du bist nicht unser Dad, weißt du. Du hast mir gar nichts zu sagen.«

Tristan erstarrte. »Ich will Dads Platz gar nicht einnehmen«, sagte er. »Ich versuche nur, zu tun, was für dich am besten ist.«

»Was für mich am besten ist?«, rief Jacob aus. »Du meinst, keine Freunde zu haben? Oder keine Freiheit? Die ganze Zeit hier oben im Turm eingesperrt zu sein und Zeug zu lernen, das ich niemals brauchen werde?«

Tristan ballte die Hände zu Fäusten. »Jetzt hör mir mal – «

»Nein! Jetzt hörst du mir mal zu!«, unterbrach Jacob ihn. »Du sagst, du willst dich nicht wie Dad benehmen – aber du benimmst dich auch nicht mehr wie mein Bruder! Nie hast du mehr Zeit für mich! Hast immer was ›ganz Wichtiges‹ zu tun. Bin ich nicht auch wichtig, Tristan?«

Tristan machte große Augen. »*Natürlich* bist du – « Er warf die Arme in die Luft. »Du verstehst das nicht! Alles, was ich tue, muss ich tun f– «

Tristan verstummte mitten im Wort.

Dann drehte er Jacob bewusst den Rücken zu und blickte auf die Uhr ihres Vaters hinunter. »Tut mir leid, aber ich hab jetzt keine Zeit, dir das zu erklären. Ich muss los. Wir sprechen noch darüber – später.«

Tristan ging aus dem Zimmer, ohne ihn noch einmal anzusehen. Genau wie Onkel Sato. Ein paar Sekunden später fiel die Eingangstür erneut ins Schloss, diesmal hinter Tristan.

Jacob sackte auf dem Stuhl zusammen. Er stützte den Kopf in die Hände, versuchte, es zu verstehen – diese Veränderungen, dieses Gefühl, als sei sein Bruder jemand anderes geworden. Natürlich, Tristan wurde langsam erwachsen. Das war Jacob klar, und das war ja auch mehr oder weniger normal. Aber … Moment mal …

In Jacobs Kopf begann es, zu rattern.

Was hatte Tristan über das gesagt, was er tun *musste*?

Oder vielmehr: Was hatte Tristan ihm *verschwiegen*?

Jacob setzte sich wieder auf, ging den letzten kurzen Wortwechsel noch einmal im Kopf durch, immer und immer wieder. Je länger er darüber nachdachte, desto überzeugter war er davon, dass … na ja, dass Tristan irgendwas *verheimlichte*.

Hier ging es nicht um normalen Teenager-Kram. Das konnte nicht sein. Irgendetwas war passiert. Jacob wusste es plötzlich. Er spürte es instinktiv, und je mehr er darüber nachdachte, desto konkreter wurde das Gefühl.

»Was versteckst du vor mir?«, fragte Jacob den leeren Raum leise.

In seinem Herzen machte sich Entschlossenheit breit. Umgab es so fest wie ein Panzer.

Jacob hatte neben King nur noch eine einzige Freundin – eine Fischerin namens Mari. Als kleiner Junge hatte er sich tagein, tagaus auf ihrem Fischerboot herumgetrieben, hatte mit Tristan Verstecken gespielt, kannte ihr Boot in- und auswendig.

Was bedeutete, dass er den *perfekten* Platz kannte, um als blinder Passagier mitzufahren – falls er es schaffte, zu ihrem Liegeplatz zu gelangen, bevor sie in Richtung *Meereskönigin* ablegte …!

Jacob rannte los, um seine Verkleidung zu holen.

2

Eine kleine Stofftasche an die Brust gedrückt, starrte Jacob durch das Bullauge nach draußen. Große, salzige Wellen türmten sich auf und klatschten alle paar Sekunden gegen die Seite von Maris Boot. Wie sehr wünschte Jacob, dass er vorne hinausschauen, die *Meereskönigin* genau betrachten könnte, wenn sie endlich nah genug wären, sie auf sich wirken lassen könnte – aber so hatte er sich nun mal entschieden. Hatte einen guten Ausblick für ein sicheres Versteck eingetauscht.

In der kleinen Kammer, in der er unter Deck hockte, wurde normalerweise die Taucherausrüstung verstaut, aber Mari trug nicht gerne »so eine Kluft«, wie sie es nannte, und konnte sie sich ohnehin nicht leisten. Alles um ihn herum war mit Staub und Schmutz bedeckt. Doch das machte Jacob nichts aus. Jeder Fleck auf seinem Reiniger-Kostüm würde es nur echter aussehen lassen.

Er war unschlüssig gewesen, was er mitnehmen sollte,

als er seine Sachen zusammengesucht und in die Stofftasche gepackt hatte, also hatte er das Gouverneurs-Penthouse mit ein paar Reisbällchen, etwas getrocknetem Fisch und einem kleinen Beutel voll mit seinen gesparten Schwimmtalern verlassen. Er würde sich die Zugbänder um die Schultern legen und das kleine Bündel wie einen Rucksack tragen, wenn sie an der *Meereskönigin* ankamen. Vorausgesetzt, er könnte seine Beine je wieder dazu bringen, sich zu strecken.

Er lehnte sich zurück, gegen die Kammertür, starrte hinaus auf die Wellen und den weiten blauen Himmel und fühlte das sanfte, beständige Surren des Elektromotors. Mari könnte auch die Segel auf ihrem Boot in den Wind drehen, wenn sie wollte, aber sie waren mit dem glatten schwarzen Sonnenabsorbierungsmaterial überzogen, das die meisten der Fischerboote nutzten. Es fing die Sonnenstrahlen ein und leitete die Energie nach unten zu den Propellern. Einmal hatte Jacob Onkel Sato darüber sprechen hören, dass Boote und Schiffe früher einmal irgendeine Flüssigkeit verbrannt hatten, um ihre Motoren zum Laufen zu bringen. Das konnte er sich kaum vorstellen. Eine Flüssigkeit, die brannte? Er sah ein flüchtiges Bild von Feuer auf Wasser vor sich und erschauderte.

Unsanft schreckte Jacob aus seinen Tagträumen hoch, als etwas gegen die Bootswand klatschte und eine Sekunde lang das Licht vor dem Bullauge verdunkelte. Er lehnte sich vor, blickte durch das dicke Glas und hätte fast aufgeschrien, denn ein großes dunkelbraunes Auge hüpfte in und außer Sicht. Von draußen hörte Jacob ein leises »Juuup!«.

»*King!*«, flüsterte Jacob. »Was machst du hier? Wegen dir werden wir noch erwischt!«

Immer wieder sprang King neben Maris Boot aus den Wellen, drehte sich, spritzte Wasser in alle Richtungen und rief »Hey!«, bevor er wieder zurück in die Fluten platschte.

Von oben hörte Jacob Maris verärgerte Stimme: »So einem wie dir geb' ich keine Fische! Weg mit dir! Sonst fange und häute ich dich!«

»Juuup juuup!«, rief King und verschwand unter Wasser. Nur Sekunden später, fast zu leise, als dass Jacob ihn auf die Entfernung hören konnte, erklang sein bellender Ruf von der anderen Seite des Bootes: »Juuup!«

Mit stampfenden Schritten jagte Mari über Jacobs Kopf auf dem Deck umher. »Du bist nich' süß, du kleiner Seeteufel! Das glaubste nur!«

Normalerweise hätte Jacob gelacht, doch das Boot war dank Kings Kapriolen Richtung Steuerbord getrieben, und plötzlich – durch das Bullauge – lag sie vor ihm.

Die *Meereskönigin*.

Jacob konnte nicht abschätzen, wie weit entfernt sie noch waren, aber sie schien den halben Ozean einzunehmen.

Sie sieht aus wie eine ganze Stadt.

Das war sein erster Gedanke. Wie eine der Städte aus den uralten, schimmeligen Büchern, die Miss Petersyn ihm so gerne zeigte. Jacobs Gehirn versuchte, das alles zu verarbeiten. Er konnte den Gedanken nicht abschütteln: Dort schwamm eine Stadt auf den Wellen! Als sie langsam näher kamen, begann er allmählich zu verstehen, was er da eigentlich vor sich sah: Irgendwann in der Vergangenheit musste eine Gruppe genialer Ingenieure und Technologen große Teile der Außenwände des riesigen Schiffes – Jacob wusste, dass diese Art Schiff »Ozeandampfer« genannt worden war – entfernt haben. Nicht so tief hinunter, dass das imposante Bauwerk mit Wasser vollzulaufen drohte, aber tief genug, dass Deck über Deck nun in Sonnenlicht gebadet waren, wie ein mehrstöckiger Freiluftmarkt. Noch nie hatte Jacob so etwas gesehen.

»Als hätte jemand die Turmfestung mit der Innenseite nach außen gekehrt«, hauchte er. Dann fingen seine Augen an zu brennen, und Jacob stellte fest, dass er nicht mehr geblinzelt hatte, seit die *Meereskönigin* in Sicht gekommen war.

Er erinnerte sich an einiges, das Onkel Sato ihm über sie erzählt hatte. Zum Beispiel war die *Meereskönigin* dauerhaft mit dem Meeresboden verankert, und Teile der umgestalteten Außenwände konnten nach oben geschoben und befestigt werden, wenn ein Sturm kam.

Die *Meereskönigin* war das absolut Unglaublichste, das Jacob je in seinem Leben gesehen hatte. Jede noch so hohe Bestrafung, die ihm drohte, wenn Onkel Sato irgendwie von seinem Ausflug Wind bekam, wäre es *mehr* als wert. Jacob stöhnte leise, als Mari das Boot wieder auf Kurs brachte und die *Meereskönigin* außer Sicht geriet, doch nur fünfzehn oder zwanzig Minuten später wurde der Elektromotor abgeschaltet. Das Herz klopfte Jacob bis zum Hals, als das Boot an einem der Piere der *Meereskönigin* an seinen Platz glitt.

Er wartete, bis Mari das Boot verlassen hatte, und kroch dann aus seinem Versteck, den kleinen Beutel auf dem Rücken. Er hatte ein schlechtes Gewissen, dass er als blinder Passagier mitgefahren war. Als er an Maris Kajüte vorbeikam, ließ er eine Handvoll Münzen in eine kleine Schüssel auf einer Anrichte fallen. Das schien ihm das Mindeste, was er im Gegenzug tun konnte.

Als er den Kopf in die schwere, salzige Luft hinausstreckte, war Mari nirgendwo zu entdecken, aber Dutzende – vielleicht Hunderte – Menschen schwirrten überall um ihn herum, kamen in Booten aller Formen und Größen angefahren, drängelten sich aneinander vorbei, um an Bord der *Meereskönigin* zu gelangen. *Und kein Wunder*, dachte Jacob, als er auf die groben Aluminiumplanken des Piers hüpfte. *Der Tag der Meereskönigin* war das größte Handelsereignis des Jahres, zu dem Leute von überall auf dem Meer angereist kamen, um Dinge zu kaufen, zu verkaufen und zu tauschen. Und nicht nur das, auch die Führungskräfte aller Trockensiedlungen nutzten die Gelegenheit, um über Themen zu sprechen, die so wichtig waren, dass sie alle betrafen. Die Themen, die laut Onkel Sato jedes verbleibende Mitglied der menschlichen Spezies angingen.

Jacob hatte keinen blassen Schimmer, was diese wichtigen Themen sein könnten, und es war ihm auch egal. Seine Füße trugen ihn eine lange Treppe hinauf zum ersten Deck der *Meereskönigin*, bewegten sich wie von selbst. Endlich war er der Turmfestung entkommen. Endlich konnte er etwas *Neues* entdecken!

Und herausfinden, was Tristan so treibt, sagte eine kleine Stimme im entlegensten Winkel seines Hinterkopfes. Abgelenkt von all den Eindrücken und Geräuschen, die auf ihn einströmten, ignorierte er sie größtenteils.

Überall waren Trockensiedler. Allein auf diesem einen Deck schienen mehr Leute zu sein als die gesamte Einwohnerschaft der Turmfestung, alle stöberten, feilschten, kauften und verkauften. Viele der Frauen und Männer sahen aus wie er und seine Familie – und, wenn er recht darüber nachdachte, auch wie die meisten Bewohner der Turmfestung. Dunkles, glattes Haar, mehr oder weniger goldbraune Haut. Überwiegend dunkle Augen.

Doch dort, in einer ganzen Reihe nebeneinander aufgebauter Stände, hatten die Händler viel hellere Haut, ihre Augen waren blau oder grün, und die Männer waren auffallend groß! Größer als Onkel Sato. Auffallend groß … und auffallend dünn.

Nicht die athletische Art von dünn. Sondern die Art, die ausdrückte: »Wir haben nicht genug zu essen bekommen.« Die Kleidung der hellhäutigen Menschen sah abgetragen und geflickt aus, und Jacob befielen Schuldgefühle. Langsam zog er die Tasche von seinem Rücken und ging auf den nächstgelegenen Mann zu.

»Was, ähm, was gibt es hier zu kaufen?«

Der Mann spähte auf Jacob hinab, kniff die Augen zusammen und schien unschlüssig, ob er überhaupt antworten sollte. Doch endlich hielt er einen kleinen braunen Gegenstand in die Höhe. »Pfeifen«, sagte er. »Aus dem feinsten Treibholz geschnitzt. Ein Relikt der Alten Welt.«

Jacob nahm die Pfeife vorsichtig in die Hand. Sie hatte die Form einer Seemöwe. »Darf ich?«, fragte er.

Der Mann nickte. »Blas nur nicht zu fest rein, sonst erschrecken sich die Leute. Die sind ziemlich laut.«

Jacob setzte die Pfeife an die Lippen und blies sanft. Ein lieblicher, beruhigender Ton erklang aus dem filigran geschnitzten Vogel. Er schloss die Augen und genoss den Klang, bis er in der Meeresbrise verschwand. »Wie viel?«

»Die kosten fünf das Stück.«

Jacob fischte sechs Münzen aus seiner Tasche und gab sie dem Mann.

»Hier, bitte – eine extra, weil die Pfeife so schön ist.«

Der Mann nahm die Münzen und betrachtete sie. »Das sind Schwimmtaler, oder? Von der Turmfestung.« Als Jacob nickte, schnellte die Zunge des Mannes über seine Oberlippe. »Deal.« Er drehte sich zu einer ähnlich abgemagerten Frau und zeigte ihr das Geld.

Immer noch mit einem nagenden Schuldgefühl steckte Jacob die Pfeife in seine Tasche und lief weiter.

Er stieg eine Metalltreppe zum nächsten Deck hinauf und stand plötzlich einem Mann mit – wie er vermutete – seinen drei erwachsenen Söhnen gegenüber. Alle vier hatten ganz dunkle Haut, und ihr Haar war zu langen, tauartigen Zöpfen gedreht, die bis zu ihren Hüften herunterhingen. Sie verkauften Messer. Jacob blieb fast das Herz stehen, als er sah, dass einer der Söhne vor dem Stand mit fünf verschiedenartigen Messern *jonglierte*! Die Klingen reflektierten das spätmorgendliche Sonnenlicht in alle Richtungen, boten eine blitzende und blendende Show.

Der Vater bemerkte Jacob, und eine seiner Augenbrauen kroch ihm förmlich die Stirn hoch. Mit einem Akzent, den Jacob nie zuvor gehört hatte, sagte der Vater: »Seit wann lassen sie Welpen wie dich auf die *Meereskönigin*?« Er schien nicht verärgert, lediglich verwundert, dennoch zog Jacob den Kopf ein und eilte davon, an den langen Reihen von Ständen entlang.

Eine weitere Treppe und noch eine, und dann trat Jacob hinaus auf das oberste Deck der *Meereskönigin*. Er ging hinüber zur anderen Seite, denn von dort aus konnte er über die Reling in den sogenannten »Innenhof« hinunterschauen – eine leere Ozeanfläche in der Mitte der vier gewaltigen, miteinander verbundenen Bauwerke. Nur dass sie heute alles andere als leer war. Hier dockten die teuren Schiffe an. Die Jachten der Führungskräfte aus den verschiedenen Trockensiedlungen. Er entdeckte Onkel Satos Jacht in dem Gewirr aus Booten und fragte sich, wo Tristan wohl war.

»Wunder aus der Tiefe!«, dröhnte eine tiefe Stimme mit einem weiteren Akzent, den Jacob nicht erkannte. »Kommt, *mis amigos*, und bestaunt die Herrlichkeit des Altertums!«

Jacob drehte sich um und sah einen kleinen, muskulösen Mann mit brauner Haut und braunen Augen, der auf einer schmalen Plattform stand, so dass Kopf und Schultern trotz seiner geringen Körpergröße über die Menge hinausragten. In den Händen hielt er einen Gegenstand, den Jacob erkannte, da Onkel Sato etwas Ähnliches besaß. Es war eine Kamera.

In der Turmfestung gab es drei verschiedene Arten von Technologien – das hatten ihm sowohl Onkel Sato als auch Miss Petersyn beigebracht.

Zum einen gab es die Dinge, die heutzutage von den Menschen erschaffen wurden. Gegenstände, die Handwerker und Technologen selbst bauen konnten, von Messern und Fischereiausrüstung bis hin zu den einfachen Elektromotoren, mit denen die Boote in der Turmfestungsflotte angetrieben wurden. Manche davon waren Nachbauten vorflutlicher Gegenstände, andere waren Neuerfindungen.

Dann gab es die Dinge aus der Zeit vor der Großen Flut. Gegenstände, die in der Welt einmal ganz durchschnittlich und normal gewesen, aber jetzt ziemlich selten geworden waren, zumeist aus den Ruinen der überfluteten Städte geborgen. Die Kamera, die der kleine Mann hochhielt, war ein gutes Beispiel dafür. Miss Petersyn hatte erklärt, dass viele der vorflutlichen Gegenstände nicht mehr richtig oder gar nicht mehr funktionierten, weil sie nicht dazu gedacht waren, für sich alleine zu stehen. Um zu funktionieren, mussten sie Teil der gesamten Gesellschaft sein, und da es die Alte Gesellschaft nicht mehr gab, *konnten* die Dinge einfach nicht mehr das tun, wofür sie ursprünglich gemacht worden waren. Jacob hatte versucht, ihr aufmerksam zuzuhören, als sie vom Stromnetz erzählte und von etwas, das sich »die Cloud« nannte, doch als Miss Petersyn über Infrastruktur zu reden begann, hatte er nahezu abgeschaltet.

Die dritte Art der Technologie war die seltenste von allen. Diese Art war *während* der Großen Flut entwickelt worden, als die Menschen in der Alten Gesellschaft begriffen, dass es ihre Welt bald nicht mehr geben würde. Sie gerieten in Panik und experimentierten wild herum, um die Große Flut irgendwie aufzuhalten. »Die Menschheit ist zu unglaublichen Dingen fähig«, hatte Onkel Sato einmal gesagt. Er sprach nicht sehr viel, daher schenkte Jacob seinen Worten immer ganz besonders viel Aufmerksamkeit. »Und wenn sie verzweifelt sind, passieren viele dieser unglaublichen Dinge gleichzeitig.« So hatte sich aus der Panik der Menschen in der Alten Welt eine Kategorie von Produkten und Geräten entwickelt, die man *Mastertech* nannte. Erstaunliche Erfindungen, die – so wurde gemunkelt – Dinge tun konnten, von denen niemand je zuvor auch nur zu träumen gewagt hatte. Nur waren die Mastertech-Dinge unglücklicherweise so schnell erfunden und gebaut worden, dass niemand die Zeit gehabt hatte, sie auf *Sicherheitsrisiken* zu überprüfen. Und soweit Jacob gehört hatte, konnte ein Mastertech-Produkt zwar geradezu Wunder wirken, jedoch konnte man vorher nie wissen, ob es einwandfrei funktionieren oder einen vielleicht in die Luft jagen oder vergiften würde. Deshalb gab es nur noch wenige Produkte, die erlaubt waren.

Jacob hatte noch nie ein Mastertech-Produkt gesehen. Er hatte eigentlich auch ein bisschen Angst davor. Gleichzeitig wollte er *unbedingt* mal eines sehen – irgendetwas, vielleicht ein Gerät, eine Waffe, einen Motor, egal was –, und er hoffte, dass er hier auf der *Meereskönigin* womöglich eines zu Gesicht bekommen könnte.

Eigentlich hatte er zuhören wollen, was der kleine Mann über die Kamera erzählte, aber auf halbem Weg die Reihe der Marktstände entlang sah er etwas, das ihm buchstäblich den Atem verschlug.

Dort standen – wie aus heiterem Himmel – einige *Wesen des Flutvolks.*

Jacob ging staunend auf sie zu. »Wahnsinn«, murmelte er.

Das Flutvolk war die Verkörperung der einzigen Art Mastertech, die in der Turmfestung noch benutzt wurde, obwohl sie dort *absolut* illegal war. Jedem, der in der Turmfestung mit dem Anpassungsserum erwischt wurde, drohte eine Gefängnisstrafe oder Schlimmeres.

Und dennoch waren hier – Jacob zählte schnell – fünf Flutwesen, die sich wie ganz normale Händler vor und hinter einem Stand aufhielten. Sie schienen die Art von Gegenständen aus der Alten Welt zu verkaufen, die in den überfluteten Gebäuden unten am Meeresboden in Tresoren aufbewahrt worden waren. Jacob verlangsamte seine Schritte, als er näher kam. Ihm war klar, dass es unhöflich war, jemanden anzustarren, aber das da waren *Flutwesen*! Echte Flutwesen! Leibhaftige Flutwesen! Jacob hatte sich schon manchmal ausgemalt, wie es sich wohl anfühlen würde, einer von ihnen zu werden, jemand anders zu werden – *etwas* anderes zu werden. In langen, stillen Augenblicken kurz nach dem Tod seiner Eltern hatte er sich das sogar gewünscht.

Die Flutwesen waren genauso groß oder sogar noch größer als die hellhäutigen Kunsthandwerker mit dem Treibholz. Groß und schlank und … er wollte ein Wort verwenden, das Miss Petersyn ihm beigebracht hatte. *Grazil.* Sie hatten etwas an sich, das Jacob an Aale denken ließ. Natürlich sahen sie nicht aus wie Aale. Sie hatten Gliedmaßen und Gelenke und vermutlich Knochen, genau wie normale Menschen auch. Jedoch erweckten sie den Anschein, dass sie, einmal unter den Wellen, durch das Wasser schießen konnten wie ein Blitz über den Himmel.

Diese hier waren »halb-angepasst«, um einen Begriff seines Vaters zu verwenden. Sowohl sein Vater als auch seine Mutter waren vom Flutvolk fasziniert gewesen und hatten es ganz ohne Heimlichkeiten untersucht, trotz der strengen Blicke, die ihre Studien von den Wachkräften der Turmfestung geerntet hatten. Jacob erinnerte sich, dass sogar ein paarmal Beamte »vorbeigeschaut« hatten, um ihr Zuhause nach Anpassungsserum zu durchsuchen.

Seitlich an den Hälsen der Flutwesen befanden sich zwar Kiemen, doch hob und senkte sich ihre Brust auch mit Atemzügen. Das unterschied sie von den Voll-Angepassten. Denjenigen, die eine große Menge Anpassungsserum genommen und die Welt der Luftatmung für immer hinter sich gelassen hatten.

Zwei der Männer hatten Glatzen, aber dem dritten Mann und den beiden Frauen wuchs langes wallendes Haar. Ihre Haut war mit Schuppen besetzt, genau wie auf dem WasserKrieger-Poster, nur viel zarter, als der Künstler es dargestellt hatte. Noch dazu war die Haut ganz unterschiedlich gefärbt, von glänzendem Tiefbraun über Grüngelb bis zu einem wunderschönen dunklen Kupferrot. Und erst ihre *Augen …*

Einer von ihnen hatte ähnliche Augen wie Jacob. Ganz dunkelbraun, fast schwarz. Die Augen von zweien jedoch schimmerten in einem wunderschönen Orangegelb, und ein weiteres Augenpaar war von einem tiefen Blutrot wie Rubine.

Bei den Augen des fünften – einem der Männer – hatte Jacob den Eindruck, dass sie besonders gut zum Tiefseetauchen geeignet waren: Sie waren anderthalbmal so groß wie durchschnittliche Menschenaugen, so fahl wie Eis, und noch während Jacob den Mann beobachtete, glitt ein zweites Lid seitwärts über die Augen.

»Wunderschön«, hauchte Jacob. Die Flutwesen waren faszinierend.

Einer nach dem anderen drehten sich alle fünf zu ihm um, und er bemerkte, dass er vor ihrem Stand angehalten hatte und einfach nur unhöflich starrend dastand. »Können wir was für dich tun, kleiner Mann?«, fragte die Frau mit den rubinroten Augen.

Das klang ganz und gar nicht bösartig. Oder herablassend. Es klang, als würde sie es genau so meinen: Als wäre er ein Mann, der einfach klein war. Jacob öffnete den Mund, um zu antworten – doch eine halbe Sekunde, bevor er einen Ton herausbrachte, entdeckte er Tristan. In der Mitte des Decks, in die entgegengesetzte Richtung laufend. »Nichts, danke, 'tschuldigung«, murmelte Jacob und eilte Tristan hinterher.

Jacob folgte seinem Bruder in einem, wie er hoffte, unauffälligen Abstand, während Tristan über eine breite Hängebrücke von einem Oberdeck der *Meereskönigin* zum nächsten hinüberlief. Dort traf Tristan sich mit zwei weiteren Trockensiedlern, beide vielleicht ein oder zwei Jahre älter als er, und alle drei verschwanden durch eine Tür. Jacob erhaschte einen Blick auf den Raum dahinter, jedoch nur für einen Sekundenbruchteil. Nicht lange genug, um jemanden oder etwas Interessantes zu entdecken. Er lehnte sich gegen eine Trennwand und ließ sich auf den Boden gleiten, wägte seine Optionen ab.

Er könnte an die Tür klopfen. Nur wäre er damit sofort aufgeflogen.

Er könnte weiter die *Meereskönigin* erkunden, wozu er wirklich Lust hatte, aber dann würde er Tristan aus den Augen verlieren und wahrscheinlich niemals herausfinden, was sein Bruder verheimlichte.

Oder er könnte hierbleiben und warten, bis Tristan wieder herauskam, und ihm weiter folgen.

Schließlich entschied sich Jacob für die dritte und damit langweiligste Option und machte sich auf eine lange Wartezeit gefasst. Nach ein paar Minuten holte er ein Reisbällchen aus der Tasche und knabberte daran.

Das Bällchen war so gut wie verschwunden, als von weiter vorne auf dem Deck eine vertraute Stimme ertönte und ihm einen Schlag in die Magengrube versetzte.

Künstlich verstärkt dröhnte Onkel Satos Stimme: »Ladies und Gentlemen, wir blicken auf ein weiteres üppiges und fruchtbares Jahr in der Turmfestung zurück. Seit ich das Gouverneursamt übernommen habe, sind die Erträge unserer Hydrokultur um dreißig Prozent gestiegen.«

Die Tür, hinter der Tristan verschwunden war, machte keine Anstalten, sich wieder zu öffnen, und nach kurzem Überlegen beschloss Jacob, dass er sich die Rede seines Onkels ansehen wollte. Es klang wichtig, vor allem, da er vor einer Menge Leute sprach.

Jacob schlängelte sich so leise und höflich wie möglich durch die versammelten Massen, da er weiterhin keine Aufmerksamkeit auf sich ziehen wollte. Er kam der Stimme seines Onkels immer näher und blieb dabei dicht an der äußeren Reling des Decks. Bald konnte er alles gut überblicken: Auf einer ziemlich großen Bühne stand Onkel Sato mit einem Megaphon in der Hand, um ihn herum eine Gruppe von sieben weiteren wichtig aussehenden Männern und Frauen. Dank einiger Berichte, die er auf Onkel Satos Tablet über sie gelesen hatte, erkannte er sie als die Führungskräfte der anderen menschlichen Siedlungen.

»Unser Fortschritt beruht auf dem Glauben an generationsübergreifende Führung«, sagte Onkel Sato und winkte jemandem in der Menge. »Alles, was ich über das erfolgreiche Führen einer Trockensiedlung weiß, bringe ich meinem Neffen, Tristan Overland, bei. Tristan, komm doch bitte auf die Bühne. Dann können sich die Leute schon mal an dein Gesicht gewöhnen.«

Zu Jacobs Überraschung löste sich Tristan aus der Menge vorne an der Bühne und stieg zu Sato hinauf. Jacob fragte sich geistesabwesend, warum er nicht auf die Idee gekommen war, dass der von ihm bewachte Raum eine weitere Tür haben könnte. Offensichtlich hatte Tristan den Raum verlassen und war hierhergekommen, während Jacob dort wie ein Trottel rumgesessen und gewartet hatte.

Ganz leise, von weit weg und tief unten, hörte Jacob ein: »Hey! Hey!«

Er drehte sich um, schaute über die Reling und sah King direkt unter sich herumspringen und mit Wasser spritzen. Als King Jacobs Blick bemerkte, rief er: »Juuup! Juuup!«

Jacob versuchte, ihn mit einer möglichst unauffälligen Armbewegung wegzuscheuchen. *Verschwinde von hier!*, dachte Jacob so eindringlich wie möglich, obwohl er die Worte natürlich nicht vor all den vielen Leuten laut aussprechen konnte. *Du darfst nicht hier sein! Hau ab!*

Bumm!

In einem Sekundenbruchteil veränderte sich alles.

Der Boden unter Jacobs Füßen wackelte plötzlich so stark, dass er fast das Gleichgewicht verloren hätte, und im selben Augenblick dröhnte ein Krachen über die Menge hinweg, das lauter war als alles, was Jacob je gehört hatte. Jacob klammerte sich an die Reling, blickte hin und her, versuchte zu verstehen, was vor sich ging, während die Leute um ihn herum in alle Richtungen davonstoben. Schreie, Hunderten Kehlen entrissen, erfüllten die Luft, erschienen noch lauter als das Krachen und bildeten eine dichte Angstwolke.

Da teilte sich die Menge.

Hinter der Bühne, auf der sein Bruder und sein Onkel standen, kletterte ein halbes Dutzend unglaublich große und breitschultrige Gestalten auf das Deck der *Meereskönigin*.

Bei ihrem Anblick klappte Jacob die Kinnlade herunter.

Sie waren *riesig*. Bestimmt zweieinhalb Meter groß. Und

sie hatten gewaltige Knüppel dabei. Jeder ihrer Schritte vibrierte durch das Deck und bis in Jacobs Knochen. Alle trugen Panzer, die aussahen, als wären sie aus den stahlharten Außenskeletten von Tiefseekreaturen gefertigt. Sie umschlossen die gesamten Körper und sogar ihre Köpfe.

Jacob vermutete, dass die Panzer mit Meerwasser gefüllt waren.

Denn das hier waren voll-angepasste Flutwesen.

»*Wir werden angegriffen!*«, brüllte Onkel Sato durch das Megaphon. »*Lauft!*«

3

Dem Klang nach zu urteilen, schrillten jetzt von jedem Deck Alarmglocken. Sie kreischten so laut, dass Jacob Onkel Satos Worte selbst durch das Megaphon kaum noch hören konnte, doch schon im nächsten Augenblick war ihm das egal, denn er musste sich darauf konzentrieren, nicht von den panischen, vor den seltsamen, bewaffneten Flutwesen fliehenden Massen niedergetrampelt zu werden.

Ein Sicherheitsmann der *Meereskönigin* stürmte an ihm vorbei in Richtung des Tumults und verschwand in der aufgebrachten Menge. Kurz darauf stach die Spitze seines langen, geraden Schwertes über die Leute in die Höhe, doch im nächsten Augenblick schwang eines der mammutartigen Flutwesen seinen Knüppel wie einen Hammer nach unten, und das Schwert des Sicherheitsmannes schlitterte über das Deck.

Jacob drängte sich durch die Massen. Onkel Satos Megaphon war verstummt, und Jacob konnte weder ihn noch seinen Bruder irgendwo entdecken, aber er würde nicht aufhören, sie zu suchen. Er zog den Kopf ein, streckte die Arme nach oben und versuchte, so schnell wie möglich an den Leuten vorbeizukommen, ohne umgestoßen zu werden. Das war gar nicht so einfach. Um ihn herum wurden die Schreie immer lauter, und wieder und wieder erzitterte der Boden von den markerschütternden Schritten der riesigen Flutwesen … Was *wollten* die überhaupt? Waren sie Soldaten? Oder Plünderer? Noch nie hatte er von einem derartigen Angriff auf die *Meereskönigin* gehört.

Eine Hand streckte sich aus der Menge nach Jacob und packte ihn fest an der Schulter. Eine Sekunde lang war Jacob sicher, es wäre eines der gepanzerten Flutwesen, doch dann kam eine zweite Hand hinzu, beide griffen ihn unter den Achseln, und Jacob erkannte, dass es Tristan war, bevor sein Bruder ihn aus der Menge heraus und in einen winzigen Gang zwischen zwei Kabinen hob. Tristan setzte ihn ab, ließ ihn los und schob sein Gesicht ganz nah an Jacobs heran. »Was machst *du* denn hier?« Tristans Gesicht hatte sich zu einem furchterregend finsteren Ausdruck verzogen, und er biss knurrend die Zähne zusammen. Noch nie war Tristan wütend auf Jacob gewesen. Jedenfalls nicht so.

»Ich – ich – ich wollte sie nur mal sehen«, stammelte Jacob. Eigentlich hatten die Worte selbstbewusst klingen sollen, vielleicht sogar aufsässig, aber zu seinem Entsetzen entwichen sie in einem weinerlichen Ton aus seinem Mund.

Tristan packte ihn erneut am Arm und zerrte ihn weiter

den Gang hinunter. Die Menge der Leute an Deck versank immer noch in Chaos. Tristan hielt an und drängte Jacob gegen eine schmale Metalltür. »Du hast ja keine Ahnung, was hier wirklich los ist!«, schrie Tristan. Sobald die Worte seine Lippen verlassen hatten, presste er diese wieder fest zusammen und warf einen besorgten Blick zurück zu der kreischenden Menge. »Ich will dich doch nur beschützen!«, sagte er, nun sehr viel leiser. »Okay? Verstehst du das? Wir haben schon Mom und Dad verloren. Jetzt muss ich dafür sorgen, dass *du* in Sicherheit bleibst. Aber du ziehst einfach so eine Nummer ab – ist dir klar, wie leicht du *getötet* werden könntest?«

Jacob schluckte schwer, richtete sich auf, und diesmal kamen die Worte so heraus, wie er es wollte: »Dann sag mir die Wahrheit! Ich weiß, dass du was verheimlichst. Warum erzählst du es mir nicht einfach?«

Tristan antwortete etwas, bei dem Jacob unter normalen Umständen empört geguckt hätte: »Ich sehe schon, du wirst nicht auf mich hören, egal, was ich dir erzähle. Gut. Wenn du nicht freiwillig in Sicherheit bleiben willst, dann helfe ich dir eben.«

Bevor Jacob verstand, was sein Bruder vorhatte, packte Tristan ihn ein weiteres Mal am Arm, riss die schmale Tür auf, vor der sie gestanden hatten, und schubste Jacob hindurch. Die Tür schlug zu. Jacob hörte etwas gegen die Klinke klappern, und als er sie herunterdrückte, bewegte sich die Tür keinen Millimeter mehr.

»Lass mich hier raus!«, brüllte er. »Lass mich raus! *Lass mich raus!*«

»*Sei still!*«, flüsterte Tristan von draußen. »Wenn sie dich hören, zerren sie dich raus und schlitzen dir die Kehle auf. Verstanden? Also, *keinen Mucks mehr*!«

Das saß.

Falls die Gefahr wirklich so groß war, wäre Jacob ganz schön dumm, die Flutwesen wissen zu lassen, wo er war. Er überlegte gerade, was er noch sagen könnte, vielleicht so was wie: »Ja, sorry. Bin ja schon ruhig«, doch dann hörte er, wie Tristans Schritte sich bereits leise entfernten und bald in den abebbenden panischen Schreien verlorengingen.

Jacob blickte sich um. Durch ein winziges Fenster hinten im Raum, der sich als eine Abstellkammer entpuppte, schien schwaches graues Licht herein, sickerte durch eine Kruste aus Schmutz und Salz. Einen Augenblick lang hoffte er, dass er vielleicht einen Besen oder irgendetwas finden würde, um die Tür aufzubrechen, doch er konnte lediglich rostige Metallregale mit Eimern, Seife und Schwämmen entdecken.

Keinen Mucks, sonst finden sie dich und schlitzen dir die Kehle auf. Immer wieder schwirrten ihm die Worte im Kopf herum. Okay, ja, vielleicht. Aber vielleicht würden sie ihn auch finden und ihm die Kehle aufschlitzen, weil er in einer Abstellkammer gefangen war und nicht wegrennen konnte! Aufmüpfige Gedanken verdrängten die ängstlichen. Wie sollte er Tristan oder Onkel Sato helfen, wenn er sich versteckte?

Jacob ergriff die Türklinke und rüttelte daran. Sie bewegte sich zwar nur ein paar Millimeter, aber er hörte etwas auf der anderen Seite wackeln. Er probierte es erneut, bemühte sich, so wenig Krach wie möglich zu machen, und nach etwa einer halben Minute löste sich das geheimnisvolle Ding von der Klinke und fiel mit einem Knall auf das Deck.

Jacob drückte die Tür auf. Tristan hatte die Klinke mit einem kleinen Stück Holz festgeklemmt, das jetzt heruntergefallen war. Jacob duckte sich den Gang entlang zurück in Richtung des Aufruhrs, die Augen überall und die Ohren gespitzt.

»Da! Dort drüben!« Das war die Stimme von Onkel Sato, diesmal ohne Megaphon, einfach aus voller Kehle schreiend. Jacob erreichte gerade rechtzeitig das Deck, um zu sehen, wie Sato einem halben Dutzend Sicherheitskräften der *Meereskönigin* die Richtung zur Bühne wies, und als Jacob den Kopf wandte, bot sich ihm ein völlig chaotischer Anblick.

Immer noch befanden sich die riesigen bewaffneten Flutwesen dort, doch jetzt wurden sie von, wie es schien, allen verfügbaren Sicherheitskräften der *Meereskönigin* umzingelt – knallharte Männer mit Narben und blau-orangenen Schutzwesten, Schwerter und Knüppel schwingend. Doch obwohl die Flutwesen etwa zehn zu eins in der Unterzahl waren, kamen die Sicherheitskräfte anscheinend nicht recht gegen sie an. Jacob beobachtete, wie sich Mann für Mann mit seinem Schwert auf die Flutwesen stürzte, aber jedes Mal prallten die Klingen nur nutzlos von deren stahlharten Panzern ab. Zwar bewegten sich die Flutwesen nicht so schnell wie die Menschen, doch eines von ihnen schwang einen Knüppel so groß wie ein Baumstumpf, und schließlich traf es. Der Aufprall hob einen Sicherheitsmann von den Füßen, und er fiel zehn Meter weiter in sich zusammengesunken zu Boden.

Plötzlich stockte Jacob der Atem, und er riss entsetzt die Augen auf. Da war Tristan! Mitten unter den Sicherheitskräften und mit einem Schwert in der Hand! Jacob wollte schreien, doch aus seiner Kehle drang kein Laut, denn im selben Augenblick sprang sein großer Bruder brüllend auf den Bühnenrand, drückte sich mit den Beinen ab und landete mit einem dumpfen Klatschen geradewegs auf dem Rücken eines der Flutwesen.

Die gigantische gepanzerte Gestalt taumelte, und zwei der Sicherheitskräfte nutzten die Gelegenheit aus, stürzten vor und schwangen ihre Waffen, so kraftvoll sie konnten. Während Tristan das Flutwesen umklammerte, festgesaugt wie ein Blutegel, traf einer der Sicherheitsmänner dessen Helm von unten mit dem Schwert und stieß ihn herunter.

Meerwasser strömte heraus, spritzte über das Deck, und Jacob blieb die Luft weg bei dem Anblick, der sich ihm bot. Der gewaltige Kopf des Flutwesens war zwar genauso geformt wie der eines Menschen, doch er war vollkommen kahl und mit dünnen Schuppen bedeckt, die in demselben hellen Graublau schimmerten wie die Haut eines Weißen Hais. Seine Augen jedoch – die hatten nichts mit denen eines Menschen gemein. Sie waren riesig, doppelt so groß wie normale Augen, und schienen keine Iris zu haben. Stattdessen war der gesamte Augapfel von einem undurchsichtigen milchigen Weiß.

Immer noch taumelnd und nun nach Luft schnappend, zog das weißäugige Flutwesen Tristan von seinem Rücken und umklammerte ihn fest …

… und dann stürzten beide zusammen über die äußere Reling des Decks.

Jacob lief schreiend zur Reling, während sein Bruder und der Flutvolk-Soldat weit, weit unter ihm ins Wasser klatschten.

4

Jacob stürzte die Treppe hinunter, und seine Welt verwandelte sich in ein Wirrwarr aus Händen und Ellbogen, gellenden Schreien und unsanft drängelnden Körpern. Die blauen Flecke und Kratzer von den Stößen und Schubsern spürte er kaum, und als ihm bewusst wurde, dass er immer wieder »Aus dem Weg, aus dem Weg, aus dem Weg!« schrie, klang es für ihn, als kämen die Worte aus dem Mund eines anderen. Er lief runter vom Oberdeck, an einer Gruppe braunhäutiger Händler vorbei, die eilig ihre Kameras in wasserfeste Behälter packten, das Deck entlang und zur nächsten Treppe, schlängelte sich dann durch ein Knäuel tauhaariger Messerhändler und wieder hinunter, immer weiter hinunter, bis er das unterste Deck erreichte.

Als Jacob die Reling packte und den Kopf hindurchsteckte, um den Ozean mit stierenden Augen abzusuchen, stellte er fest, dass er sich noch gut zehn Meter über der Wasseroberfläche befand. Doch das hier war die Stelle, an der Tristan und der riesige, monströse, weißäugige Flutvolk-Angreifer in den Wellen versunken waren, da war Jacob sicher.

»Tristan!«

Mit aller Kraft presste Jacob den Namen aus seiner brennenden Lunge. Immer und immer wieder rief er nach ihm.

»*Tristan!*«

Sein Bruder musste einfach wieder hochkommen. Er *musste.* Jeden Augenblick würde Tristan auftauchen, mit dem Kopf die Wasseroberfläche durchbrechen und gierig nach Luft schnappen, das musste er einfach. Jacob war ganz sicher, dass es so sein würde, denn die einzige andere Möglichkeit war zu schrecklich, um sie sich überhaupt vorzustellen.

»TRISTAN!«

Ganz weit über ihm gellten noch immer die Kampfgeräusche. Jacob konnte nicht jedes Wort verstehen, doch er hörte die Sicherheitskräfte der *Meereskönigin* ruppig Befehle bellen und scharfes Metall über stahlharte Panzer schrammen.

Überall um Jacob herum kletterten Menschen von der *Meereskönigin* herunter. Onkel Sato hatte eine solche Situation mal mit Ratten verglichen, die das sinkende Schiff verlassen, aber Jacob hatte so etwas selbst noch nie erlebt. Doch in diesem Augenblick wurde ihm klar, woher der Ausdruck kam. Jeder einzelne der Tausend von Menschen aus all den verschiedenen Siedlungen verließ die schwimmende Stadt, so schnell er nur konnte. Sie drängten sich dicht an dicht auf den Pieren, kämpften sich zu ihren Booten durch. Motoren surrten und Segel flogen in die Höhe. Rufe ertönten in allen möglichen Sprachen, die Jacob nicht verstand. Einige Menschen warfen sich kopfüber ins Meer und schwammen zu ihren Schiffen.

Jacob scherte sich um nichts davon. Tristan war noch da unten. Ertrank vielleicht gerade. War vielleicht schon tot.

Er hatte die Schuhe abgestreift und seine Füße auf die unterste Sprosse der Reling gestellt, wollte sich gerade in die Wellen stürzen, als eine Hand ihn am Kragen packte und ihn zurück an Deck schleifte. »Was soll das denn bitte werden?«, fragte Mari, ihre braune, faltig-ledrige Haut ganz glattgezogen vor Angst und Sorge. »Und außerdem: Wie bist du überhaupt hergekommen?«

»Tristan!«, rief Jacob, wand sich in ihrem Griff und zeigte auf die Meeresoberfläche. »Sie haben ihn mitgenommen! Ich meine, er ist gestürzt. Er und eines dieser riesigen Flutwesen sind vom Oberdeck gefallen! Ich muss ihn retten. Lass mich los, *ich muss ihn zurückholen*!«

Mari legte ihm beide Hände auf die Schultern, und ihre Finger hielten ihn mit einer Kraft fest, die nur von lebenslangem Knotenbinden und Netzeauswerfen kommen konnte. Sie kniff die Augen zusammen und funkelte ihn an. »Jacob Overland! Hast du dich auf mein Boot geschmuggelt? Hab ich deswegen das Geld in meiner Kabine gefunden?« Als Jacob nicht antwortete, schüttelte sie ihn einmal – nicht zu fest, aber fest genug. »Weißt du eigentlich, was für 'nen Ärger *ich* hab, wenn dein Onkel Wind davon kriegt, was du gemacht hast?«

»Lass mich los! Ich muss ihn retten!« Jacob versuchte, dieselbe Stärke in seine Stimme zu legen, wie sein Onkel es immer tat, aber Maris unbeeindruckter Miene nach zu urteilen, hatte das offenbar nicht geklappt. »Ich muss es wenigstens versuchen!«

Mari zog ihn näher zu sich heran. »Wenn du jetzt da reinspringst und in dem kalten Wasser rumstrampelst, holst du dir nur selbst den Tod. Das bringt doch nichts.«

»*Achtung!*«, schrie jemand in der Nähe, und Jacob blickte gerade noch rechtzeitig wieder hinauf zum Oberdeck, um die verbliebenen Flutwesen herunterspringen zu sehen. Sie fielen wie Steine, doch als sie im Wasser aufkamen, verschwanden sie beinah ohne einen Spritzer in den Wellen.

»Siehst du?«, sagte Jacob und deutete auf die Stelle. »Jetzt sind sie alle weg! Unter Wasser – mit Tristan! Lass mich los, ich muss ihn retten, *lass mich los*!«

Mari drehte sich um, eine Hand um seinen Oberarm geschlossen wie eine eiserne Fessel, und zog ihn das Deck entlang zur Treppe in Richtung der Piere. »Ich bring dich jetzt zurück zur Turmfestung.« Als Jacob protestierte, drohte sie ihm mit dem Finger vor der Nase. »Keine Widerrede, Jungchen! Ich bring dich hier genauso heimlich wieder raus, wie du reingekommen bist, bevor du mich noch richtig in Schwierigkeiten bringst. Und jetzt hör auf, dich zu wehren!«

Jacob wehrte sich jedoch weiter – bis sie an einem schmalen Gang vorbeikamen, der zwischen den Kabinen hindurchführte und durch den er einen Blick in den Innenhof werfen konnte. Eine Gruppe von Sicherheitskräften der *Meereskönigin*, einige mit Beulen und Wunden, begleiteten Onkel Sato zu den innen liegenden Pieren, wo die reichen und hochrangigen Leute ihre Boote festgemacht hatten. Die Sicherheitskräfte umringten Sato, trieben ihn an, und Sato leistete keinen Widerstand. Jacobs Onkel verließ die *Meereskönigin* also genau wie alle anderen.

Mari war Jacobs Blick gefolgt und hatte dasselbe beobachtet. »Das is' klug«, sagte sie leise. »Diese riesigen Kerle sind zwar jetzt weg, aber da unten in der Tiefe müssen ja noch Tausende von denen sein. Wer weiß, wann die vielleicht mit einer größeren Truppe zurückkommen wollen.«

Etwas an der Erkenntnis, dass auch sein Onkel von der *Meereskönigin* floh, nahm Jacob den Wind aus den Segeln. Er wehrte sich nicht länger, und Mari führte ihn zurück zu ihrem Fischerboot.

Als sie von der *Meereskönigin* wegsteuerten, saß Jacob im Bug, die Kappe tief ins Gesicht gezogen, damit ihn niemand in den vorbeifahrenden Booten erkannte. Mari blieb in dem kleinen Steuerhaus, lenkte und navigierte und versuchte nicht, ihn zum Reden zu bringen. Er war ihr dankbar dafür. Er hätte ohnehin nicht gewusst, was er sagen sollte.

Tristan hatte gemeint, dass er das, was er tat – was auch immer es war –, nur machte, um Jacob zu beschützen. Und noch nie hatte Tristan ihn angelogen, daher stand für Jacob gar nicht in Frage, ob sein Bruder die Wahrheit gesagt hatte oder nicht.

Aber wenn er die Wahrheit sagte ...

Jacob biss die Zähne zusammen. Wenn Tristan die Wahrheit sagte, dann hatte er diesen mysteriösen Plan in der Annahme geschmiedet, dass Jacobs armseliger Hintern in der Turmfestung geblieben war. Und als Jacob dann auftauchte ...

Was, wenn das Tristans ganzen Plan durcheinandergebracht hatte? Jacob schnürte es die Kehle zu. *Was, wenn Jacobs heimlicher Ausflug auf Maris Boot der Grund dafür war, dass Tristan getötet wurde?*

Je länger er darüber nachdachte, desto wahrscheinlicher erschien es ihm. Allein durch seine Anwesenheit hatte Jacob alles zerstört. Tristan war gezwungen gewesen, sich um seinen bescheuerten kleinen Bruder zu kümmern, anstatt die wichtige Aufgabe zu erledigen, was auch immer diese gewesen war. Und aus diesem Grund hatten die riesigen Flutwesen ihn in die Hände bekommen. Und aus *diesem* Grund wiederum, war er vom Oberdeck heruntergefallen und entweder beim Aufprall gestorben oder kurz darauf ertrunken.

Dabei hatte Jacob bloß die Wahrheit herausfinden wollen. Und jetzt würde Tristan nie wieder nach Hause kommen.

Tristan hatte gesagt, dass er Jacob nicht auch noch verlieren wollte, wie sie schon ihre Eltern verloren hatten.

Doch jetzt, wegen seines eigenen dummen, selbstsüchtigen Handelns, hatte Jacob alles verloren.

5

Am nächsten Morgen saß Jacob mit Onkel Sato am Frühstückstisch und stierte in seine Schüssel mit langsam kalt werdendem Eierreis. Oder, besser gesagt, Jacobs Augen waren auf die Schüssel gerichtet. Aber sie nahmen nichts wahr. Sahen das Essen nicht. Und er hatte auch überhaupt keinen Hunger.

Onkel Sato nippte an seinem Algentee. Den ganzen Morgen hatte er noch kein einziges Wort mit Jacob gesprochen. Mit niemandem. Jedes Mal, wenn sein Tablet klingelte, drückte er auf IGNORIEREN, und nach dem letzten Klingeln hatte er es ausgeschaltet. Jacob und Onkel Sato trugen von Kopf bis Fuß weiß.

Tristans Stuhl stand leer an seinem Platz. Er war genauso leer, wie Jacobs Leben jetzt schien.

Jacob hatte nie wirklich darüber nachgedacht, wie sein Leben weitergehen würde, falls er seinen Bruder verlieren würde. Denn das war ein absurder Gedanke. Er würde

Tristan nicht verlieren. Wie könnte er? Wie könnte er etwas verlieren, das einen so großen Platz in seinem Leben einnahm? Das wäre, als würde er die Turmfestung verlieren. Oder das Meer. Oder die Sonne. Tristan gehörte so sehr zu Jacobs Leben wie Atmen.

Nur war er jetzt *tatsächlich* nicht mehr da.

Immer wieder stellte Jacob sich vor, dass sich die Schlafzimmertür seines Bruders öffnete. Dass Tristan den Flur entlanggeschlurft kam, das Haar an einer Seite des Kopfes plattgedrückt, und sich Schlafsand aus den Augenwinkeln rieb. Bei jedem noch so leisen Geräusch, jedem leichten Schwanken der Turmfestung im Morgenwind war Jacob überzeugt, dass das alles nur ein riesengroßes Missverständnis war oder sogar ein riesengroßer *Streich*. Jeden Augenblick! Jeden Augenblick würde Tristan grummelnd in den Speisesaal kommen, Jacob auf dem Weg zum Frühstück durch die Haare wuscheln und sich dann wie üblich über das Buffet hermachen.

Onkel Sato setzte seine Teetasse ab. »Wir müssen los«, sagte er, gerade laut genug, dass Jacob ihn hören konnte.

In die schmerzliche Leere der morgendlichen Stille gesprochen, dröhnten Satos Worte lauter als Kanonenschüsse.

Auf dem Weg nach unten im Gouverneursaufzug verdichtete sich die Stille um sie herum weiter. Jacob hatte bei Onkel Satos Rückkehr in die Turmfestung nicht so tun müssen, als wäre er überrascht, von Tristans Tod zu hören. Die Neuigkeit über die Ereignisse war mit den ersten Fischern angekommen, die es von der *Meereskönigin* zurückgeschafft hatten, und sie hatte sich innerhalb von Minuten im gesamten Turm verbreitet. Sato war bloß in ihr Apartment getreten, hatte den Ausdruck auf Jacobs Gesicht gesehen und sich neben ihn auf die Couch gesetzt, den Kopf in die Hände gestützt.

Abgesehen von einer starken Hand, die Onkel Sato ihm schließlich auf die Schulter legte, hatte er Jacob keinen Trost geschenkt, keine aufbauenden Worte. Keine Versicherung, dass alles wieder in Ordnung kommen würde. Aber Jacob machte das nichts aus. Denn nichts hätte ihn getröstet, nichts würde je wieder in Ordnung kommen. Und Jacob dachte, dass sein Onkel das möglicherweise verstand. Durch seine Schweigsamkeit und seine stoische Ruhe strahlte Onkel Sato Stärke aus. Schließlich war er der Gouverneur der Turmfestung. Er musste stark sein, egal, was für schlimme Dinge auch passierten. Jacob versuchte, dem Beispiel seines Onkels zu folgen, verdrängte die Tränen, die immer wieder seine Augen zu überfluten drohten.

Der Aufzug stoppte siebzehn Stockwerke unter dem Penthouse und führte auf eine Ebene, die alle Bewohner der Turmfestung den »Festplatz« nannten – eine riesengroße, fast vollständig offene Fläche, die sich drei Stockwerke hoch und über die gesamte Breite des Turmes erstreckte. Jacob hatte nie einen richtigen Park gesehen, nur Bilder davon in seinen Schulbüchern, aber auf dem Festplatz hatte er das Gefühl, sich in einem Park zu befinden.

Der weitläufige quadratische Platz war an allen vier Seiten von bodentiefen verstärkten Glasfenstern umgeben und beherbergte einige der letzten Überbleibsel von echtem, wachsenden Gras und lebendigen Bäumen. Hier und da standen auch Reihen und Ansammlungen sorgfältig umhegter Kästen mit einigen der letzten Blumen der Welt. Der Festplatz war ein kleines Wunder der Pflanzentechnik und sein Ökosystem so kostbar und so exakt ausbalanciert, dass die Bewohner der Turmfestung ihn nur für ganz besondere Anlässe nutzten. Wie zum Beispiel Hochzeiten.

Oder Bestattungen.

Jacob versuchte zu zählen, wie viele Menschen sich hier bereits versammelt hatten und auf sie warteten. Er war zwar nicht groß genug, um alle sehen zu können, aber schätzungsweise fünfhundert weiß gekleidete Männer, Frauen und Kinder waren in der Mitte des Festplatzes versammelt, einer breiten, runden gepflasterten Fläche, die einen weißen Pavillon aus Plastik umgab. Stuhlreihen waren in weiten Bögen aufgestellt, ausgehend von dem leicht erhöht stehenden Pavillon, von wo Onkel Sato erwartungsgemäß sprechen würde, doch erst wenige Menschen hatten sich dort niedergelassen. Die meisten standen in kleinen Grüppchen zusammen und redeten leise. Als Jacob näher kam, drangen Gesprächsfetzen an sein Ohr, umschwärmten ihn wie Möwen den umhertreibenden Leib eines toten Wals.

»... noch nie Flutvolk wie die gesehen ...«

»… da unten ist bestimmt eine ganze Armee von denen …«

»… wir müssen einen Weg finden, sie alle zu beseitigen, das sag ich schon seit Jahren …«

»… du warst ja nicht da und hast sie nicht gesehen, die waren echt furchteinflößend …«

Doch Jacob nahm die Stimmen kaum wahr. Er war bisher genau einmal auf dem Festplatz gewesen. Am Tag der Bestattung seiner Eltern. Da sie auf See gestorben waren und es somit keine Leichname für eine Feuerbestattung gegeben hatte, war es mehr eine Gedenkfeier gewesen. *Genau wie jetzt für Tristan*, dachte Jacob traurig. Doch er verdrängte den Gedanken gleich wieder, denn eigentlich wollte er gar nicht daran glauben. *Nein, Tristan kann nicht fort sein. Das darf einfach nicht sein!* Vielleicht würde sich alles als Albtraum entpuppen, wenn er sich nur fest genug einredete, dass es nicht wahr sein konnte.

Eine Gruppe von vier Personen löste sich aus den weiß gekleideten Trauergästen – den Ausdruck »Trauergäste« für alle, die zu einer Bestattung gingen, hatte Onkel Sato ihm beigebracht, selbst wenn sie nicht aussahen, als wären sie sehr traurig – und näherte sich Jacob und Sato. Jacob erkannte Joseph Ibrahim unter ihnen, und eine halbe Sekunde lang überlegte er, ob er sich wegdrehen sollte für den Fall, dass sein Gesicht Ibrahim an ihre Begegnung im Lastenaufzug erinnern würde. Doch dann merkte Jacob, dass es ihm eigentlich egal war. Wenn Ibrahim ihn erkannte, na, dann konnte er auch nichts dagegen tun.

Hinter Joseph Ibrahim folgten eine Frau und zwei Jungen, beide etwa in Jacobs Alter. Ohne großes Interesse erkannte Jacob Ibrahims Frau und Söhne. Er hatte sie schon ein paarmal aus der Ferne gesehen, wenn sie zu Gouverneurs-Mittagessen gekommen waren. Ibrahim drückte Onkel Sato sein Beileid aus. Oder zumindest klang es für Jacob so. Er schenkte Ibrahim ungefähr so viel Aufmerksamkeit wie den bruchstückhaften leisen Unterhaltungen zuvor.

Ibrahim schüttelte auch Jacob die Hand, genauso wie seine Frau, und dann schubste die Frau die zwei Jungen nach vorn. Die beiden sahen so aus, als wollten sie ebenso wenig hier sein wie Jacob selbst.

»Tut mir leid mit deinem Bruder«, sagte der ältere Junge.

»Ja, mir auch«, murmelte der jüngere.

»Danke«, erwiderte Jacob und schüttelte mechanisch ihre Hände. Er war mit seinen Gedanken ganz woanders, stellte sich vor, was Tristan wohl zu diesem Prunk und der Zeremonie für ihn sagen würde. *Er wäre lieber angeln gegangen*, dachte Jacob mit einem traurigen Lächeln.

»Komm, Jacob«, sagte Onkel Sato und legte ihm eine massige Hand auf die Schulter. Mit der anderen deutete er nach vorn. »Unsere Plätze sind da vorne.«

Jacob folgte ihm, und aus dem Augenwinkel sah er, wie die Menge sich einer nach dem anderen in die Sitzreihen schob. Unter ihnen war eine Gruppe von elf oder zwölf Leuten, die alle etwa in Tristans Alter waren und zwei der vorderen Reihen besetzten. Wie die anderen trugen sie weiße Kleidung, aber jeder von ihnen hatte irgendwo einen schwarz-gelben Stoffstreifen umgebunden – um das Handgelenk oder um den Fußknöchel, oder er schaute aus dem Hemdkragen heraus. Ein paar trugen sichtbare Tattoos, die sie, zusammen mit den schwarz-gelben Farben, als Anhänger der WasserKrieger markierten. Zwei von ihnen kamen Jacob irgendwie bekannt vor, aber bei den anderen war er ziemlich sicher, dass er sie noch nie zuvor gesehen hatte. Jacob hatte den Kopf schief gelegt, versuchte zu verstehen, warum eine solche radikale Gruppierung zu Tristans Gedenkfeier gekommen war, als er noch etwas bemerkte.

Die Hälfte von ihnen *weinte.*

Keine lauten Schluchzer oder so etwas, aber sie hatten unverkennbar verquollene Augen, und einige wischten verstohlen Tränen fort, während er hinsah.

Das ergab noch viel weniger Sinn. Tristan kannte diese Leute doch gar nicht. Warum bedeutete er ihnen etwas?

Dann kam Jacob eine Idee: Die WasserKrieger wollten, dass jeder dem Flutvolk gegenüber friedlich gestimmt war. Und das Flutvolk hatte Tristan getötet. Jacobs Atmung beschleunigte sich vor Wut. Wie konnten sie es *wagen*, bei der Feier für seinen Bruder aufzutauchen? Was wollten sie hier tun? Die Trockensiedler beschuldigen? Oder Onkel Sato? … Oder vielleicht sogar Tristan selbst? Seine Wut schwoll noch weiter an. Jacob vermutete, dass das der Grund für die Tränen war – Tristans Tod ließ ihr ach so tolles Flutvolk richtig schlecht dastehen, was den gesamten Plan der WasserKrieger gefährdete. Falls die Trockensiedler dem Flutvolk zuvor noch nicht misstraut und es verachtet hatten, dann taten sie es ganz bestimmt jetzt.

Jacob nahm seinen Platz in der ersten Reihe ein, versuchte, nicht zu offensichtlich finster dreinzuschauen, und sah Onkel Sato dabei zu, wie er nach oben in den Pavillon ging, in dessen Mitte ein aus Treibholz geschnitztes Rednerpult stand. Die Menge verstummte, während Onkel Sato ruhig und geflissentlich sein Tablet auf dem Pult platzierte, und als er sich vor Beginn seiner Rede räusperte, kam das einzige Geräusch auf dem gesamten Festplatz von einem einsamen Vogel hoch oben in einem der Bäume.

In diese Stille hinein brachen jedoch nicht Onkel Satos Worte über Tristan, sondern die verärgerte Stimme eines Mannes, der brüllte: »Hey! Wer hat denn *die* hier reingelassen?«

Alle Köpfe drehten sich zu dem Sprecher um, auch Jacobs. Ein zur Glatze neigender Mann – Jacob glaubte, einen der Technologen zu erkennen – war aufgestanden und zeigte mit einem anschuldigenden Finger auf die Anhänger der WasserKrieger. Der Mann fuhr fort: »Ihr habt ja Nerven, eure Gesichter hier so offen zu zeigen!«

Es war, als hätten die Worte des glatzköpfigen Mannes so etwas wie eine Schleuse geöffnet. Immer mehr Männer und auch ein paar Frauen sprangen auf. »Ja, genau! Die WasserKrieger sind schuld an dem, was passiert ist!«, schrien sie.

Ein weiterer fügte hinzu: »Der ganze Müll, den ihr verzapft, bringt uns alle in Gefahr! Wegen euch wird noch jeder Einzelne hier in der Turmfestung getötet!«

Eine Frau inmitten der WasserKrieger stand auf. Tränen glitzerten auf ihren Wangen, doch zwischen den vor Wut zusammengebissenen Zähnen brachte sie kaum ein Wort heraus. »Ihr habt ja keine Ahnung, wovon ihr redet! Wenn wir *keinen* Frieden mit dem Flutvolk schließen, *dann* werden wir alle sterben!«

Der glatzköpfige Mann trat einen Schritt vor und drohte ihr mit der Faust. »Tristan Overland ist tot! Nennst du das etwa Frieden?«

Ein stämmiger, dunkelhaariger Mann – einer derjenigen, von denen Jacob glaubte, ihn schon mal irgendwo gesehen zu haben – trat in den Gang hinaus, sein schwarz-gelbes Halstuch leuchtete in der Sonne. »Pass auf, gegen wen du deine Faust erhebst, alter Mann, oder du kriegst meine zu spüren.«

Der glatzköpfige Mann drängte einen anderen Trauergast zur Seite und stürzte auf die Gruppe der WasserKrieger zu. »Du drohst mir? Bei einer *Bestattung*? Jetzt reicht's!«

Als der glatzköpfige Mann seine Faust schwang, hastete Jacob auf die Seite, und im Nu waren die WasserKrieger und ein halbes Dutzend andere Leute aus der Menge in einem heillosen Durcheinander versunken.

Jacob wich weiter zurück, ihm drehte sich der Magen um, und er war plötzlich froh, dass er nichts gefrühstückt hatte. Das hier sollte eine Gedenkfeier sein. Es sollte um seinen Bruder gehen! Und alle hatten nichts Besseres zu tun, als sich zu prügeln?

Angewidert drehte Jacob sich um und rannte davon, die Stimme seines Onkels verschwommen und wie aus weiter Ferne, als dieser ihm hinterherrief. Jacob rannte und rannte, nahm die vielen Treppen kaum wahr, die er hinunterlief, rannte weiter und weiter, bis er nicht mehr wusste, wohin ihn seine Füße trugen, und ihm alles egal war.

Nur stimmte das natürlich nicht. Im Gegenteil. Natürlich war ihm Tristans Tod nicht egal. Natürlich zerfraß ihn das alles noch immer von innen. Und natürlich wusste er, wohin ihn seine Füße trugen. Nämlich dorthin, wo sie ihn jedes Mal hintrugen, wenn er allem entfliehen wollte, das mit dem Gouverneursamt oder der Turmfestung oder Menschen im Allgemeinen zu tun hatte. Als er auf den Pier hinaustrat, verlangsamte Jacob endlich seine Schritte.

Hier unten war jetzt alles verlassen. Fischerboote stießen sanft gegen die Anleger. Ein paar Möwen kreisten über ihm und flogen im Sturzflug herab, doch selbst von ihnen nur wenige. Als ob sie wüssten, dass heute *eigentlich* ein Tag zum Trauern, zum Gedenken, zur Erinnerung sein sollte. Jacob ließ sich am Rand des Piers nieder, die Füße über dem Wasser baumelnd, und legte die Hände um den Mund. »King! Hey, King! Bist du da?« Er ließ die Hände sinken und sagte sehr viel leiser: »Ich könnte jetzt nämlich wirklich einen Freund gebrauchen.«

Jacob vernahm ein überraschend weit entferntes »Juuup!«, wandte den Kopf und entdeckte King außerhalb des Wassers am anderen Ende des Piers.

Verwundert sprang er auf und steuerte auf King zu. »Was machst du da, Kumpel?«, rief er und bemühte sich nicht, leise zu sein, da ohnehin niemand da war, der ihn hätte hören können. »Warum bist du nicht zu unserem üblichen Treffpunkt gekommen?« King wälzte sich auf den Rücken und räkelte sich auf den Planken, und dabei reflektierte etwas in seinem Maul die Sonne und blitzte auf. Jetzt war Jacob erst recht verwirrt. »Was ist das, King? Was hast du da?«

Als er bei dem Seelöwen ankam, richtete King sich auf, streckte den Hals aus und legte ihm etwas zu Füßen. Jacob bückte sich und wollte gerade sagen: »Was denn, tauchst du jetzt nach Schätzen?«, da erkannte er auf halbem Weg nach unten, was King ihm gebracht hatte, und seine Knie gaben ein wenig nach. Jacob hockte sich direkt vor King und hob den glänzenden Gegenstand auf.

Es war die Uhr seines Vaters.

Genau die Uhr, die Tristan getragen hatte, als der Flutvolk-Soldat ihn über die Reling gestoßen hatte.

Jacob blinzelte plötzlich aufsteigende Tränen weg. »Wo hast du die gefunden, Kumpel? War sie … war sie bei –« Er brachte es nicht über sich, den Gedanken laut auszusprechen.

War sie bei Tristans Leichnam?

King ruckte mit dem Kopf Richtung Wasser und sagte: »Juuup!« Als Jacob keine Anstalten machte, sich zu bewegen, robbte der Seelöwe vor, nahm vorsichtig Jacobs Handgelenk ins Maul und wollte ihn zum anderen Ende des Piers lotsen.

Jacob versuchte nicht, seine Hand wegzuziehen, aber er folgte King auch nicht. »Was soll ich tun, Kumpel? Was willst du mir sagen?«

King ließ Jacobs Handgelenk los und schien nachzudenken. Der Seelöwe blinzelte ein paarmal, starrte dann Jacob in die Augen und machte: »Wow, wow, wow!«, *so wie er Tristan immer nachmachte.*

Jacob plumpste wieder zu Boden. Er starrte die Uhr an. Sie war nicht kaputt … und sie wäre nicht einfach von alleine abgefallen …

Was, wenn …?

Was, wenn jemand sie abgenommen und King gegeben hatte?

Was, wenn Tristan sie selbst abgenommen hatte? Was, wenn das Flutvolk ihn irgendwo gefangen hielt?

Eine plötzliche, völlig absurde Hoffnung keimte in Jacobs Herz auf, wie eine schnellwachsende Pflanze aus der Alten Welt. Er beugte sich vor, legte King beide Hände ans Gesicht und flüsterte: »King – versuchst du mir gerade zu sagen, dass … dass Tristan noch am Leben ist?«

King machte »Juuup juuup!« und vollführte einen Rückwärtssalto vom Pier ins Wasser. Sogleich tauchte er wieder auf, und als Jacob vorstürzte, um über die Kante zu schauen, lockte King ihn mit derselben Kopfbewegung wie zuvor.

Jacob drehte sich um, spurtete den Pier entlang und schrie dabei den Namen seines Onkels.

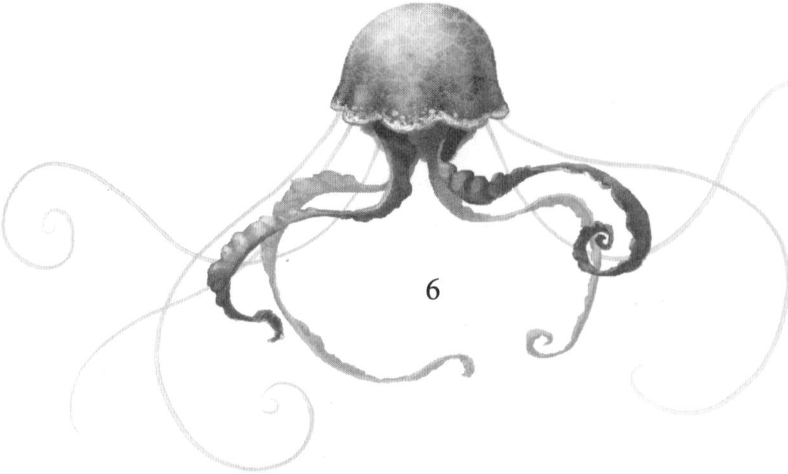

6

Jacob stürmte vom Aufzug auf den Festplatz, wollte sogleich nach seinem Onkel rufen – doch er blieb abrupt stehen. Dort war niemand mehr. Der Platz war leer.

Zumindest fast. Eine kleine Gruppe Leute sprach mit den Sicherheitskräften der Turmfestung. Sicherlich hatte Onkel Sato die Wachleute gerufen, sobald das Handgemenge losbrach, doch zu dem Zeitpunkt war Jacob bereits davongerannt. Anscheinend war der Streit richtig eskaliert. Nur eine Handvoll Stühle stand noch aufrecht, und der Boden vor dem Pavillon war übel zugerichtet.

Jacob erkannte einen der Trauergäste. Mari, in weißer Bestattungskleidung, hatte damit begonnen, die Stühle wieder aufzustellen, und Jacob ging zu ihr hinüber. Als Mari ihn entdeckte, setzte sie den Stuhl in ihrer Hand ab und blickte ihn fürsorglich an. »Schön, dich heile wiederzusehen. Scheint so, dass ein Kampf ausbricht, wo immer du bist, was?«

Jacob hatte weder die Zeit noch die Geduld für Plauderei. »Wo sind denn alle? Wo ist mein Onkel?«

Mari deutete auf die Zerstörung um sie herum. »Die Feier für deinen Bruder wurde verschoben. Wegen der Schlägerei. Der Gouverneur hat gesagt, er gibt den neuen Termin noch bekannt.«

»Gut, aber wo ist er *jetzt*?«

Mari zuckte die Schulter. »Keine Ahnung. Ich an seiner Stelle wär nach Hause gegangen.«

Jacob wollte schon loslaufen, doch er hielt inne. »Hör mal, Mari, ich … es tut mir leid, dass ich mich auf dein Boot geschmuggelt hab, und wenn du dadurch … du weißt schon, Ärger hattest. Das wollte ich nicht.«

Mari streckte eine schwielige Hand aus und strich sein Haar glatt. »Mach dir keinen Kopf, Jungchen. Bin nur froh, dass dir nix passiert ist. Und … ich will sagen, mir tut es auch leid. Wegen deinem Bruder. Ich weiß, Tristan und du, ihr wart euch sehr nah.«

»Vielleicht ist noch nicht alles verloren«, sagte Jacob, und bevor sie mehr tun konnte, als verwirrt dreinzuschauen, drehte er sich um und lief zurück zum Aufzug.

Ein paar Minuten später drückte Jacob die Tür zum Gouverneurs-Penthouse auf und rief: »Onkel Sato? Bist du da? Hallo?«

Da niemand antwortete, klopfte Jacob ein paarmal leise am Arbeitszimmer seines Onkels an und steckte dann den Kopf durch die Tür. Zu Satos Büro war der Zutritt streng verboten, selbst für Tristan, aber unter den gegebenen Umständen beschloss Jacob, dass bestimmt niemand etwas dagegen hatte, wenn er kurz einen Blick hineinwarf. Der Blick brachte jedoch keine Erkenntnis, denn das Arbeitszimmer war leer, und gerade wollte Jacob jemanden anrufen – vielleicht diesen Ibrahim –, als er hinter einer anderen Tür ein Rascheln hörte.

Aus Tristans Zimmer!

Die Hoffnung keimte wieder in ihm auf, als er in drei großen Schritten den Flur entlangsprang. War Tristan etwa nach Hause zurückgekehrt? Würde Jacob die Tür öffnen und seinen Bruder wieder auf dem Bett ausgestreckt vorfinden, in die Decke eingewickelt? Würde sich das alles als ein schlimmer Albtraum herausstellen?

Jacob stieß die Tür zu Tristans Zimmer auf, aber statt seinen Bruder fand er Onkel Sato auf der Bettkante sitzend vor, eines von Tristans Büchern in der Hand. Sato blickte zu ihm auf, das Gesicht vollkommen gefasst, der Blick ausdruckslos.

»Jacob.« Sato Overland stand auf. Oder besser gesagt, ragte über ihm auf. Nur wenige Männer in der Turmfestung waren so groß wie er. »Geht es dir gut? Als du von der Gedenkfeier weggelaufen bist, hatte ich Angst, dass dir etwas zustoßen könnte.« Satos Hand – diejenige, die das Buch hielt – sank kraftlos neben ihm herab. »Ich wollte schon ein paar Leute aussenden, um nach dir zu suchen.«

»Oh – nein, mir geht's gut. Tut mir leid, dass ich einfach weggerannt bin. Ähm … was machst du hier?«

Sato stellte das Buch zurück auf das kleine Regal über Tristans Bett. »Ich wollte nur etwas von ihm in der Hand halten. Mich ihm … mich ihm nahe fühlen.« Sato wandte das Gesicht ab, und Jacob sah, dass sich seine Augen schlossen. »Es ist schwer zu begreifen, dass er nicht mehr da ist.«

Die Worte selbst klangen zwar liebevoll, doch sein Gesichtsausdruck hatte sich nicht verändert. Auch seine Stimme nicht. Jacob überlegte, wie es wohl war, Gouverneur zu sein. Dass man seine Gefühle so unter Kontrolle haben musste … könnte er das jemals tun? Könnte er jemals hoffen, so stark zu sein? Die Bewunderung für seinen Onkel schien immer weiter zu wachsen. »Ja, ähm … genau darum geht's, Sir. Ich muss dir was sagen.«

Jacob hatte so gut wie gar keine Kontrolle über seine eigenen Gefühle, und was er im Moment am meisten spürte, war Furcht. In dem Augenblick, als er beschlossen hatte, seinem Onkel von Kings Fund zu erzählen, hatte er auch gewusst, dass er Sato eine ganze Menge Dinge beichten musste, die ihm nicht gefallen würden, und dafür würde Jacob sicher eine harte Strafe drohen. Doch hatte er eine Wahl? Alles für sich behalten und damit vielleicht einem Hausarrest entgehen, aber die Chance aufgeben, Tristan lebend wiederzusehen? Das war keine Wahl. Jacob holte einmal tief Luft und machte sich bereit für die Konsequenzen, wie auch immer diese aussehen mochten.

Er brauchte zehn Minuten und mehrere Anläufe, doch dann hatte er dem Gouverneur alles geschildert. Seine Ausflüge hinunter zum Pier, seine Freundschaft mit King … dessen Kiemen … dass er sich auf Maris Boot geschmuggelt und mit angesehen hatte, wie die Flutwesen die *Meereskönigin* angriffen. Alles. Einfach alles. Bis hin zu Kings klaren Zeichen, dass Jacob ihm folgen sollte. Am Ende zog er die Uhr seines Vaters aus der Tasche und zeigte sie seinem Onkel. »Ich glaube, dass Tristan noch da draußen sein könnte. Vielleicht hat das Flutvolk ihn irgendwohin mitgenommen. Vielleicht brauchen sie ein Druckmittel, um Geld oder Ressourcen von uns zu bekommen. Warum sollten sie ihn mit sich über Bord ziehen, wenn sie ihn eigentlich töten wollten? Das ergibt keinen Sinn. Ich meine, sie hätten ihm auch einfach mit ihren Knüppeln den Kopf einschlagen können. Diese Flutwesen waren ja doppelt so groß wie er. Aber das haben sie nicht. Sie haben ihn mitgenommen. Und ich denke – nein, ich weiß –, dass sie ihn irgendwo hingebracht haben. Aus irgendeinem Grund.«

Während dieses Geständnisses waren Jacob und Onkel Sato ins Wohnzimmer hinübergegangen, und Sato saß jetzt in seinem Lieblingssessel, finster auf den Boden zwischen Jacobs Füßen starrend. Jacob hatte sich nicht hingesetzt. Er stand drei Meter von seinem Onkel entfernt und kam sich vor wie bei Gericht.

Nach gefühlt einer Stunde, was sich jedoch bei einem

Blick auf die Uhr als ein paar Minuten herausstellte, schaute Sato zu ihm auf. Der finstere Ausdruck auf seinem Gesicht blieb, jedoch war der Tonfall seiner Stimme so glatt und beherrscht wie immer.

»Jacob, was du da getan hast … ist gefährlich. Diese ›Aktivisten‹ der WasserKrieger … sie alle gehören eingesperrt. Sie würden alles sagen oder tun, um meine Amtsführung zu sabotieren und ihre eigenen Ziele durchzusetzen.«

Nun war es an Jacob, finster dreinzublicken. Warum sprach Onkel Sato über die WasserKrieger? Was hatte das mit Tristan und dem seltsamen, riesigen, angsteinflößenden Flutvolk zu tun?

Sato fuhr fort: »Und wie du weißt, treiben sich auf der Meeres-Ebene und bei den Pieren Diebe und Kriminelle herum. Es grenzt an ein Wunder, dass du nicht gekidnappt wurdest oder noch Schlimmeres.«

»Sir –«, begann Jacob, doch Sato sprach weiter, als hätte sein Neffe nichts gesagt.

»Du solltest inzwischen auch wissen, dass man dem Meer und allem, was darin lebt, *nicht vertrauen kann*. Benutz gefälligst deinen Verstand, Jacob. Du musst vorsichtiger sein! Warum, glaubst du, arbeite ich so hart, um unsere Lebensweise hier in der Turmfestung zu bewahren? Unser Volk zu beschützen? Weil wir von Leuten *umzingelt* sind, die uns scheitern sehen wollen.«

Wieder versuchte Jacob, zu sprechen: »Aber, Sir …« – und wieder ignorierte Sato ihn.

»Tristan hatte das verstanden. Er hatte verstanden, wie heikel unsere Situation hier ist. Wie wichtig es ist, die Turmfestung zu beschützen. Deswegen ist es doppelt tragisch, dass wir ihn in so jungen Jahren verloren haben.«

Jacob hielt die Armbanduhr hoch. »Aber, *Sir* –«

Sato winkte ab. Er schaute das Chronometer nicht einmal an. »Dass die Uhr aufgetaucht ist, heißt noch gar nichts. Höchstwahrscheinlich hat sie sich von Tristans Handgelenk gelöst, als er im Wasser aufgekommen ist.«

Jacob spürte, wie ihm ein erstickendes Schluchzen die Kehle hinaufstieg. Eilig unterdrückte er es.

»Du musst aufhören, dir Märchen über Tristan auszudenken, und akzeptieren, dass er nicht mehr da ist«, sagte Onkel Sato. »Das ist schwer, ich weiß. Glaub mir, ich weiß das nur allzu gut. Aber wir müssen nach vorne schauen.« Satos schwarze, stahlharte Augen blickten hoch und bohrten sich in Jacobs. »Und der beste Weg für uns beide ist, ihn zu rächen.« Er lehnte sich vor. »Jacob, wir müssen sicherstellen, dass die WasserKrieger nie wieder irgendjemandem Leid zufügen können. Niemals mehr.«

Einen Augenblick lang stutzte Jacob. »Sir, Entschuldigung, aber ich bin echt verwirrt. Was haben die WasserKrieger mit all dem, also, mit dem zu tun, was passiert ist?«

Sato schlug mit geballter Faust auf die Armlehne seines Sessels. »Sie sind verantwortlich für den Angriff auf die *Meereskönigin*. Sie haben sich mit diesen Ungetümen verbündet, die Tristan getötet haben. Ich *spüre* es ganz deutlich. Und …« Er verstummte, überlegte. Jacob trat unruhig von einem Bein aufs andere, während sein Onkel den geistigen Knoten löste, auf den er anscheinend gestoßen war. Endlich sagte Sato: »Ich habe Beweise dafür, dass sie nichts Gutes im Schilde führen. Ich werde dir jetzt etwas zeigen, Jacob, aber du darfst niemandem davon erzählen. Die Information ist streng geheim. Hast du verstanden?«

Jacob wollte schon sagen: »Wem könnte ich es denn erzählen? Ich hab doch sowieso keine Freunde«, aber stattdessen nickte er nur mit weit aufgerissenen Augen.

Sato griff in die Innentasche seines Jacketts und zog ein langes, schmales, mehrfach gefaltetes Stück Papier hervor. Jacob erkannte an dem hellgrünen Farbton, dass es aus Algen gemacht war, wahrscheinlich auf einer der Industrie-Ebenen in der Turmfestung. Sato faltete es auseinander und hielt es hoch, so dass Jacob es sich in Ruhe anschauen konnte. Er bot seinem Neffen jedoch *nicht* an, es selbst in die Hand zu nehmen.

Auf dem Blatt Papier war etwas wie ein Plan zu sehen. Genauer gesagt ein Schaubild. Eine Art mechanischer Bauplan von einer offensichtlich gewaltigen Maschine, die vor allem aus einer langen, klobigen Röhre bestand.

Als Sato das Blatt wieder zusammenfaltete, fragte Jacob: »Was *ist* das für ein Ding? Eine Art Kanone?«

Sato steckte das Papier wieder ein. »Ich bin noch dabei, das herauszufinden. Aber es gehört den WasserKriegern, und es ist dafür gedacht, der Turmfestung im Allgemeinen und mir im Besonderen großen Schaden zuzufügen.« Er stand auf, ging auf Jacob zu und legte ihm eine sehnige, muskulöse Hand auf die Schulter. »Ich werde alles in meiner Macht Stehende tun, um diese … diese Schufte aufzuhalten. Sie müssen dafür bezahlen, dass sie uns Tristan genommen haben. Er war ein Overland. Er war einer *von uns*, und ich werde ihn rächen, das verspreche ich dir. Und wenn die Zeit gekommen ist, möchte ich dich bei mir haben. Direkt an meiner Seite. Kann ich auf dich zählen, Jacob?«

Benommen nickte Jacob. »Selbstverständlich, Sir. Ich helfe, wo ich kann.«

»Sehr gut.«

Ohne ein weiteres Wort verließ Sato das Wohnzimmer, und Jacob hörte, wie sich die Eingangstür öffnete und schloss.

Ratlos, was er tun sollte, geisterte Jacob durch das Penthouse, starr vor sich hin blickend, ohne etwas wahrzunehmen. Wie konnte Onkel Sato einfach alles … abtun, was Jacob ihm erzählt hatte? Wenn auch nur die geringste Chance bestand, dass Tristan noch lebte, warum war Sato dann nicht da draußen und tat alles Menschenmögliche, um ihn zu finden? Was, wenn Tristan irgendwo gefangen war und jede Sekunde zählte, jede Verzögerung zwischen Leben und Tod entschied?

Vermutlich war es schlichtweg Satos Art, die Trauer zu

verarbeiten. Sie in Wut umzuwandeln. Und diese Wut musste ein Ziel haben.

Jacob fand sich erneut in Tristans Zimmer wieder. Er blieb im Türrahmen stehen und fokussierte mit höchster Willensanstrengung den Blick. Die Leere des Zimmers fühlte sich so falsch an. Als hätte sich eine Art Unglück darübergelegt. Es infiziert.

Da fiel Jacob etwas Rundes und Beigefarbenes ins Auge. Langsam ging er hinüber zum Nachttisch und nahm den Gegenstand in die Hand: Tristans Tau-Armband. Der Zwilling des Armbands um Jacobs eigenes Handgelenk. Er hielt es sich an die Nase und sog den Geruch nach Meerwasser in sich auf.

Diese Armbänder waren nicht irgendwelche unbedeutenden Gegenstände. Nicht nur Schmuck. Tristan hatte sie vor fünf Jahren selbst gefertigt, nachdem ihre Eltern auf See verunglückt waren und nachdem das Wrack ihres Bootes mehrere Kilometer von der Turmfestung entfernt auf dem Meer treibend gefunden worden war.

Tristan hatte Stücke des Taus von der Takelage genommen und die Armbänder daraus geflochten.

Damals war Jacob erst sechs Jahre alt gewesen. In diesem Alter hatte er den Verlust seiner Eltern nicht richtig verarbeiten können. Nicht vollständig. Je älter er wurde und je besser er die Welt zu verstehen begann, desto *schlimmer* erschien ihm die Erinnerung an diesen schrecklichen, schattenumwobenen Tag, an dem Onkel Sato ihm und Tristan mitgeteilt hatte, dass ihre Eltern nie wieder zurückkehren würden.

Der einzige Lichtblick war der Moment gewesen, als Tristan ihn beiseitegenommen und ihm das Tau-Armband gegeben hatte. Tristan trug bereits genauso eines am Handgelenk. »Wir haben schrecklich viel verloren, Brüderchen«, sagte Tristan, und in seinen Augen schimmerten unvergossene Tränen. »Aber uns werden wir nie verlieren. Okay? Verstanden?« Dann hatte er Jacobs Hand genommen, so dass die Armbänder sich berührten. »Diese Taue verbinden uns miteinander. Für alle Zeit.«

Jacob erinnerte sich noch, wie verzweifelt er seinen Bruder umklammert hatte, sich in seinen winzigen Schuhen auf die Zehenspitzen gestellt hatte, damit er die Arme um Tristans Hals schlingen konnte.

Jetzt schob er Tristans Armband in seine Hosentasche. Vielleicht ging Onkel Sato auf diese Weise mit dem Verlust von Tristan um. Vielleicht musste er Tristan für tot erklären. Vielleicht konnte er seinen Tod nur verkraften, indem er eine Wand aufbaute, dick und hoch und fest, und Tristan auf der anderen Seite versteckte, so dass er ihn nicht mehr sehen konnte.

Doch Jacob glaubte, dass Tristan vielleicht noch am Leben sein könnte. *Wusste,* dass es möglich war. King war schlau. Er würde Jacob die Uhr ihres Vaters nicht ohne Grund bringen. Irgendwo da draußen im Ozean war Tristan irgendwie noch am Leben.

Und wenn das bedeutete, dass Jacob die Turmfestung verlassen und den gesamten Ozean nach seinem großen Bruder absuchen musste?

Dann sollte das so sein.

7

Noch am gleichen Abend hockte Jacob hinter einem Haufen Mülltonnen, einen wasserdichten Rucksack voll mit Vorräten fest auf den Rücken geschnallt, und beobachtete den Hintereingang der Sicherheits-Ebene. Um zum Versorgungslager der Turmfestung zu kommen, musste er am Nachtdienst der Sicherheitskräfte vorbei, doch nachdem er den ganzen Nachmittag damit verbracht hatte, den Bereich zu beobachten, glaubte Jacob, das Kommen und Gehen der uniformierten Männer einigermaßen verstanden zu haben. Die Sicherheits-Ebene lag nur ein Stockwerk über der Meeres-Ebene, lediglich eine schnell überwundene Treppe hinauf, und eine köstliche Meeresbrise verwuschelte sein Haar, während er wartete.

Jacob war nur für das Abendessen ins Penthouse zurückgekehrt, hatte danach über Kopfschmerzen geklagt und Onkel Sato gesagt, dass er früh zu Bett gehen würde. Sato hatte nur gegrunzt und genickt und nicht einmal von seinem Tablet aufgeblickt. Jacob wusste, dass sein Onkel noch eine Besprechung hatte, also hatte er sich kurze Zeit später wieder aus dem Apartment geschlichen.

Erneut ging er seinen Plan durch, hakte im Kopf einen Punkt nach dem anderen ab.

Ein Boot kam nicht in Frage. Alle Boote der Turmfestung waren mit einem Peilsender ausgestattet, und die Sicherheitskräfte würden jede unbefugte Bewegung sofort erfassen. Noch dazu war es unwahrscheinlich, dass sie ein davonsegelndes Boot nicht ohnehin bemerken würden.

Aber Jacob musste im Meer überleben, daher brauchte er eine Taucherausrüstung. Die hatten zwar auch Peilsender, aber er wusste, dass sie am Helm angebracht waren. Sollte also kein Problem sein, sie loszuwerden.

Um an eine solche Taucherausrüstung heranzukommen, musste Jacob sich allerdings ins Versorgungslager schleichen und – der Gedanke gefiel ihm gar nicht – eine stehlen. Ihm war klar, dass das falsch war und dass er damit die Gesetze der Turmfestung brach, und deshalb fühlte er sich ziemlich mies. Aber wenn der Preis, *möglicherweise* Tristans Leben retten zu können, der war, dass er einige Zeit seines Lebens im Knast verbringen musste, na ja, dann war er dazu bereit.

Bald würde der Schichtwechsel der Sicherheitsleute beginnen, und Jacob spannte die Muskeln, um sofort lossprinten zu können, wenn es so weit war. Doch stattdessen ertönten plötzlich laute Stimmen, und er verharrte regungslos, als die Tür weit aufgestoßen wurde und eine lärmende Flut von Rufen und Schreien aus dem Inneren geströmt kam. Ein junger Mann mit einem schwarz-gelben WasserKrieger-Armband versuchte, zur Tür hinauszurennen, doch ein großer, breitschultriger Sicherheitsmann kam hinter ihm her gestürmt und packte ihn am Kragen. »Wo willst du denn hin, Bürschchen?«, blaffte der Sicherheitsmann. »Zurück, marsch, marsch! Da kannst du mit den anderen aus deinem elendigen Pack verrotten.«

Der Mann mit dem WasserKrieger-Armband schrie: »Aber ich hab doch gar nichts getan! Ich habe nichts Unrechtes getan!« Er wehrte sich und versuchte, sich zu befreien, nur war der Sicherheitsmann bestimmt zwanzig Kilo schwerer als er und zerrte ihn zurück durch die Tür.

Die Tür schwang zu. Langsam … Langsam genug, dass Jacob vorwärtsschießen konnte und die Tür zu fassen bekam, bevor sie ins Schloss fiel. Er holte einmal tief Luft und spähte dann durch den Spalt zwischen Tür und Rahmen.

In der Sicherheits-Ebene schien ein kleiner Aufstand im Gange zu sein. Zwei Dutzend Anhänger der WasserKrieger und mindestens doppelt so viele Sicherheitskräfte kämpften und rangen, fluchten und brüllten. Anscheinend waren die Wachmänner dabei, die Aktivisten in Handschellen zu legen und sie in eine Reihe von Arrestzellen zu stecken.

Jacob packte die Gelegenheit beim Schopf und schlüpfte

hinein, huschte einen leeren Gang entlang und durch die Tür zum Versorgungslager, ohne dabei erwischt zu werden.

Die Taucherausrüstungen befanden sich an der hinteren Wand des Lagers in breiten Behältnissen auf noch breiteren Regalen. Jacob durchquerte den hallenartigen Raum und ging auf die Ausrüstungen in kleineren Größen zu, und als die Taucheranzüge und Helme im grellen Licht der nackten Glühbirnen des Lagers schimmerten, verbanden sich zwei Erinnerungen in seinem Kopf. Jetzt wusste er, wo er die beiden Anhänger der WasserKrieger – die er bei der Bestattung zu erkennen glaubte – schon einmal gesehen hatte! Zwar nicht ihre Gesichter, aber die blanke Glatze des einen und das wuschelige schwarze Haar des anderen – das waren die Männer, die er beim Pier aus dem Wasser hatte kommen sehen, als er am *Tag der Meereskönigin* mit King gespielt hatte.

Aber … diese Taucheranzüge waren eigentlich nur für Sicherheitsbeauftragte und deren Auszubildende gedacht. Warum sollten politische Aktivisten sie benutzen? Und warum ausgerechnet an diesem Tag? Ihm drehte sich der Magen um, als er sich erinnerte, was Onkel Sato ihm am Vorabend erzählt hatte. *Diese Leute waren verantwortlich für den Angriff auf die* Meereskönigin *– und dafür, was mit Tristan passiert war!* Hatte er vielleicht gerade einen Teil ihres Plans aufgedeckt?

Jacob nahm den kleinsten Taucheranzug aus dem Regal. Höchstwahrscheinlich eine Frauengröße, aber der einzige, der so aussah, als könnte er ihm passen. Er klemmte sich den kleingefalteten Anzug zusammen mit den Schwimmflossen unter einen Arm und nahm dann den Helm und die Atemluftflasche. Den Peilsender ließ er in dem Behältnis zurück. Jetzt war Jacob bereit, aus dem nächstgelegenen Fenster ins Meer zu springen, und blickte sich nach einer geeigneten Luke um –

Da ließ ihn ein Gedanke verharren.

Was, wenn er *genau die* Ausrüstung finden könnte, die die beiden Männer benutzt hatten? Er erinnerte sich noch, dass der eine Anzug rote Streifen auf dem Rücken gehabt hatte und der andere grüne. Die Wahrscheinlichkeit war gering, aber … er ging hinüber zu der Reihe mit Taucheranzügen, von denen er vermutete, dass sie den Männern passen könnten.

Dort! Genau da in einem der Behältnisse lag der rot gestreifte Anzug auf dem grüngestreiften, und beide Helme hingen an Haken darüber. Jacob legte die gestohlene Ausrüstung ab und nahm einen der Helme.

Der Peilsender war an der Seite befestigt, ein kleiner, wasserdichter schwarzer Kasten, bis oben hin vollgestopft mit der besten Technologie, die die Turmfestung zu bieten hatte. Er schaltete das Gerät ein, und auf der Innenseite der Frontblende am Helm erschien der Bildschirm. Jacob klickte sich durch mehrere Ansichten, bis er zum »Routenverlauf« kam. Dieser zeigte eine Karte an, auf der die Turmfestung als großer roter Punkt erschien und eine feine grüne Linie die zuletzt mit dem Helm zurückgelegte Strecke markierte. Die Orte, an denen der Helmträger länger als eine Minute angehalten hatte, wurden als blaue Punkte angezeigt. Dunklere Blautöne kennzeichneten die jüngsten Stopps, und je länger die Stopps zurücklagen, desto heller wurde der Farbton.

Als Jacob erkannte, wo sich der dunkelste blaue Punkt befand, flüsterte er: *»Oh, verflixter Seetang!«*

Nicht jeder in der Turmfestung hätte die Bedeutung des Ortes erkannt. Sicherlich kein anderes Kind hier – vielleicht nicht einmal Tristan. Aber Jacob hatte sich mehr als einmal in das streng verbotene, absolut unerlaubte Arbeitszimmer seines Onkels geschlichen. Er hatte die Karten an den Wänden betrachtet und auch ein paar Nachrichten auf Onkel Satos Tablet gelesen, die er eigentlich nicht hätte sehen sollen. Das, kombiniert mit Teilen der Turmfestungsgeschichte, die Miss Petersyn ihn unbedingt hatte lehren wollen, brachte ihn zu einer beunruhigenden Erkenntnis.

Diese beiden Männer – die Anhänger der WasserKrieger – waren zu einer Raststation des Flutvolks geschwommen.

Die meisten Bewohner der Turmfestung taten schlichtweg so, als gäbe es das Flutvolk gar nicht. Sie empfanden die bloße Existenz des Flutvolks wie einen Schlag ins Gesicht, da sich die Flutwesen bewusst gegen ein Leben an Land entschieden hatten und nun im Wasser lebten. Doch Jacob wusste, dass das Flutvolk aus einer ganzen Gesellschaft dort unter den Wellen bestand, einer eigenen Kultur, was einen großen Teil seiner Faszination für sie ausmachte.

Die Raststationen des Flutvolks waren … wie Jacob sich Oasen in einer Wüste vorstellte, vor der Großen Flut. Wo müde Reisende sich ausruhen konnten, etwas essen und Vorräte wieder auffüllen. Ein sicherer Ort. Na ja, zumindest ein für Flutwesen sicherer Ort.

Denn falls die beiden Taucher etwas mit dem Angriff auf die *Meereskönigin* zu tun hatten, wollten sie dort vielleicht viele düsterere Geschäfte treiben. Doch wie auch immer die Antwort aussehen mochte, die Spur zu seinem Bruder begann an dieser Raststation. Jacob musste da hin!

Er hängte den großen Helm zurück an die Wand, hob seinen kleineren und die restliche Ausrüstung sowie seinen Rucksack wieder auf und kletterte zu einem Fenster in der Ecke hinauf. Nach wie vor drangen gedämpfte Rufe und Flüche an seine Ohren, und er versuchte, sie auszublenden, während er sich in den Taucheranzug zwängte. Seine normale Kleidung zog er über den Taucheranzug, damit sie niemand in dem Lager entdecken könnte. Mit der Atemluftflasche sollte er mehrere Tage auskommen, und er hatte genügend vakuumverpackte Seetang- und Nori-Kuchen in seinem Rucksack, die mindestens genauso lange reichen würden, und dazu noch alles Geld, das er angespart hatte.

Er stieß das Fenster auf. Von hier konnte er direkt ins Meer springen, und als er gerade all seinen Mut zusammennahm, tauchte King aus dem Wasser auf, drehte sich auf den Rücken und winkte ihm aufgeregt mit einer Flosse zu.

»Ist ja gut, ist ja gut«, sagte Jacob leise. »Ich komme gleich zu dir.«

Genau wie alle anderen Kinder der Turmfestung hatte Jacob in einem riesigen umgebauten Wasserspeicher schwimmen gelernt, der früher einmal dazu gedient hatte, Regenwasser aufzufangen, bevor die Technologen den Entsalzungsprozess perfektioniert hatten. Schwimmen war also nicht sein Problem. Sein Problem war eher, dass er noch nie zuvor *im Meer* gewesen war.

Sein Leben lang hatte Onkel Sato ihm eingebläut, wie gefährlich das Meer war, wie *tödlich* es sein konnte, und all das ging ihm nun im Kopf herum, als er den Helm aufsetzte, aus dem Fenster kletterte und sich schließlich in das dunkle Wasser platschen ließ.

Zuerst war es furchtbar kalt, doch dann sprang das Beheizungssystem in seinem Taucheranzug an. Auch die Stirnlampe am Helm schaltete sich bei Kontakt mit dem Wasser automatisch ein. Die Blickfeldanzeige in Jacobs Helm funktionierte noch, nur konnte sie seinen Weg nicht mehr aufzeichnen, da er den Peilsender entfernt hatte; eine blasse, aber gut sichtbare Karte zeigte ihm, wo er sich im Verhältnis zu seiner Umgebung befand.

Jacob musste sich auf diese wohlbekannten, banalen Dinge konzentrieren, sonst wäre er vermutlich ein wenig panisch geworden. Denn unter dem nächtlichen Sternenhimmel war das Wasser um ihn herum pechschwarz – er stellte sich vor, dass es sich ungefähr so anfühlen musste, im Weltall zu schweben. Wie groß war überhaupt die Wahrscheinlichkeit, dass er hier draußen, in diesem scheinbar endlosen Ozean seinen Bruder finden würde?

Er schwamm zum Pier, rief Kings Namen und tauchte dabei einen der Lautsprecher am Helm ins Wasser, da sich Geräusche dort viel schneller ausbreiteten als in der Luft. Er schwamm auf der Stelle, strampelte mit den Beinen und ließ die Arme durchs Wasser gleiten, so dass er an der Oberfläche blieb. *Komm schon, Junge, ich brauche dich jetzt.* Es dauerte nicht lange, bis der Seelöwe ihn gefunden hatte und mit einem fragenden »Hey?« vor ihm auftauchte. Dann schnüffelte er an dem Taucheranzug.

Jacob umarmte King kurz. »Ich bin's, Junge. Ich brauch deine Hilfe. Wir müssen Tristan finden, okay? Er ist in Schwierigkeiten.«

King klatschte mit einer Flosse aufs Wasser. »Wow!«

Jacob nahm sich einen Augenblick Zeit, um seine Nerven zu beruhigen, konnte noch nicht recht glauben, dass er gleich *unter die Wasseroberfläche* tauchen würde. Tief in den Ozean. Schließlich beugte er sich vornüber und glitt hinein. Es fühlte sich an, als würde er durch ein unendliches schwarzes Nichts schwimmen, manchmal war er noch nicht einmal sicher, in welcher Richtung die Oberfläche lag. Wenn King nicht da gewesen wäre, direkt an seiner Seite, Saltos schlagend und umhertollend, hätte er wahrscheinlich gleich den Mut verloren und wäre zurück zum Pier geschwommen. Jacob wusste, dass das Meer in dieser Gegend nicht *so* tief war – nicht einmal annähernd so tief, wie es irgendwann sein würde jedenfalls – und dass sich ein paar Dutzend Meter unter ihm die Dächer der Gebäude aus der Alten Welt befanden. Uralte, zerfallende Denkmäler einer längst vergangenen Ära. Das Problem war nur, dass er diese zerfallenden Denkmäler nicht *sehen* konnte. Er konnte praktisch gar nichts sehen, lediglich das Wasser ein paar Meter voraus und den glücklichen Seelöwen, der ihn umkreiste. Er hatte sich gemerkt, wo die Raststation auf der Blickfeldanzeige lag. Der schwach leuchtende Punkt auf der Innenseite seiner Frontblende war das Einzige, was ihn jetzt noch mit der Welt verankerte.

Bis plötzlich eine Stacheldrahtwand vor ihm auftauchte. Gerade schwamm er noch im offenen Wasser, und schon war die Wand einfach *da*. Ein rostiges, feinmaschiges Drahtnetz, durchsetzt mit nadelspitzen Stacheln. Jacob erschauderte, als er näher kam und die unzähligen Skelette der vom Metall aufgespießten Fische und Meeressäugetiere bemerkte.

Soweit Jacob sehen konnte, erstreckte sich die Wand weit nach unten – bis ganz hinunter zum Meeresboden und bis hinauf zur Wasseroberfläche. Onkel Sato hatte dieses Netz nie erwähnt. Auch nicht Miss Petersyn oder jeder andere, den er kannte, doch während Jacob davor schwebte, verstand er den Sinn. Ein Schutzwall, um alles Unerwünschte davon abzuhalten, zu den Pieren zu gelangen oder die Wasserzu- und -abläufe der Turmfestung zu verschmutzen.

»Was machen wir denn jetzt, Kumpel?«, fragte Jacob King, erwartete jedoch keine Antwort. Aber als hätte er gehört und verstanden, nahm King sanft Jacobs Hand ins Maul, genau wie auf dem Pier, nachdem er Tristans Uhr zurückgebracht hatte. Jacob wusste nicht, was er davon halten sollte, aber er ließ es zu, dass der Seelöwe ihn nach rechts und ein paar Meter weiter nach unten führte. Als Jacob sah, wo sie hinschwammen, bemerkte er: »Du bist noch viel klüger, als ich dir zugetraut habe, was?!«

King schwamm anmutig durch ein langes, schmales, von einem Sturm in die Schutzwand gerissenes Loch – Jacob hoffte zumindest, dass es von einem Sturm kam. Die einzige andere Möglichkeit bestand darin, dass ein Tier das Netz beschädigt hatte. Ein gewaltiges Tier. Eines, das Metall zerreißen konnte. Eines, das vielleicht noch in der Nähe war. Jacob hatte schon viele Geschichten von riesengroßen, genetisch angepassten Seeungeheuern gehört, die an verborgenen Orten lauerten. Doch King schien nicht besorgt. Es sah aus, als wäre er schon oft durch das Loch rein- und rausgeschwommen. *Natürlich ist er das*, dachte Jacob. *Wie sonst wäre er zur Turmfestung und wieder zurück gekommen?*

Es gelang ihm nicht so anmutig wie King, aber Jacob schlüpfte ebenfalls durch das Loch. Seine Atemluftflasche blieb einen kurzen Augenblick lang an einem der Stachel hängen, und beinahe hätte Jacob Panik bekommen bei der Vorstellung, dass er gleich wie eines der armen Fischskelette in der Falle sitzen würde, doch dann löste sich die Flasche wieder. Sobald Jacob frei war, kam King näher, und Jacob umarmte seinen Freund kurz, aber King schien etwas anderes gewollt zu haben. Der Seelöwe stupste Jacobs Hand mit dem Maul an und führte sie dahin, wo Kings Vorderflossen am Körper saßen. Jacob griff am oberen Teil der Flosse zu – »Meinst du, so?« – und hätte dann fast den Halt verloren, als King, zu Jacobs Überraschung und Freude, von der Drahtwand wegschoss und ihn als Passagier mit sich zog. Jacob schaute auf die Blickfeldanzeige und deutete nach rechts. »Da lang!«

King nickte und änderte die Richtung. Jacob konnte sich nicht erinnern, wann er das letzte Mal so breit gegrinst und so frei gelacht hatte. Zum Glück verringerte Jacobs Taucheranzug den Wasserdruck etwas und hielt die Kälte ab.

Allmählich und mit jeder Minute mehr entspannte sich Jacob. Er hatte zwar immer noch das Gefühl, als würde er durchs Weltall fliegen, doch dass er sich an King festhalten konnte, half ihm bei der Orientierung, und langsam fing er an, Spaß an alldem zu finden. Jacob und der Seelöwe schienen in einen zeitlosen Schwebezustand zu gleiten. Es war ein Leichtes, so zu tun, als befände sich unter ihnen nicht der Meeresboden und als hinge über der Wasseroberfläche nicht der nächtliche Himmel. Als gäbe es die Turmfestung nicht. Keinen Onkel Sato. Und keine WasserKrieger.

Es war ein Leichtes, so zu tun, als wäre Tristan nicht verschwunden.

Ob es sich so anfühlte, ein Flutwesen zu sein?, fragte Jacob sich. Vollkommen frei und ohne Sorgen. Keine Regeln, keine Grenzen.

Bevor Jacob Gewissensbisse bekam, dass er auch nur eine Sekunde nicht an seinen Bruder gedacht hatte, sah er Lichter in der Ferne schimmern. »Da vorne, King!«, rief er und spürte, wie Kings Körper als Antwort erzitterte. »Schwimm weiter! Das muss die Raststation sein.«

Jacob wusste viel mehr über das Flutvolk als normale Bewohner der Turmfestung, aber als sie sich der Raststation näherten, hatte er die starke Vermutung, dass er mit seinem Wissen über sie schnell an seine Grenzen stoßen würde. Er hatte noch nie einen Trockensiedler getroffen, der mit einem Flutwesen in dessen natürlichem Lebensraum gesprochen hatte. Onkel Sato hatte Jacob weisgemacht, dass einige Flutwesen Trockensiedler abschlachteten und aufaßen, obwohl Jacob und Tristan den Schauergeschichten ihres Onkels immer mit Vorsicht begegnet waren. *Flutwesen sind genau wie Trockensiedler*, redete Jacob sich ein. *Sie leben bloß zufällig unter Wasser, mehr nicht.* Doch was genau würde er tun, wenn sie bei der Raststation ankamen? Würde überhaupt jemand dort sein? Und *wenn* Leute da waren, würden sie wirklich mit *ihm* sprechen wollen? Er versuchte, sich hineinzuversetzen in einen typischen …

Jacob stockte in Gedanken. Wie nannte man überhaupt eine einzelne Person des Flutvolks? Einen Flutvolk-Mann? Eine Flutvolk-Frau? Ihm fiel auf, dass er sich die Frage nie gestellt hatte, und er fühlte sich deshalb ganz schön dumm.

Inzwischen waren sie der Raststation nah genug, um sich alles genauer ansehen zu können. Von irgendwo weit unter ihnen stieg ein Turm der Alten Welt aus den schwarzen Tiefen herauf, und durch die scheibenlosen Fenster und die mit Algen bedeckten grauen Wände sah er aus wie das Skelett eines unvorstellbar riesigen Seeungeheuers. Dieser leblose Anschein veränderte sich jedoch abrupt im obersten Stockwerk des Gebäudes. Im Gegensatz zu dem übrigen Turm strotzte es vor Leben.

Leben und Licht und *Klänge*. In Jacobs Helm schaltete sich die Übersetzungsfunktion ein, und die Lautsprecher neben seinen Ohren wandelten die vom Wasser übertragenen Vibrationen in Frequenzen um, die er verstehen konnte. Musik strömte aus der Raststation. Sein Helm gab sie in schlechter Qualität wieder, voller Rauschen und Knistern und Klicken, aber sie drang trotzdem als lebhafte Melodie an seine Ohren. Eine Melodie, die er noch nie gehört hatte.

Das Flutvolk macht seine eigene Musik. Ein weiterer Gedanke, der ihm noch nie zuvor gekommen war.

Jacob ließ Kings Flosse los, und der Seelöwe drehte sich um, schwebte vor ihn und schaute ihn fragend an. »Bleib du hier«, sagte Jacob, gestikulierte dabei wild mit Armen und Händen. »Ich gehe da rein. Aber du bleibst draußen. Ich will nicht, dass du in Schwierigkeiten gerätst. Okay?«

King streckte die Zunge raus und plapperte etwas, und Jacobs Helm übersetzte die Schwingungen in dasselbe freche *Pfff*-Geräusch, das King an der Oberfläche machte, doch er schien zu verstehen, was Jacob von ihm wollte. Jacob sah zu, wie King ein Stockwerk tiefer schwamm und daran herumschnüffelte. Vielleicht würde er ein, zwei Fische fangen.

Jacob atmete einmal tief durch, versuchte, ein entschlossenes Gesicht aufzusetzen, und schwamm noch dichter an die Raststation heran. Abgesehen davon, dass es unter Wasser stand, sah es auf den ersten Blick wie ein normales Stockwerk aus. Nicht viel anders als die verschiedenen Ebenen der Turmfestung. Doch dann bemerkte er den großen quadratischen Haupteingang – welcher sich *im Dach* befand, wie eine Falltür.

Wieder einmal traf Jacob eine Erkenntnis, bei der er sich zugleich ehrfürchtig und dumm fühlte: Das Flutvolk konnte Türen *überallhin* bauen. In die Decke, in den Boden, ganz oben an die Wand, völlig egal, *weil sie dorthin schwimmen konnten.* »Ich muss wohl lernen, hier unten ein bisschen um die Ecke zu denken«, sagte Jacob leise zu sich selbst und schwamm in die Raststation hinein.

Nachdem er sich aufgerichtet und umgesehen hatte, sah er eine Reihe kleiner Stände, ganz ähnlich wie die der

Händler auf der *Meereskönigin*, wo Leute verschiedenste Dinge kauften und verkauften.

Ihm fiel ebenfalls auf, dass jedes einzelne Flutwesen – und davon waren mindestens dreißig hier drin – in dem, was es gerade tat, innehielt, sich umdrehte und ihn anstarrte.

Selbst die Musik verstummte.

»Ähm … hallo …«, sagte Jacob. Er sah leicht verschwommen, als das Wasser um seinen Helm herum vibrierte; die Übersetzung funktionierte in beide Richtungen, und die Lautsprecher außen am Helm hatten gerade seine Worte umgewandelt und in einer Frequenz ausgesandt, die die Flutwesen gut verstehen konnten.

»Nur ein kleiner Junge«, sagte jemand in seiner Nähe. Wie Kings »Stimme«, drangen die Worte des Flutwesens verzerrt, kratzig und metallisch zu ihm, aber dennoch verständlich.

Genauso schnell, wie alle innegehalten hatten, um ihn einzuschätzen, stempelten sie ihn als »unbedenklich« ab. Sie wandten sich wieder ihren vorherigen Beschäftigungen zu, als wäre er nie hier aufgetaucht. Auch die seltsame Musik spielte weiter.

Da sie ihn jetzt ignorierten, hatte Jacob Gelegenheit, die Flutwesen selbst in Augenschein zu nehmen. Etwa ein Drittel von ihnen sah wie die Halb-Aquatischen aus, die auf der *Meereskönigin* Waren verkauft hatten, aber die anderen zwei Drittel waren ohne Zweifel von der voll-aquatischen Art. Sie glichen nicht den Kreaturen, die Tristan angegriffen hatten. Stattdessen waren sie etwa so groß wie ein durchschnittlicher Trockensiedler, nur wendiger und geschmeidiger. Nicht zweieinhalb Meter große Riesen mit Schultern, so breit wie die Anker von Schleppnetzfischerbooten. Ihre Haut war mit schillernden Schuppen besetzt, nicht fahl und haiartig. Und Haare hatten sie auch – borstig wie Seelöwenfell, aber in verschiedenen Farben. Ihre Augen, obwohl größer als die der Trockensiedler, sahen menschlicher aus als die furchterregenden weißen Augäpfel der bewaffneten Flutwesen, die auf der *Meereskönigin* aufgekreuzt waren. *Diese Leute verbringen ihr komplettes Leben im Wasser*, staunte Jacob. Er hatte schon so oft von ihnen gehört, aber nun konnte er sie aus nächster Nähe sehen, in Fleisch und Blut …

Sie waren noch schöner als die Halb-Aquatischen.

Ihre Körper sahen noch anmutiger aus. Lange schlanke Arme und Beine, winzige schmale Taillen, längliche Gesichter mit markanten Wangenknochen sowohl bei Männern als auch Frauen. *Sie sehen aus wie Tänzer*, bemerkte Jacob.

Doch ihre Schönheit lag nicht nur in der Gestalt ihrer Körper. Ihre Haut wies leuchtende, farbenfrohe Muster auf, die wie Kunstwerke aussahen, jedes einzigartig. Wenn man sie in einer der Kunstgalerien der Turmfestung ausstellen würde, die Miss Petersyn so mochte, würden die Menschen sicherlich freiwillig Eintritt dafür bezahlen.

Die Flutwesen trugen einfache Kleidung, die offensichtlich aus einer Kombination von Leder und behandeltem Seetang bestand, doch die Kleidungsstücke schienen nicht als Schutz vor Kälte zu dienen, sondern vielmehr, um die intimsten Körperstellen zu bedecken und verschiedene Utensilien zu verstauen. Jacob fragte sich, ob sie die Wassertemperatur überhaupt spüren konnten. Oder ob sie sich auch daran angepasst hatten.

Langsam und vorsichtig, damit er mit niemandem zusammenstieß, schwamm er weiter in den Raum hinein.

Die Reihe von Verkaufsständen – allesamt am Boden verankert und mit Netzen überspannt, damit die Waren nicht wegschwammen – begann direkt unter der Dachluke, und der erste schien Ersatzteile für Motoren anzubieten. Allerdings kannte Jacob sich mit Motoren nicht gut genug aus, um sagen zu können, *welche* Teile. Der Händler war etwas kräftiger gebaut als die anderen Flutwesen, und die Muskeln ließen die Schuppen an seinen Armen schimmernd Wellen schlagen. Er lehnte sich über den Ladentisch und streckte seinem einsamen Kunden ärgerlich einen langen, schwimmhäutigen Finger entgegen: »Wenn dir der Preis nicht passt, geh doch woandershin.« *Sie haben Schwimmhäute an den Händen!* Natürlich *haben sie Schwimmhäute!*, dachte Jacob.

Seine Augen wanderten zu dem Kunden, den der Händler beschimpfte – und er fragte sich, warum um alles im Meer er es nicht schon zuvor bemerkt hatte.

Da war ein Mädchen etwa in Jacobs Alter. Es hatte lange dunkelbraune Haare und bronzefarbene Haut mit kleinen Schwärmen tiefschwarzer Tupfen darauf. Und obwohl seine dunkelbraunen Augen dieselbe Form hatten wie Jacobs, waren sie viel größer als alle Trockensiedler-Augen, die er jemals gesehen hatte. Als ihm bewusst wurde, dass er das Mädchen anstarrte, hatte es sich bereits umgedreht und ihn dabei erwischt.

Das Mädchen schubste ihn beiseite. Seine verzerrte Stimme krächzte durch den Helm: »Pass bloß auf, Luftatmer.« Schnell wie der Blitz schob es sich mit zwei Stößen seiner länglichen, schwimmhäutigen Füße an ihm vorbei und verschwand oben durch die Tür.

»Von deiner Sorte kommen hier unten nicht so viele vorbei«, sagte der Händler, und Jacob erkannte, dass der Mann mit ihm sprach. Er schwamm näher zu dem Stand.

»Ehrlich gesagt überrascht es mich, dass *überhaupt* mal jemand von meiner Sorte hier auftaucht«, sagte Jacob mit unsicherer Stimme. Als der Händler nicht antwortete und ihn nur musterte, fuhr er fort: »Sind Ihnen vielleicht vor kurzem zufällig zwei Typen hier aufgefallen?« Er beschrieb die beiden Männer so detailliert wie möglich. »Sie, ähm … sie sind Mitglieder von dieser Vereinigung namens WasserKrieger.«

Der Händler neigte den Kopf. Ein winziger Fisch schwamm von der Decke hinunter und versuchte, einen Essensrest aus dem Mundwinkel des Mannes zu klauben, doch der scheuchte ihn weg. »Ich glaub nicht, dass ich einem fremden Luftatmer-Jungen überhaupt irgendwas erzählen will. Vielleicht gehst du besser dahin zurück, wo du hergekommen bist.«

Enttäuscht ließ Jacob die Schultern hängen. Er wollte schon wegschwimmen, aber irgendetwas ließ ihn innehalten. *Du darfst nicht so schnell aufgeben*, ermutigte ihn eine Stimme in seinem Kopf. *Denk an Tristan! Was würde Onkel Sato tun?* Mit einem tiefen Atemzug straffte Jacob erneut die Schultern und zerrte seinen Rucksack nach vorn, um darin herumkramen zu können. Er zog ein schweres Plastiksäckchen heraus und wandte sich wieder an den Händler. »Strecken Sie mal die Hand aus, *bitte.*« Der Händler neigte jetzt den Kopf zur anderen Seite, schien sich jedoch dafür zu interessieren, worauf Jacob hinauswollte, also folgte er der Bitte und hielt eine Hand auf. Jacob drehte sie so um, dass die Handfläche nach unten zeigte, und ließ drei Schwimmtaler hineinschweben. Er war sich ziemlich sicher, dass man damit hier unten mindestens eine anständige Mahlzeit kaufen konnte. »Und wie sieht es jetzt aus?«, flüsterte er. »Kommen Ihnen die Typen nun etwas bekannter vor?«

Die schillernden grünen Augen des Händlers weiteten sich einen Augenblick lang, bevor er die Hand um die Münzen schloss und sie in einem Beutel um seinen Bauch verstaute. »Ja, die waren hier«, sagte er, als er sich wieder aufrichtete. »Gestern, glaube ich. Haben nach Ersatzteilen gefragt. Ziemlich lange Liste hatten die. Hätte ihnen auch gerne was verkauft, wenn ich's denn dagehabt hätte. Ungewöhnliches Zeug war das.«

»Inwiefern ungewöhnlich?«

Der Verkäufer zuckte die Achseln. »Ehrlich gesagt, nichts, was ich jemals auf Lager hatte. Dafür bräuchten sie jemanden, der besser an Ware aus der Alten Welt rankommt. Tut mir leid, mehr kann ich dir leider nicht dazu sagen.«

»Also gut – und was ist mit einem Jungen? Ein weiterer von der Turmfestung. Sieht aus wie ich, nur älter. Siebzehn. War der auch hier?«

»Dabei kann ich dir nicht helfen. So einen hab ich hier noch nie gesehen.«

Jacob dankte dem Händler. In seinem Kopf rotierte es. Onkel Sato hatte gesagt, dass die WasserKrieger irgendeine riesige, gefährliche Waffe bauten, und es war gut möglich, dass sie für genau so etwas ungewöhnliche Ersatzteile aus der Alten Welt benötigen könnten. Allerdings half ihm das nicht dabei, Tristan zu finden. Jacob versuchte, noch ein paar weitere Leute in der Raststation zu befragen, ob sie Tristan gesehen hatten, aber keiner von ihnen schien ihm helfen zu wollen, und je mehr er herumfragte, desto ungeduldiger wurden sie. Geknickt machte Jacob sich schließlich zurück auf den Weg durch die Tür in der Decke.

Er schwamm zehn Meter hinauf Richtung Wasseroberfläche, warf dann einen Blick zurück zur Raststation.

Das hübsche Mädchen mit den großen braunen Augen schwamm noch an einer Ecke des Dachgeschosses herum, sein Haar wogte in der leichten Strömung. Er konnte nicht erkennen, ob es ihn beobachtete. Nicht, dass das wichtig war. So langsam hatte er das Gefühl, dass dieser ganze Trip sich zu einer einzigen riesigen Zeitverschwendung entpuppte.

Da kam King auf ihn zu geschwommen. Jacob lächelte: »Hey, mein Junge, hast du ein paar F–« Er wollte sagen »Fische gefangen«, aber verstummte, als er bemerkte, dass King nicht ihn ansah. Der Seelöwe blickte an ihm *vorbei*, auf das Gebäude hinter ihm, und als King knurrte, fuhr er herum.

Zwei der Flutvolk-Männer waren aus der Raststation gekommen und schwammen direkt auf ihn zu. Die Lautsprecher in Jacobs Helm krächzten die Worte des vorderen: »Trockensiedler, die hier auftauchen und mit ihrem Geld um sich werfen, machen's nicht allzu lange …«

8

Jacobs Herz pochte in seiner Brust, als die zwei Flutvolk-Männer auf ihn zu schwammen. Beide hatten dunkelgraue Haut mit breiten violetten Streifen, und auf dem Weg zogen sie jeder ein Messer – lange, gezackte Korallensplitter, die Griffe mit behandeltem Seetang umwickelt. Jacob wusste, dass er gegen sie keine Chance hatte. Zum einen waren sie erwachsene Männer, und zum anderen hatte er keine Ahnung, wie man kämpfte, erst recht nicht unter Wasser. Seine Arme und Beine fühlten sich träge und schwer an, und er konnte sicherlich nicht mal halb so schnell schwimmen wie die beiden Angreifer. Die Männer beschleunigten, ihre langen, sehnigen, schuppenbesetzten Körper schlängelten sich durch das schwarze Wasser auf ihn zu.

Jacob überlegte, dass ihm vielleicht eine einzige Chance blieb. Schwer atmend strampelte er der Wasseroberfläche entgegen. Die Männer schienen voll-aquatisch zu sein, und wenn er sie aus ihrem Element heraus in seines bringen könnte, würde er vielleicht die gehörige Tracht Prügel oder sogar das Messer im Rücken oder was auch immer sie mit ihm vorhatten, umgehen. Er trat kräftig mit den Beinen, geradewegs nach oben –

Seine Anstrengungen hatten ihn gerade mal einen Meter weit gebracht, als sich auch schon eine lange, schwimmhäutige Hand um seinen Knöchel schloss. »Du schwimmst nirgendwohin«, sagte der größere der beiden Männer, doch just in dem Moment schoss ein wuchtiger dunkler Schatten an Jacobs Gesicht vorbei, und die Hand, die ihn festhielt, ließ los. »Verschwinde!«, brüllte der Mann, und Jacob drehte sich um und sah, dass King den Mann wegzuziehen versuchte. Der Seelöwe hatte sich im Oberteil des Mannes verbissen und wollte ihn zurück in Richtung der Raststation zerren – Jacob sah das Korallenmesser aufblitzen, und ein Bild von King, verletzt und blutend, breitete sich schon vor seinem inneren Auge aus –, also stürzte er vor und packte die Messer-Hand des Mannes mit beiden Händen. Dessen Griff um das Messer löste sich, und es sank nach unten in die Finsternis.

Der zweite Flutvolk-Mann tauchte nun neben dem ersten auf, schnellte um Jacob herum und stach mit seinem eigenen Korallenmesser zu. Jacob zuckte zusammen und duckte sich weg, und obwohl er einen plötzlichen, heftigen Stoß irgendwo gegen den Rücken spürte, glaubte er nicht, dass das Messer ihn verletzt hatte. King und der erste Mann waren inzwischen ein paar Meter weggetrieben, immer noch kämpfend. Jacob schwamm rückwärts, so schnell er konnte, um außer Reichweite des zweiten Mannes zu gelangen, aber ihm war klar, dass dieser ihn in weniger als einer Sekunde wieder einholen könnte. Das lange, scharfe Korallenmesser funkelte im Licht von Jacobs Helm.

Plötzlich verschwand der grimmige Ausdruck auf dem Gesicht des Mannes von einer Sekunde zur nächsten. Er schaute hoch – an Jacob vorbei, in Richtung Wasseroberfläche –, und als Jacob sich umwandte, um dem Blick zu folgen, setzte sein Herz für einen Moment aus, drohte, vollkommen stehenzubleiben.

Ein Hai kam auf sie zu geschwommen.

Gewaltig, tödlich, zerteilte der Hai das Wasser mühelos. Sein Körper bewegte sich in einer langsamen, muskulös wogenden »S«-Form. Jacob konnte nur dessen Unterseite erkennen, da er mehrere Meter über ihnen schwamm. Noch nie hatte Jacob einen echten Hai gesehen. Und schon gar nicht so nah. Miss Petersyn hatte ihn mal ein halbes Jahr lang über gefährliche Meerestiere unterrichtet, und natürlich hatte er dazu Fotos von Haien in ihren Büchern studiert, doch die unbeweglichen Bilder wurden diesem Monster nicht annähernd gerecht. Plötzlich schlug die graue Gestalt wie eine Peitsche aus, und im Bruchteil einer Sekunde schwenkte sie ab und raste direkt auf Jacob zu.

Dem Hai davonschwimmen zu wollen war aussichtslos.

Nein!, dachte er verzweifelt. So *darf es nicht enden. Tristan braucht mich doch!*

Und dann glitt der Hai genau an ihm vorbei und rammte den Flutvolk-Mann. Das Messer wirbelte ihm aus der Hand und sank hinab, und dem Mann entfuhr ein Geräusch zwischen einem Husten und schmerzvollem Stöhnen. Jacob erwartete, eine Blutwolke zu sehen, doch dem war nicht so. Anscheinend hatte der Hai dem Flutvolk-Mann lediglich einen Stoß versetzt, anstatt ihn zu beißen, aber Jacob bezweifelte nicht, dass die Wucht groß genug gewesen war, um diesem ein paar Rippen zu brechen. Als der Hai einen weiteren Bogen schwamm und zu einem erneuten Angriff ansetzte, dachte Jacob einen Augenblick lang, er hätte Wahnvorstellungen.

Auf dem Rücken des Hais ritt das braunäugige Flutvolk-Mädchen!

Es spornte das große Tier an, und in einer kraftvollen Schleife, angetrieben von seiner enormen senkrechten Schwanzflosse, rammte der Hai die beiden Angreifer hintereinander, so dass sie sich mehrmals überschlugen.

King jaulte auf und flitzte an Jacobs Seite, während die beiden Männer, denen ihr Leben offensichtlich lieb war, schleunigst in den nächtlichen Ozean davonschwammen. King quietschte erneut, als ein seltsames Geräusch durch die Lautsprecher in Jacobs Helm drang. Es klang wie … wie …

Das Bellen eines Hundes?

Wie war das möglich?

Jacob drehte sich hierhin und dorthin, wollte herausfinden, woher das Geräusch kam, und versuchte gleichzeitig, ein Auge auf das Flutvolk-Mädchen und den Hai zu haben …

Und dann verstand er, dass der Hai das Geräusch machte.

Der riesige Fisch schwamm auf ihn zu, und Jacob beobachtete, wie sich das gewaltige Maul öffnete, die Kiemen erzitterten und – da war es schon wieder.

Der Hai *bellte*. Oder machte jedenfalls ein Geräusch, das genauso klang. Das Tier musste genetisch verändert sein. Jacob kam es vor, als würde er den beiden fliehenden Widersachern hinterherbellen und vielleicht so etwas sagen wie: »Jawohl, und wagt es ja nicht, zurückzukommen!«

Der Hai trieb in gemächlichen Kreisen um Jacob und King herum, und das Flutvolk-Mädchen beobachtete sie von seinem Rücken aus. Jacob meinte, sich zu erinnern, dass Haie immer in Bewegung bleiben mussten, zumindest ein bisschen, um atmen zu können. Das Wasser um Jacobs Helm erzitterte, als er sprach: »Du greifst jetzt nicht – ich meine –, greifst du uns als Nächstes an?«

Das Mädchen kniff die leuchtend braunen Augen leicht zusammen. »Glaub mir, wenn Blabber einen Mitternachtssnack aus euch hätte machen wollen, wärt ihr längst Haifutter.«

Jacob blinzelte. »Ist das dein Name? Blabber?«

Diesmal rollte das Mädchen mit den Augen. Es tätschelte

den breiten, flachen Kopf des Hais. »*Das* hier ist Blabber. Mein Name braucht dich nicht zu interessieren. Aber ich rate dir, so schnell wie möglich dahin zurückzukehren, wo du hergekommen bist.« Es schüttelte den Kopf. »Was tust du überhaupt hier? Bist du 'n Ausreißer? Ich würd ja fragen, ob du ein Dieb bist, nur können Diebe besser mit Geld umgehen.«

Anstatt sich weiter hinter Jacob zu verstecken, schwamm King nun ein paar Zentimeter näher an den Hai heran und spähte ihn aus seinen großen dunklen Augen an. Er schien keine Angst mehr zu haben.

»Ich suche meinen Bruder«, antwortete Jacob. So knapp wie möglich erzählte er dem Mädchen von dem Angriff auf die *Meereskönigin* und der dürftigen Hinweisspur, die ihn zu der Raststation geführt hatte. Und dass Jacob glaubte, Tristan würde irgendwo von dem riesigen Flutvolk gefangen gehalten, das mit den WasserKriegern der Turmfestung zusammenarbeitete. Nur, dass sein Onkel der Gouverneur der Turmfestung war, ließ Jacob lieber weg. Er war nicht sicher, wie das Mädchen darauf reagieren würde. Und wenn die Flutwesen wüssten, wer Jacob war, würden sie ihn vielleicht auch entführen. »Er ist alles, was mir geblieben ist«, sagte Jacob und klang dabei hoffentlich nicht so rührselig, dass das Mädchen ihn für schwach halten würde. »Ich muss ihn finden.«

Während Jacob die Situation erläuterte, hatte das Mädchen still zugehört, jetzt nickte es nachdenklich. »Ich hab von dem Angriff gehört. *Jeder* hat davon gehört. Aber keiner will die Verantwortung dafür übernehmen. Und niemand hat was davon gesagt, dass ein Trockensiedler entführt wurde.« Es zuckte mit den Schultern. »Na ja, nicht mein Problem. Ich mache mich jetzt mal auf den Weg. Und ich mein's ernst: Du musst zu deinem Turm zurückschwimmen. Hier unten sind Luftatmer nicht sicher.« Das Mädchen drückte dem Hai leicht mit den Fersen gegen die Flanken, und er wendete. »Apropos Luft«, sagte es über die Schulter. »Wenn ich du wär, würd ich mal meine Flasche checken lassen.«

»Hä?« Jacob zog die Atemluftflasche so herum, dass er sie sehen konnte, und ihm entfuhr ein unwillkürlicher Schrei. Ein dünner, gleichmäßiger Strang Luftblasen entwich aus einem Riss im Gehäuse und strömte hinauf zur Oberfläche. *Das Messer des Flutvolk-Manns!* Das war also bei dem Stoß passiert, den er gespürt hatte – das Messer hatte ein Loch in die Flasche gestochen. Er schaltete den Sauerstoffverbleib in der Blickfeldanzeige seines Helms ein und fluchte, als er die Zahl bei »Verbleibende Prozent« sah: *11 %*

»Warte«, rief Jacob und schwamm, so schnell er konnte, dem Mädchen und ihrem Hai nach. Der Hai glitt mit unglaublicher Leichtigkeit durch das Wasser, und in der Dunkelheit waren die beiden schon fast aus seiner Sichtweite verschwunden, aber Jacob drehte die Lautstärke seines Helms voll auf. »WARTE!«, brüllte er, und die Schallwellen flirrten in alle Richtungen. »ICH BRAUCHE DEINE HILFE!«

Er meinte, zu erkennen, dass das Mädchen den Kopf umwandte. Eine Sekunde später beschrieb der große, bleiche Körper des Hais einen Bogen, und Jacob erlaubte sich selbst einen winzigen Seufzer der Erleichterung. Als das Mädchen wieder bei ihm ankam, kniff es erneut die Augen zusammen.

»Was ist?«

Jacob zeigte auf die undichte Atemluftflasche. »Mir bleiben nur noch ein paar Stunden Luft. Ich will nicht zur Turmfestung zurück, ich *muss* meinen Bruder finden. Bitte. Kennst du hier unten jemanden, der meine Flasche reparieren kann? Oder ersetzen? Ich kann auch bezahlen. Egal, wie viel verlangt wird, ich kann es bezahlen.«

Das Mädchen sah ihn nachdenklich an. Es beschrieb eine Spirale mit der Hand, damit Jacob sich umdrehte und es sich den Schaden genauer anschauen konnte. Er kam der Bitte nach, und das Mädchen erklärte hinter seinem Rücken: »Es ist nicht allzu schlimm. Das könnte ich wahrscheinlich selbst zusammenflicken.«

Jacob drehte sich erneut um, damit er es ansehen konnte. »Wirklich? Das könntest du?« In dem Augenblick bemerkte er, dass es von dem Hai heruntergestiegen war und nun direkt vor ihm schwebte. Weniger als zwanzig Zentimeter entfernt. Plötzlich verlegen und ohne eine Ahnung, wieso, wich Jacob ein kleines Stück zurück.

Das Mädchen hob seine langen, anmutigen Hände in die Höhe. »Freu dich nicht zu früh. Ich habe nicht gesagt, dass ich es wirklich *mache*. Nur, dass ich es *könnte*. Vorausgesetzt, du kannst wirklich bezahlen.«

Gerade wollte Jacob antworten, als King ihm von der Seite zuvorkam: »Hey!«. Die Übersetzungsfunktion gab das Geräusch rau, abgehackt und kratzig wieder, ganz anders als an der Oberfläche. Aber das war egal. Es klang eindeutig immer noch nach dem fröhlichen King, und als Jacob sich zu ihm umwandte, klappte ihm fast die Kinnlade hinunter.

King und Blabber schienen … miteinander zu *spielen*. Sie stießen die Nasen aneinander, wirbelten dann voneinander weg und kamen schließlich wieder zusammen, schwammen in lockeren Kreisen umeinander herum. King machte »Juuup!«, und Blabber bellte, und Jacobs Kehle entwich ein unwillkürliches Lachen. »Na, da brat mir doch einer ’nen Fisch«, stieß er überrascht hervor.

Nun brach das Lachen des Mädchens durch die Helm-Lautsprecher. Als Jacob zu ihm schaute, streckte es ihm eine Hand entgegen. »Also gut: Blabbers Freunde sind auch meine Freunde. Ich bin Hali.« Das Mädchen schien all sein bissiges Misstrauen zusammenrafft, fein säuberlich gefaltet und in einer unsichtbaren Tasche verstaut zu haben.

Verwirrt schüttelte Jacob Hali die Hand. »Ich heiße Jacob. Und das ist King.«

Hali nickte. »Meinen Hai kennt ihr ja schon.« Sie gab Blabber ein Zeichen. Der stupste King ein letztes Mal spielerisch an, schwamm dann zu ihr hinüber und ließ sie wieder auf seinem Rücken Platz nehmen. Diesmal winkte sie Jacob. »Komm. Ich muss dich mit zu mir nach Hause nehmen – da habe ich mein Werkzeug.« Sie klopfte hinter der Rückenflosse auf Blabbers Rücken. »Spring auf. So sind wir schneller.« Als Jacob zögerte, zeigte sich ihre Überheblichkeit erneut und sie rollte mit den Augen. »Kannst du dich bitte mal entspannen? Blabber ist ein Riesenmaulhai.« Für Jacob klang das *überhaupt nicht* beruhigend, bis Hali hinzufügte: »Das bedeutet, er ist ein Filtrierer. Er frisst nur winzig kleine Meerestiere, Krill und so. Keine trotteligen Luftatmer. Und auch *keine* Seelöwen. Jetzt komm schon, los geht's.«

Mit dem dumpfen Gefühl, dass das alles nur ein Traum sein konnte, tat Jacob wie geheißen. Bis vor ein paar Minuten hatte er noch niemals einen Hai gesehen, und jetzt sollte er auf einem *reiten*? Es fühlte sich an, als hätte man ihn gebeten, auf den Rücken eines Drachen zu steigen. Vorsichtig ließ er sich auf Blabber nieder, packte die riesige Rückenflosse direkt vor ihm –

Und wäre fast wieder heruntergerutscht, als Blabber losschnellte. Von irgendwo hinter ihm rief King ihnen nach, und ein paar Sekunden später hatte der Seelöwe sie eingeholt und fegte neben ihnen durchs Wasser.

Jacob hatte gedacht, King wäre schnell, als der Seelöwe

ihn auf dem Weg zur Raststation mit sich gezogen hatte. Doch auf Blabber zu reiten definierte Geschwindigkeit noch einmal völlig neu. Ohne jegliche Anstrengung trug er Hali und Jacob blitzschnell durchs Wasser, und Jacob musste sich zusammenreißen, um nicht laut loszujubeln. Es fühlte sich *großartig* an.

Seinem Gefühl nach weniger als eine halbe Stunde später tauchten sie noch zehn Meter weiter in die Tiefe und erreichten einen dunklen Wald. Erstaunt blickte Jacob sich um. Der Seetang war blättrig und hoch, seine Wedel wogten in einer warmen Strömung, als würden sie die schillernden Fischschwärme zwischen sich hin und her werfen. Das Wasser fühlte sich hier drin wärmer und stiller an und plötzlich auch friedlicher und sicherer. Kleine phosphoreszierende Flecken schimmerten auf manchen der Blätter wie Glitzer, und verschiedene Arten größerer Meerestiere flitzten darin umher – Oktopusse, Krebse und Aale. »So was habe ich noch nie gesehen«, staunte Jacob. Hali bedeutete ihm, von Blabbers Rücken abzusteigen.

»Das ist doch bloß ein Tangwald, Turmjunge. Schwimm besser nicht abseits der Wege, denn ich werde dich bestimmt nicht suchen kommen.« Er folgte ihr auf einem Pfad durch den Seetang, halb Weg, halb Tunnel. Blabber und King gesellten sich wieder zueinander, schossen hierhin und dorthin durch die hoch aufragenden Pflanzen in einem stürmischen Fangspiel.

Jacob wollte Hali gerade nach ihrem Zuhause fragen – er

war noch immer fasziniert davon, dass der Haupteingang der Raststation in der Decke gewesen war, und wollte mehr über die Häuser des Flutvolks wissen –, als sie aus dem dichtesten Seetang herausschwammen und auf eine Lichtung gelangten.

»Willkommen in Bergen!«, sagte Hali.

Vor ihnen erstreckte sich ein Dorf, das am Meeresgrund begann und dann den Hang eines farbenfrohen Korallenriffs hinaufstieg.

Oder zumindest *glaubte* Jacob, dass man es ein Dorf nennen konnte. Es glich allerdings mehr einer losen Ansammlung von kleinen, heruntergekommenen Hütten und Verschlägen. Einige waren aus den umgedrehten Rümpfen von Bootswracks gebaut. Andere aus Seetang gewoben. Wieder andere aus aufgestapelten Steinen errichtet. Alle Materialien, alle Bauelemente von jedem der Häuschen hatten ursprünglich zu etwas anderem gedient – rostige Teile von Landfahrzeugen, Metallplatten von vorflutlichen Gebäuden, uralte Haushaltsmaschinen waren entsprechend umgebaut. Eben alles, was man aus den Tiefen des Ozeans von einer längst vergangenen Lebensweise hatte *bergen* können. Nun, der Name des Dorfes ergab jedenfalls Sinn, dachte Jacob. Im und um das Dorf herum waren Flutwesen unterwegs – Männer, Frauen und Kinder. Während Jacob und die anderen zwischen den Häusern hindurchschwammen, nahe des Hangs, wo das Korallenriff zur Oberfläche hin anstieg, rief er bei den Flutwesen dieselbe Reaktion hervor wie in der Raststation: Jedes einzelne Augenpaar wandte sich ihm zu und starrte ihn an. In den Augen hier sah er allerdings keine Bedrohung, sondern größtenteils Erschöpfung. Die Kleidung der meisten Bewohner bestand aus zerlumpten wasserabweisenden Stoffen – wie zerschnittene Abdeckplanen und Regenmäntel. Alles hier erinnerte Jacob an die riesigen Elendsviertel in Städten der Alten Welt, die er auf Fotos gesehen hatte und wo die Mittellosen auf jede ihnen mögliche Art und Weise versuchten, ihr Überleben zu sichern.

»Ihr kriegt hier unten wahrscheinlich nicht so viele Luftatmer zu sehen«, sagte er zu Hali, während er ein paar Leuten verstohlen zuwinkte. Ein kleines Kind mit Kiemen, das ein altes Sport-T-Shirt aus Polyester trug, glotzte Jacob an, und Fischstücke trieben aus seinem geöffneten Mund nach oben.

»Entspann dich. Sie wissen, dass du nur ein Junge bist. Sie glauben nicht, dass du hier alles abreißen oder das Dorf einnehmen willst.«

»Warum sollte ich – *wie* könnte ich es einnehmen? Wie könnte *irgendein* Trockensiedler einen Ort wie diesen … sagen wir … kontrollieren?«

Hali zeigte nach oben. »Das Riff ragt über die Wasseroberfläche hinaus. Und es ist rappelvoll mit Schiffswracks. Wenn Luftatmer verzweifelt genug wären, könnten sie die auch in Hütten umwandeln, genau wie wir hier unten.«

Jacob dachte darüber nach, während er die vielen unterschiedlichen Arten der Flutwesen um ihn herum in Augenschein nahm. Einige waren halb-angepasst, wie er es auf der *Meereskönigin* gesehen hatte. Andere waren voll-aquatisch wie Hali. Und nur wenige – er konnte vielleicht zwei oder drei sehen – schienen auf dem besten Weg, sich in voll ausgebildete Fisch-Menschen zu verwandeln, denn sie verloren bereits den üblichen menschlichen Körperbau und wurden eher … na ja, fischartig.

»Ach so«, sagte Jacob und sprach seine Gedanken laut aus. »Aber woher wissen sie denn, dass ich nicht zu meinen Leuten zurückgehe und ausplaudere, wo sich dieser Ort befindet?«

Hali näherte sich ihm. »Da ist was dran. Dann muss ich dich vielleicht doch selbst töten.« Jacob fuhr herum und starrte sie an, nur um ein freches Grinsen zu sehen, das makellose weiße Zähne entblößte. »Ach, komm schon«, sagte Hali lachend. »Du solltest dich echt mal entspannen. Das war ein Witz! Um ehrlich zu sein, Bergen ist schon lange nicht mehr das, was es einmal war. Meine Mutter hat mir Geschichten von der Zeit erzählt, als Bergen gegründet wurde. Es war eine der ersten Flutsiedlungen, in der Trockensiedler lebten, die das Serum genommen hatten. Die Leute hatten zunächst keine Ahnung, wie sie hier unten Häuser bauen sollten, also haben sie alles aus dem Meer geborgen, was sie finden konnten. Anfangs war Bergen ein blühender Ort, ein Hafen für neue Ideen, Kreativität und Phantasie, und die Leute glaubten, dass sie sich hier eine bessere Zukunft aufbauen und die Fehler der Vergangenheit vermeiden könnten. Das Flutvolk entwickelte raffinierte Wege, die heraufgeholten Gegenstände aus der Alten Welt wiederzuverwerten. Sie erfanden neue Werkzeuge und Technologien und erschufen Kunstwerke. Doch im Laufe der Jahre wurden die essbaren Fische immer seltener – man glaubte, dass etwas aus der Tiefe das Wasser verseuchte, vielleicht Chemikalien, die die Menschen der Alten Welt so gelagert hatten, als könnten sie sie einfach vergessen. Ohne Fisch konnten die Leute jedenfalls nicht überleben, und die Ideen und der Wohlstand verschwanden zusammen mit der Nahrungsquelle der Einwohner.«

Jacob schaute ein paar weiteren Flutwesen dabei zu, wie sie ein Gebäude reparierten, mit einem Motor-Werkzeug ähnlich einer Bohrmaschine, die irgendwie unter Wasser funktionierte. Er dachte darüber nach, was Hali erzählt hatte, wie der Ort damals ausgesehen haben musste, und er fragte sich, ob die Vergiftung, die zu seinem Niedergang geführt hatte, wirklich aus der Alten Welt gewesen oder nicht vielleicht von der Turmfestung gekommen war, möglicherweise durch die Abfälle der Industrie-Ebene, die einfach ins Meer geworfen wurden. Still betrachtete er die Flutwesen einen Augenblick lang, bewunderte ihre Schönheit und ihr Durchhaltevermögen. »Kann ich dich was fragen?«, wandte er sich zu Hali.

Sie zuckte die Schultern, beobachtete Blabber und King

bei einer Art aquatischem Ringkampf über ihren Köpfen. »Klar. Ich antworte nur vielleicht nicht.«

»Wie entstehen die verschiedenen Arten des Flutvolks? Ich meine – warum können manche Flutwesen noch Luft atmen und andere nur Wasser? Und wie werden manche zu diesen, na ja, fast vollständigen Fisch-Menschen?«

Jacob und Hali schwammen immer noch durch das Dorf. Jedes Augenpaar richtete sich auf Jacob, wenn sie vorbeikamen, doch zu seiner Überraschung stellte er fest, dass er sich langsam daran gewöhnte.

»Es dauert eine Generation«, sagte Hali. »Zuerst nehmen die Luftatmer das Serum. Dann werden sie ziemlich schnell beidlebig. Ich meine, das geht nicht sofort, die Umwandlung dauert ein paar Wochen. Manchmal auch Monate. Das ist bei jedem anders. Doch *deren* Kinder werden dann voll-aquatisch geboren, genau wie bei meinen Eltern und mir. Sie waren amphibisch, und als sie mich bekamen, hatte ich Kiemen.« Sie machte eine Handbewegung an ihrem Hals, als würde dort etwas aufblühen. »Die Weiterentwickelten, die du gesehen hast – die haben sich meistens bewusst dafür entschieden. Man kann mit dem Serum noch einen Schritt weiter gehen, wenn man will. Ab und zu passiert es auch quasi von selbst.«

Jacob erschauderte bei dem Gedanken, dass Hali eine weniger menschliche Fisch-Frau werden könnte. »Würdest *du* das gerne tun? Voll, ähm, voll-fischig werden?«

»Ich hab mich noch nicht entschieden. Einerseits finden

nicht alle Flutwesen gut, was es mit ihrem Körper anstellt. Ist so ein Schönheitsding. Andererseits können die Leute, die den Schritt gehen, viel tiefer in die Gräben tauchen als wir anderen. Hat alles Vor- und Nachteile.«

»Hali? Hali! Komm doch rüber!«

Jacob blickte zu der Stelle hinüber, wo die Stimme herkam. Im Eingang eines winzigen Hauses, das aus drei verschiedenen umgedrehten Ruderbooten zu bestehen schien, schwebte eine voll-aquatische Flutvolk-Frau mit langen, sanft wallenden weißen Haaren und winkte Hali zu sich. Hali warf Jacob einen Blick zu: »Warte mal kurz.« Sie schwamm zu der Frau hinüber. Jacob folgte ihr in einigen Metern Abstand.

»Wie geht's dir, Schätzchen?«, fragte die Frau. »Wie schlägt sich deine Familie so in letzter Zeit?«

»Och, uns geht's gut«, antwortete Hali, und Jacob traf eine jähe Erkenntnis. In diesen wenigen Worten von Hali schwang ein starkes *Schamgefühl* mit. War Hali etwa auch in Schwierigkeiten?, fragte sich Jacob. »Wir kommen schon klar.«

Die Frau nickte und drückte Hali ein kleines Päckchen in die Hand, eingewickelt in Seetang. Es hatte ungefähr die Größe und Form von Onkel Satos Tablet. Die Frau sagte: »Hab ich ganz frisch gemacht. Iss es, bevor es schlecht wird, ja?«

»Danke schön«, sagte Hali. Für Jacobs Ohren klang der Dank gekünstelt, aber die weißhaarige Frau lächelte und nickte. Hali schwamm zu Jacob zurück. Sie sah ihm nicht in die Augen. »Komm, wir sind fast da.«

Falls er überhaupt ernsthaft überlegt hatte, ihr zu sagen, dass er der Neffe des Gouverneurs der Turmfestung war, so schob er den Gedanken jetzt endgültig beiseite. Er war sich inzwischen ziemlich sicher, dass sie ihn nicht als Druckmittel einsetzen würde, um Geld oder Ressourcen von der Turmfestung zu erpressen, oder dass sie ihn an andere verkaufen würde, die das anschließend übernahmen. Aber er wollte unbedingt vermeiden, dass Hali ihn behandelte wie die anderen Kinder in der Turmfestung, und wenn sie erfuhr, wie viel Geld er in Wirklichkeit hatte, na ja, dann würde genau das geschehen.

Sobald sie außer Sicht der weißhaarigen Frau waren, wickelte Hali eine Ecke des Päckchens aus und brach kleine Stücke von dem ab, was sich darin befand. Zwei kleine, leuchtend gestreifte Fische steckten ihre Köpfe aus dem Tangwald hervor. Hali winkte ihnen und fütterte sie vorsichtig mit den Krümeln.

Jacob achtete darauf, dass Hali ihn nicht grinsen sah.

Eine Minute später führte Hali ihn einen schmalen Seitenweg durch den Seetang und zu einer weiteren Lichtung, die groß genug war, um ein kleines, seltsam aussehendes Haus zu beherbergen, das eher einem Plastikverschlag ähnelte. »Hier wohnst du?«

Halis anfänglicher bissiger Sarkasmus kam kurzzeitig wieder zum Vorschein. »Mach bloß keine Luftsprünge vor

Begeisterung«, antwortete sie. »Ich werd dir schon zeigen –«

Sie brach ab, als ein halbes Dutzend große, dunkle Gestalten geschmeidig aus dem Seetang rings um sie herausschwammen. Sofort erkannte Jacob zwei der Männer, beide mit dunkelgrauer Haut und breiten violetten Streifen. Einer hatte blaue Flecke am Hals und im Gesicht und eine geschwollene Wange drückte sein rechtes funkelndes Auge zu, als würde er ihnen zuzwinkern – doch in seinem Gesichtsausdruck lag ganz und gar nichts Freundliches. Das waren die beiden Flutvolk-Männer, die ihn vor der Raststation hatten ausrauben wollen. Diesmal hatten sie anscheinend Freunde mitgebracht. Alle außer einem hielten lange Metallstangen in der Hand, an deren Ende sich kleine silberne Kästchen mit zwei gefährlich aussehenden Zacken befanden.

Jacob wusste, was das war: Elektroschocker.

»Du erzählst uns jetzt, wo dein Vater ist, Mädchen«, knurrte der größte der Flutvolk-Männer, »oder du und dein Luftatmer-Freund findet euch in einer Welt aus Schmerz wieder.«

Jacob drehte sich hilfesuchend nach Hali um. Sie biss grimmig die Zähne aufeinander und sah halb wütend, halb ängstlich aus. Dieser Anblick erschreckte Jacob zutiefst. Bislang war Hali ihm vollkommen furchtlos und immer als Herrin der Lage vorgekommen. Ein kalter Adrenalinschauer lief ihm über Hals, Arme und Beine, schwächte seine Muskeln und machte sie gleichzeitig kampfbereit. Doch Hali hob langsam ihre Hände, und Jacob tat es ihr gleich. Seine zitternden Finger sandten kleine Wellen aus. Die Elektroschocker surrten.

9

»Ich hab's dir letztes Mal schon gesagt, Kreel«, schimpfte Hali. »Ich weiß nicht, wo er ist. Wenn ich's wüsste, würde ich's dir wahrscheinlich sogar sagen, aber ich weiß es einfach nicht.«

Jacob hatte keine Ahnung, wer diese Männer waren, wozu sie fähig waren und was sie womöglich tun würden, wenn Hali und er nicht mit ihnen kooperierten. Er dachte, dass jetzt ein großartiger Zeitpunkt für Blabber wäre, noch einmal aufzukreuzen – aber, selbst wenn der Hai mitbekam, was los war, wäre er überhaupt in der Lage, sechs erwachsene Männer zu verscheuchen? Sechs *bewaffnete* erwachsene Männer? Jacob entdeckte Blabber und King in fünfzig Metern Entfernung, wie sie begeistert im Seetang Fangen spielten. Völlig ahnungslos, in welcher Gefahr Hali und er schwebten.

»Mir egal, ob du es weißt oder nicht«, knurrte Kreel, »aber ich will den Weg nicht umsonst gemacht haben.«

Kreel packte Hali und drehte ihr die Arme auf den Rücken, dann machte einer der anderen dasselbe bei Jacob, zerrte schmerzhaft an seinen Ellbogen. Ein Teil seines Hirns fragte sich, was er tun würde, wenn der Mann ihm die Schulter auskugelte. Hatten die Flutwesen Krankenstationen? Wenn ja, würden sie einen Luftatmer überhaupt behandeln? Darüber nachzudenken lenkte ihn zumindest ein kleines bisschen von dem Schmerz ab.

Die anderen vier Männer rissen die Tür zu Halis Unterschlupf auf – Jacob war sich nicht sicher, ob man das wacklige kleine Ding als »Haus« bezeichnen konnte – und schwammen hinein. Über Halis Protestschreie hinweg konnte Jacob hören, wie es darin rumpelte und Metall auf Metall traf, während die Flutwesen die Hütte auseinandernahmen.

»Was tut ihr da?«, rief Hali mit Verzweiflung in der Stimme. »Er ist nicht hier! Das hab ich euch doch schon gesagt!«

»Dann sind das die Zinsen auf seine Schulden«, sagte Kreel. »Wir nehmen sowieso nur mit, was wir von da drinnen verkaufen können, und vielleicht gebe ich dir für unseren nächsten Besuch eine kleine Gedächtnisstütze.«

»Seid ihr wirklich so dumm?«, Halis Verzweiflung hatte der Wut Platz gemacht. »Seht euch doch mal um, ihr Fischköpfe! Seht euch das Dorf an! Glaubt ihr ernsthaft, dass irgendwer von uns hier einen Schatz hütet? Beim Zahn des Orcas, wie blöd kann man eigentlich sein?«

Kreel stieß Hali von sich weg, drehte sie dann herum und legte ihr eine schwimmhäutige Hand um die Kehle. Ihre Augen weiteten sich, als er die andere Hand zurückzog und zu einer Faust ballte. In dem Augenblick schrie Jacob: »Stopp!«

Kreel hielt inne. Hali und er starrten beide Jacob an, der die Gelegenheit ergriff und sich vorwagte: »Du hast gesagt, ihr sucht nach irgendwas Wertvollem? Ich *bezahle* euch! Ich habe Geld! Turmfestungs-Geld!« Er erinnerte sich, wie begierig der Händler in der Raststation gewesen war, ein paar Schwimmtaler in die Finger zu bekommen. »Ich hab genug! In meiner Tasche, meine ich. Nehmt es. Nehmt alles – nur lasst uns in Ruhe!« Er zuckte mit einer Hand Richtung Rucksack und hoffte, dass Kreel das überhaupt sehen konnte, obwohl seine Arme fast bis zu den Schulterblättern verdreht waren.

Kreel kniff die Augen zusammen und zog eine Braue bis knapp unter den Haaransatz hoch. Er gab dem Mann, der Jacob festhielt, ein Zeichen, und Jacob atmete erleichtert auf, als der ihn losließ. Er fischte den Beutel aus dem Rucksack und hielt ihn Kreel hin. »Aber sei vorsichtig, das sind Schwimmtaler, die steigen an die Oberfläche, wenn du nicht aufpasst.«

Kreel nahm den Beutel. Er ließ Hali los, und während sie von ihm wegschwamm und sich behutsam den Hals rieb, spähte er auf die Münzen in dem Beutel, sorgsam darauf bedacht, dass keine entwischte. »Das verschafft dir ein bisschen Luft«, sagte Kreel. »Aber es reicht nicht mal annähernd, um die Schulden von deinem Dad abzubezahlen.« Als er den Beutel schließlich fest zugeschnürt in seiner Tasche verstaut hatte, sah er zu Jacob. »Jungs!«, rief er, und die Geräusche der Zerstörung aus dem Inneren von Halis Zuhause verstummten. Einer nach dem anderen schwammen die Männer heraus. »Wir hauen ab. Für's Erste.« Kreel drehte sich noch einmal um und drohte Hali mit einem langen, schwimmhäutigen Finger. »Aber glaub bloß nicht, dass das hier schon vorbei ist.«

Ein paar Sekunden nachdem Kreel und seine Männer im Seetang verschwunden waren, brachen Blabber und King aus dem Wald hervor und wirbelten in einer Spirale aus Luftbläschen umeinander herum. King scherte aus und stieß spielerisch gegen Jacob, während Blabber ein paarmal bellte und dann sein Maul an Halis Hand rieb.

»Ach, *jetzt* taucht ihr auf«, sagte Hali, klang jedoch überhaupt nicht verärgert, und Jacob beobachtete, wie sie zärtlich Blabbers Schnauze streichelte. Sie drehte sich zu Jacob um. »Danke«, sagte sie, schaute ihm dabei aber nicht in die Augen. Dann bedeutete sie ihm, ihr zu folgen. »Komm, wir gehen rein.« Blabber und King wollten ihr schon hinterherschwimmen, doch sie hob mahnend einen Finger. »Oooh nein, keine Chance! Tiere sind in der Kajüte nicht erlaubt!« Blabber stieß ein leises *Wuff* aus, das in Jacobs Ohren enttäuscht klang, und Hali sagte: »Als ob ihr beide zusammen da überhaupt reinpassen würdet!«

King gab Blabber mit einer Flosse einen Klaps auf den Kopf, und in der nächsten Sekunde rasten die beiden schon wieder in Richtung Seetang davon.

Hali schwamm durch die Tür ihrer »Kajüte«. Jacob folgte ihr und wäre dann fast mit ihr zusammengestoßen, da sie angehalten hatte und den Blick über das Innere der Hütte schweifen ließ. »Oje«, sagte sie mit erstickter Stimme. »Wie gut, dass ich noch nie besonders ordentlich war.«

Der Innenraum war größer, als Jacob gedacht hatte, aber nicht viel. Hali und vermutlich ihr Dad – nach dem Kreel und seine Bande suchten – hatten die Plastikhütte an eine ausgehöhlte Felswand am Meeresboden gebaut, so dass der hintere Teil der Kajüte in einer Felshöhle lag, mit Steinboden, -wänden und -decke. Die Aushöhlung reichte etwa drei Meter in den Fels hinein.

Bevor Kreels Männer die Inneneinrichtung zertrümmert hatten, war es vermutlich eine spärliche Behausung mit drei Aluminiumtruhen, einer kleinen Sammlung Trompetenmuscheln und Meerglas sowie zwei Lampen mit Leuchtwürmern gewesen. Die Truhen waren geöffnet und ausgeleert worden, und ihr ganzer Inhalt trieb nun in der Kajüte herum. Auch die kunstvolle Sammlung hatten sie umhergewirbelt. »Wenigstens haben sie die Lampen nicht zerschmettert. Wäre ganz schön mühsam gewesen, all die kleinen Leuchtwürmchen wieder einfangen«, bemerkte Hali trocken.

Jacob entdeckte ein paar Gegenstände, die er nicht zuordnen konnte: In der Nische befanden sich zwei große Netze, die mit verzinkten Nägeln im Felsboden befestigt waren. Beide lagen dort einfach herum, leer. Er zeigte darauf und fragte: »Diese Netze – ähm –, wofür sind diese Netze?«

Mit gerunzelter Stirn und hochgezogenen Brauen blaffte Hali: »Ihr Luftatmer habt auch wirklich *von nichts* 'ne Ahnung, oder? Das sind *Betten*, du Dummerchen.«

Die Vorstellung machte Jacob sprachlos. Er schwebte reglos wie eine Statue im Wasser, während er sich das Prinzip durch den Kopf gehen ließ. Die Temperatur im Meer blieb viel konstanter als an der Oberfläche, daher brauchten Flutwesen wahrscheinlich keine Decken. Aber wenn die Strömung sich änderte, könnte ein Schlafender unbeabsichtigt irgendwo hingetrieben werden. Sich dabei vielleicht sogar verletzen. Also verankerten sie sich an der gewünschten Stelle mit diesen Netzen … die, wie Jacob nun bemerkte, *tatsächlich* ungefähr die Größe einer normalen Bettdecke hatten.

»Du hast recht«, sagte er schließlich. »Wir Luftatmer wissen tatsächlich eine ganze Menge nicht.« Er schüttelte ein paarmal den Kopf, als wollte er seine Gedanken wieder in Schwung bringen. »Also, erklär mal: Wer waren diese Typen? Was ist das für eine Geschichte mit deinem Vater? Schuldet er ihnen wirklich Geld?«

Hali hatte begonnen, kleine Gegenstände einzusammeln und sie zurück in eine der Truhen zu packen – einen Spiegel, eine Bürste mit harten Borsten, ein Fischmesser. Jacob setzte schon zu einem neuerlichen Schwarm von Spekulationen an: Natürlich aßen Flutwesen Fisch und dies wahrscheinlich roh, denn unter Wasser konnte man ja schlecht ein Feuer anzünden und etwas garen. Aber *wie* aßen sie unter Wasser? Dabei schluckte man doch bestimmt jede Menge Salzwasser – zumindest ein Trockensiedler wie er würde das tun. Jacobs Gedankengang wurde abrupt unterbrochen, als Hali sprach: »Apropos Geld. Wo hattest du so viel davon her?«

Jacob zögerte. Was er *nicht* sagen wollte, war: »Na ja, weißt du, der Gouverneur der Turmfestung ist mein Onkel, und wir sind unglaublich reich.« Das Problem war nur, dass ihm keine bessere Erklärung einfiel. Also zuckte er mit den Schultern. »Ist doch egal. Allerdings war das leider der letzte Rest.«

Hali legte einige weitere Gegenstände in die Truhe zurück, schloss den Deckel und verriegelte sie. »Das ist natürlich blöd. Aber, na ja, ich schätze, jetzt sind wir quitt.«

»Sieht so aus.« Jacob fragte sich, ob das bedeutete, dass sie ihm nicht dabei helfen würde, seine Atemluftflasche zu reparieren. Er überprüfte die Anzeige und sah, dass er noch neunzig Minuten Luft übrig hatte, also beschloss er, ihr damit nicht auf die Nerven zu gehen. Zumindest nicht sofort. »Du hast mir nicht geantwortet. Wegen deinem Dad. Ich meine, du musst es mir natürlich nicht erzählen, wenn du nicht willst. Ich bin nur neugierig.«

Etwa eine halbe Minute lang sammelte Hali weiter Dinge in der Kajüte zusammen, als hätte sie Jacobs Frage nicht gehört. Gerade wollte er den beständigen Luftbläschenstrom kommentieren, der sich langsam in einer wachsenden Blase am höchsten Punkt der Kajütendecke sammelte, da antwortete Hali: »Wir haben früher mal in einem anderen Dorf gewohnt. Ein bisschen größer als das hier. Und ein bisschen weniger … Mir fällt kein gutes Wort ein. ›Heruntergekommen‹? Jedenfalls habe ich da mit meiner Mutter und meinem Vater gelebt. Aber vor ungefähr einem Jahr hat irgendwas den gesamten Ort überschwemmt. Eine Art Gift, mehr konnten wir nicht herausfinden. Vielleicht war es dasselbe Zeug, das die Fische aus Bergen und der Umgebung fernhält, vielleicht auch was anderes. Niemand hat sich je erklären können, woher es kam.«

Jacob schwieg, doch innerlich quälte ihn derselbe Gedanke wie zuvor: Vielleicht war die Turmfestung schuld an der Vergiftung. Und vielleicht waren es noch nicht mal Chemieabfälle, sondern vielleicht geschah dies mit voller Absicht, damit die Flutwesen nicht mit der Turmfestung um Ressourcen und Fisch konkurrierten, weshalb man sie krank machte und dazu brachte, das Gebiet zu verlassen. Nein, dachte Jacob dann, die Bewohner der Turmfestung würden so etwas niemals tun. Sie mussten das Flutvolk nicht verdrängen. Es gab genug zu essen für alle.

»Wenn wir einen geeigneten Wasserreiniger gehabt hätten«, fuhr Hali fort, »hätten wir es wahrscheinlich neutralisieren können, aber niemand im Dorf konnte sich das leisten. Nicht mal annähernd. Durch das … was auch immer es war … schmeckte das Wasser nach Schwefel und Rost. Die Leute wurden krank, und die, die es am schlimmsten erwischt hatte, starben.« Sie stockte. Schloss die Augen. »Auch meine Mutter.«

Jacob spürte ein plötzliches Stechen in der Brust. Verlustgefühle kannte er nur allzu gut. »Oh – Hali. Das tut mir leid. Wirklich.«

Hali räumte weiter auf und schloss bald den Deckel der zweiten Truhe. »Mein Dad – er heißt Bourne –, er und ich mussten da raus. Wir mussten *alle* da raus. Wegen dem verseuchten Wasser konnte dort keiner mehr weiterleben, also sind wir Flüchtlinge geworden. Wir hatten keine andere Wahl. Und dann sind wir hier gelandet. Ich weiß nicht, ob es weit genug weg ist von unserem Zuhause. Dad wollte nicht zu weit fortgehen. Aber vor ein paar Wochen ist er verschwunden. Einfach so. Ich bin eines Morgens aufgewacht, hab erwartet, ihn zu sehen, aber da war nur sein leeres Netz.«

Hali verstaute nun Dinge in der dritten Truhe, und jetzt schlich sich Wut in ihre Bewegungen, so dass sie jedes Teil gegen das Metall knallte. »Dann tauchten Kreel und seine widerlichen Blutegel hier auf. Aus dem Nichts. Ich hatte sie noch nie gesehen, aber sie legten gleich los mit dem Ganzen: ›Wo ist dein Vater, er schuldet uns Geld‹, und –« Hali schüttelte sich. »Und jetzt weiß ich nicht, was ich tun soll.«

Jacob suchte nach Worten. »Weißt du, ähm … hast du irgendeine Ahnung, wo dein Vater sein könnte?«

Hali zuckte mit den Schultern. »Nein, woher auch? Er war noch nie besonders zuverlässig, und wir sind nicht immer einer Meinung, aber würde er mich einfach so zurücklassen? Das glaube ich eigentlich nicht. Auf jeden Fall würde ich es gerne nicht glauben. Mit Sicherheit kann ich es allerdings nicht sagen. Also bin ich ihn suchen gegangen.«

»Ich weiß ziemlich genau, wie du dich fühlst.«

Sie durchbohrte ihn mit einem eisigen, gefährlichen Blick. »Ach ja, du *weißt* das? Du weißt, wie es sich anfühlt, wenn dein Vater einfach eines Tages verschwindet?«

Die Augen auf den Kajütenboden gerichtet, sagte Jacob leise: »Meine Eltern sind beide tot. Mit einem Boot verunglückt.«

Als Jacob wieder zu Hali hochblickte, schwebte sie vor ihm im Wasser und starrte ihn bloß an, mit einem Gesichtsausdruck, den er in einer Million Jahren nicht hätte deuten können. Nach ein paar endlosen Augenblicken sagte Hali: »Komm mal hier rüber. Ich glaube, ich hab genau das, was du suchst.«

Jacob schwamm zu ihr und fragte sich dabei, ob Flutwesen Tränendrüsen hatten. Er wollte gar nicht erst darüber nachdenken, was passieren würde, wenn er mit einem Taucherhelm auf dem Kopf anfangen würde, zu weinen, sich nicht die Augen abwischen könnte … oder die Nase putzen … er würde sich in ein umgedrehtes Goldfischglas voller Tränen und Schnodder verwandeln. Bei dem Gedanken schüttelte es ihn.

Hali wälzte einen breiten, flachen Stein zur Seite, den Jacob für einen Teil des Bodens in der Nische gehalten hatte, und brachte einen verborgenen Hohlraum zum Vorschein, ungefähr doppelt so groß wie eine ihrer Aluminiumtruhen. Er war randvoll gepackt mit einer beeindruckend vielfältigen Sammlung von elektrischen und elektronischen Gegenständen. Hali kramte darin herum. Während er wartete, sagte Jacob: »Hey, hör mal, ich weiß, du hast gesagt, dass du mir helfen willst, meine Atemluftflasche zu reparieren, aber – ich meine, ich kann dich jetzt nicht mehr für deine Arbeit bezahlen. Das war wirklich alles Geld, das ich hatte.«

Sie sah nicht auf, als sie sprach, schüttelte lediglich den Kopf. »Du hast dein ganzes Geld hergegeben, damit Kreel mein Zuhause nicht zerstört und mir nicht die Nase bricht. Das ist Bezahlung genug.« Sie nahm etwas in die Hand, richtete sich auf und zeigte Jacob den Gegenstand. »Da ist er! Ich hab damit geübt – um wasserdichte Batteriefächer perfekt hinzubekommen. Es gibt allerdings nicht viel Nachfrage für so was hier unten, wie du dir sicher vorstellen kannst.«

Zum gefühlt zwanzigtausendsten Mal seit er unter Wasser war, gingen Jacob die Augen über und ihm stockte der Atem. Hali hielt eine Art Gurtgestell für den Kopf in der

Hand – eine Ansammlung von Riemen, Linsen, Filtern und komplexer, kompakter Elektronik. Der gesamte Kopfgurt schimmerte in einem sanften blaugrünen Licht.

»Mastertech«, flüsterte Jacob.

Ehrfürchtig nahm er den Kopfgurt entgegen. Hali erklärte: »Wenn ich alles richtig gemacht habe, aktiviert er sich von selbst, sobald du ihn anlegst. Und von da an ist es ein Kinderspiel. Hoffentlich. Wahrscheinlich. Probier ihn einfach aus!«

Jacob konnte nicht aufhören, das Ding in seinen Händen anzustarren. Er kam sich vor, als hätte ihm jemand gerade einen Zauberring oder ein magisches Schwert oder irgendetwas anderes aus einem Märchen in die Hand gedrückt. »Wo hast du den *her*?«

»Gefunden. Wir Flutwesen haben zwar auch so einige Einschränkungen, aber wir können Orte der Alten Welt besuchen, die ihr Luftatmer euch nicht mal *vorstellen* könnt.«

Er begutachtete den Kopfgurt ausführlich. Vorsichtig. Als er zwei rechteckige schwarze Kästchen umdrehte, ungefähr in der Größe und Form von einem Stapel Spielkarten, bemerkte er etwa fünfzig winzige Nadeln, die aus der glatten Oberfläche herausstachen. »Wofür sind die?« Er berührte eine davon mit dem Fingernagel. »Die, ähm, piksen doch nicht wirklich in mich rein, oder?«

Hali nickte. »Allerdings, das solltest du sogar hoffen. Die sollen nämlich den Stickstoff in deinem Blut regulieren und dich somit vor der Taucherkrankheit schützen – du weißt schon, Druckausgleich und so.« Mit einem leicht angeberischen Ton ergänzte sie: »Bei uns Flutwesen ist diese Eigenschaft sozusagen schon mit eingebaut. Soweit ich weiß, wurde das Anpassungsserum von denselben Leuten erfunden wie der Kopfgurt. Sobald du den anlegst, bist du also nur noch ein oder zwei Schritte davon entfernt, ein richtiges Flutwesen zu sein.«

Das Funkeln, das in Halis Augen aufblitzte, beruhigte Jacob nicht wirklich hinsichtlich der Tatsache, dass vielleicht gleich jede Menge Nadeln in seine Haut stechen würden. »Na gut, okay, aber … ist das … ist das nicht gefährlich? In der Turmfestung hat man uns immer gesagt, dass Mastertech-Gegenstände auch gerne mal – na ja, explodieren.«

»Kann ich dir zu hundert Prozent garantieren, dass es funktioniert? Nein. Habe ich was anderes auf Lager, das dir helfen könnte? Ebenfalls nein. Ich werde dich nicht dazu zwingen, den Kopfgurt anzulegen. Du kannst ihn mir gerne zurückgeben und wieder zur Oberfläche schwimmen. Ich halte dich nicht auf.«

Jacob starrte den Mastertech-Kopfgurt an. Das blaugrün schimmernde Licht tanzte vor seinen Augen. »Und wenn es *wirklich* funktioniert? Was genau passiert dann?«

»Wenn es *wirklich* funktioniert, kannst du hier unten bleiben, solange du willst. Ohne Atemluftflasche. Die kleinen schwarzen Dinger mit den Nadeln? Das sind sozusagen deine Kiemen. Ähnlicher kann uns ein Luftatmer nicht werden.«

Jacob hüpfte das Herz in der Brust wie ein Fisch auf dem Trockenen, aber er wusste, dass es eigentlich nur auf eine Frage hinauslief: Würde Tristan dieses Risiko für ihn eingehen? Jacob zweifelte nicht eine Sekunde, dass er das tun würde. *Aber uns werden wir nie verlieren.* Tristans Worte bei der Trauerfeier für ihre Eltern klangen klar und deutlich in Jacobs Ohren, als würde Tristan sie ihm über die Schulter ins Ohr sagen, als würde er Jacob ermutigen, ihm versichern, dass er es schaffen würde, dass das alles klappen würde. Dass er an sich glauben musste.

Jacob nickte. »Okay, was muss ich tun?«

»Erstens: Atme einmal richtig tief ein. Zweitens: Nimm den Helm ab. Drittens: Setz dir den Kopfgurt auf. Er sollte sich dann von selbst anpassen.«

Bevor er es sich selbst wieder ausreden konnte, füllte Jacob seine Lunge mit Luft, nahm Helm und Atemluftflasche ab und zog die Riemen des Mastertech-Gurtes über den Kopf, so dass sich die kalten, stacheligen künstlichen Kiemen unter seinen Ohren an den Hals legten.

Jedes bisschen Luft, dass er eingesogen hatte, entwich in einem Unterwasserschrei, als sich der Gurt um seinen Kopf und Hals zusammenzog. Die Linsen legten sich fest über seine Augen; Stöpsel klemmten sich in seine Ohren; etwas Schweres schlug ihm auf die Brust, genau zwischen die Schlüsselbeine; und zwei nadelbespickte schwarze Kästchen bohrten sich mit einem so rasenden Schmerz in die Seiten seines Halses, dass er selbst überrascht war, nicht ohnmächtig zu werden. Immerhin spürte er Halis beruhigende Hand auf seinem Arm –

Innerhalb weniger Sekunden ließen der Schmerz und der Schock und die Orientierungslosigkeit nach und …

Und …

Im Aufzug von der Meeres-Ebene zurück zum Penthouse bekam Jacob immer Druck auf den Ohren. Normalerweise konnte er den Druck mit einem ausgiebigen Gähnen wieder lindern, aber es erstaunte ihn jedes Mal aufs Neue, wie *klar* er hören konnte, sobald der Druck zwischen seinem Innen- und Außenohr wieder ausgeglichen war.

Genauso fühlte er sich jetzt. Nur dass es diesmal auf alle fünf seiner Sinne zutraf. Als hätte sein gesamter Körper gerade gegähnt und *pop!* gemacht.

Die Linsen wirkten sich auf das Licht aus, er wusste nicht genau, wie, aber plötzlich konnte er Hali genauso klar sehen, als wenn sie beide auf der Meeres-Ebene an einem Stand für Reiskuchen anstünden. Die Ohrstöpsel konnten offensichtlich jeglichen Druck regulieren. Doch das Erstaunlichste war – und er wusste nicht, ob er sich je daran gewöhnen würde –, *dass er seine Lunge nicht mehr zum Atmen brauchte.* Zumindest nicht auf dieselbe Art und Weise wie bisher. Er spürte ein sehr leises, gleichmäßiges Summen von den schwarzen »Kiemen« aus Metall und Plastik, die mit seinem Hals verbunden waren, und wenn er versuchte, zu atmen …

… dann konnte er es nicht.

Und er brauchte es auch nicht mehr.

Jacob hob eine Hand an den Hals. Ließ das Wasser aus den künstlichen Kiemen über seine Fingerspitzen strömen. Hali fuhr fort: »Also, bisher ist das Ding noch nicht explodiert, ich werte das mal als Erfolg.«

Jacob entfuhr ein überraschter Aufschrei, und er rief: »Sprich weiter! Sag noch mal etwas!« Sobald er gesprochen hatte, musste er erst einmal einen Mundvoll Meerwasser ausspucken.

Hali blickte fragend drein und sagte: »Was denn?«

Hätte Jacob sich an Land befunden, wäre er vor Aufregung auf und ab gehüpft. Hier im Wasser begnügte er sich mit einer unbeholfenen Rückwärtsrolle. »Deine Stimme! Sie klingt so – sie klingt jetzt ganz anders! Überhaupt nicht wie durch die Lautsprecher im Helm. Sie klingt …«

Als Jacob verstummte, erklärte Hali: »Soweit ich weiß, soll der Kopfgurt die Flutvolk-Sprache so übersetzen, dass du sie auf dieselbe Weise hörst wie wir. Das scheint also zu funktionieren! Wie klingt meine Stimme?«

Jacob konnte es nicht richtig in Worte fassen. Er hatte schon Aufnahmen von keckernden und pfeifenden Delfinen gehört und das langsame, traurige Klagelied der großen Wale. Halis Stimme klang wie keins von beidem, aber sie klang auch nicht menschlich. Sie klang wie … *Musik*. Voll, melodisch, ohne Verzerrung oder Rauschen. Hali schien zu singen. Jacob wollte mehr davon hören.

Und ihr Tonfall! Er vermutete, dass die Übersetzungsfunktion seines Helms alle Worte des Flutvolks, die er bisher gehört hatte, in so etwas wie menschliche Stimmen umgewandelt hatte. Doch jetzt wies Halis Stimme neben dem musikalischen Klang einen Tonfall auf, dem er den ganzen Tag zuhören könnte, mit seltsam ungewohnter Satzmelodie und Aussprache, tanzenden Vokalen und gleitenden, rollenden Konsonanten. Er fragte sich, ob alle Flutwesen oder vielleicht alle voll-aquatischen Flutwesen so sprachen.

Leider entwich seine *eigene* Stimme – zumindest für seine Ohren – den Kiemenkästchen als ein summendes, mechanisches Geschwurbel. Wahrscheinlich war das nur fair. Die Stimmbänder von Trockensiedlern waren eben nicht dazu gedacht, überhaupt zu funktionieren, wenn keine Luft durch sie hindurchströmte. Jacob fragte sich, wie er eigentlich *überhaupt* sprach. Vielleicht las der Kopfgurt die Muskelbewegungen seiner Kehle aus und erzeugte die Geräusche, die er normalerweise machte, wenn er Luft atmete?

Er blickte hinunter auf das größte Teil an dem Kopfgurt, eine flache, achteckige Platte, die gleich unter seinem Hals lag. Er stupste sie an. »Was ist das hier?«

»Das ist die Energiequelle. Ich habe mich nie im Detail damit beschäftigt. Mastertech-Batterien funktionieren in Mastertech-Gegenständen und in absolut *nichts* anderem. Die halten aber ewig, du solltest also so lange hier unten bleiben können, wie du willst.«

Es war äußerst seltsam, nicht zu atmen … doch während er sich in der Kajüte umsah, seine Umgebung mit neuen

Augen und Ohren wahrnahm, verspürte Jacob kein großes Verlangen, nach Hause zurückzukehren. Er bemerkte etwas in einer Ecke, das ihm zuvor nicht aufgefallen war, wahrscheinlich weil es dort sehr düster war und seine Augen nicht gut genug hatten sehen können, um es auszumachen. Er schwamm hinüber und hob es mit einer Hand auf. »Was ist das?«

Hali folgte ihm in die Ecke. »Wieso willst du das wissen?«

Jacob hielt eine Art Panzerung in der Hand. Auf den ersten Blick schien sie aus Stein zu bestehen, an dem sich ein paar Seepocken festgesaugt hatten, doch je genauer er hinsah, desto klarer wurde Jacob, dass die Seepocken *gemeißelt* waren. Mit der Hand. Sie dienten als Verzierung. »Ich will das wissen, weil die Panzer der Flutwesen, die Tristan entführt haben, ungefähr so aussahen wie der hier.«

Sie wich einen Meter zurück. »Wirklich? *Das* hatten sie an? Diesen Panzer?«

Jacob nickte. »Und einer hat seinen Helm verloren. Sie sahen aus, als hätte man Kreel ein ganzes Stück blasser gemacht, ihm große, milchig-weiße Augen verpasst und ihm noch ungefähr vierzig Kilo mehr draufgepackt.«

Hali schüttelte den Kopf. »Wow. *Wow.* Du redest von – ich meine, das klingt, als würdest du die Sternenschlucker beschreiben.«

»Wen?«

»Nur den gefährlichsten Stamm des Flutvolks, den es

gibt. Sie leben ganz, ganz, *ganz* tief unten am Meeresgrund. Niemand schwimmt da runter. Jacob, wenn die Sternenschlucker deinen Bruder entführt haben … Dann kannst du ihn quasi vergessen.«

Jacob ballte die Fäuste. »Nein. Nein, das kann ich nicht. Das ist nicht mal … das steht nicht mal zur Debatte. Okay? Sag mir einfach, wo ich diese Sternenschlucker finde, und ich gehe Tristan alleine suchen. Du hast mir schon wahnsinnig viel geholfen. Ich kann nicht von dir verlangen, dass du noch öfter deinen Kopf riskierst, als du es ohnehin schon getan hast.«

Hali hatte sich von ihm abgewandt, die Augen ins Leere starrend, und als er noch etwas sagen wollte, hielt sie einen Finger in die Höhe. Ob an Land oder unter Wasser, diese Geste bedeutete ganz eindeutig: *Pssst!* Nach einigen langen Augenblicken sagte Hali mit zarter, leiser Stimme: »Du wirst die Sternenschlucker niemals alleine finden. Du brauchst jemanden, der dir den Weg zeigt.«

»Okay. Und wen? Kennst du jemanden?«

»Du hast kein Geld mehr. Und zudem wäre keiner in Bergen bereit, das Risiko einzugehen und in solche Tiefen zu schwimmen. Außer …« Sie drehte sich um und sah ihn an. »Außer mir. Ich zeig dir den Weg. Aber unter einer Bedingung.«

Jacob wusste nicht, was er ihr noch geben könnte, denn sie hatte recht. All sein Geld war futsch. Trotzdem sagte er: »Schieß los.«

»Wenn wir zurückkommen, möchte ich, dass du dich um einen geeigneten Wasserreiniger kümmerst, damit wir meinem Heimatdorf helfen können. Meine Mutter hätte sich das sicher gewünscht. Sie hat diesen Ort geliebt – sie hat ihn mitbegründet. Sie würde wollen, dass mein Dad und ich dort wieder leben können.«

Jacob schlug die Hände über dem Kopf zusammen. »Wie soll ich das denn anstellen? Hatten wir nicht gerade schon festgestellt, dass all mein Geld futsch ist?«

Halis Lippen verzogen sich zu einem geheimnisvollen Lächeln. »Ich kann mir vorstellen, dass der Neffe des Gouverneurs an alle möglichen hochentwickelten Technologien rankommen könnte.«

Jacob starrte sie an. Der Kiefer klappte ihm herunter, aber er schloss ihn gleich wieder, da ihm sofort jede Menge Salzwasser in den Mund lief. Er wollte sprechen, verstummte dann und verwarf drei oder vier verschiedene Antworten, bevor er sich für eine entschied: »Das wusstest du?«

Hali lachte. Trotz der unangenehmen Situation gefiel ihm der Klang außerordentlich. Dann sagte sie: »Natürlich wusste ich das. Wie schon gesagt, wir wissen eine ganze Menge mehr über euch als ihr über uns.«

»Aber – aber – du hast mich überhaupt nicht anders behandelt! Du hast mich wie einen ganz normalen Jungen behandelt!«

Hali zuckte die Achseln. »Warum sollte ich dich anders

behandeln? Du bist vielleicht reich, aber du hast trotzdem *keine Ahnung*, was du tust. Mal ehrlich. Wahrscheinlich ist Blabber schlauer als du.«

Direkt vor der Kajüte bellte Blabber – das klang ziemlich genauso wie durch die Helm-Lautsprecher –, und Jacob konnte nicht anders: Er brach in schallendes Gelächter aus. Das Gefühl, zu lachen, ohne dass Luft durch seine Lunge strömte – und mit ganz viel Salzwasser im Mund –, überraschte ihn, und er musste noch mehr lachen. Hali schaute ihm amüsiert zu, bis er sich wieder beruhigt hatte. »Okay, abgemacht. Du hilfst mir, meinen Bruder zu finden, und wenn wir zurück sind, werde ich alles in meiner Macht Stehende tun, damit dein Heimatdorf wieder bewohnbar wird.«

Sie schüttelten sich feierlich die Hände.

»Ich weiß nicht, wie es dir geht, aber ich bin ganz schön müde«, sagte Hali. »Lass uns ein bisschen schlafen, und sobald wir ausgeruht sind, machen wir uns auf den Weg zu den Sternenschluckern.«

Hali zeigte ihm, wie er unter das Netz schlüpfen und wo er ein paar Knoten hinzufügen konnte, um nicht wegzutreiben. Jacob glaubte nicht, dass er dort unter Wasser, im Zuhause eines Flutwesens, würde einschlafen können, doch eher er sich's versah, war er in tiefen Schlummer gefallen.

Zum ersten Mal in seinem Leben träumte er davon, an Land zu sein anstatt im Wasser.

10

Sobald Jacob merkte, dass ihn jemand an der Schulter rüttelte, schlug er die Augen auf und wollte sich im Bett aufsetzen – doch stattdessen prallte er von dem Netz ab, unter dem er geschlafen hatte. Halis melodisches Lachen ertönte nicht weit von ihm, während er die Orientierung zurückgewann und sich aus dem stabilen Seilgeflecht befreite.

»Hier«, sagte Hali und reichte ihm einen kugelförmigen gewebten Korb mit einem kleinen Loch in der Seite.

Jacob nahm ihn und blinzelte ein paarmal hinter den Mastertech-Linsen. »Ähm. Danke. Was ist das?«

»Dein Frühstück, du Dummerchen. Greif rein, und iss einen Happen.«

Vorsichtig streckte Jacob eine Hand in den Korb und ertastete ein paar weiche, längliche Stückchen, die darin herumschwebten. Er zog eines heraus und drehte es in alle Richtungen. »Ist das … Sashimi?«

Hali wedelte mit dem Fischmesser, das Jacob schon am

Tag zuvor gesehen hatte. »Eine meiner Spezialitäten. Hau rein!« Sie griff nach einem ähnlichen Korb und holte ein paar Stücke Sashimi für sich selbst heraus.

Endlich dämmerte es Jacob, dass die Körbe sozusagen die Teller des Flutvolks waren. Sie hatten genau die richtige Größe für eine Mahlzeit. Also nahm er einen Bissen des sorgfältig zubereiteten rohen Fisches. Er musste ein wenig herumprobieren, um den Fisch so zwischen den Zähnen festzuhalten, dass er das Meerwasser wieder ausspucken konnte, das mit dem Fischstück zusammen in den Mund gedrungen war, und *erst danach* zu kauen und zu schlucken. Sobald er den Dreh raushatte, stellte er fest, dass das mit Sicherheit das beste Sashimi war, das er je gegessen hatte. »Was für ein Fisch ist das? Gelbschwanzmakrele?«

Hali nickte. »Hatte Glück heute Morgen. Hier unten haben es manche besser als andere, aber solange das Wasser nicht vergiftet ist, kann man normalerweise wenigstens einen ordentlich großen Fisch fangen, wenn man sein Handwerk versteht.«

Schweigend aßen sie weiter. Als Jacob den gewebten Korb geleert hatte, nahm Hali ihn, schwang ihn ein paarmal durchs Wasser, damit keine Essensreste hängenblieben, und faltete ihn zusammen. Dann stopfte sie ihre beiden Körbe und das Fischmesser in einen kleinen Rucksack, der wie angegossen auf ihrem Rücken saß. »Gut. Wenn wir das durchziehen wollen, sollten wir los. Bist du bereit zum Aufbruch?«

Jacob nickte. Zwar war er nicht sicher, ob er wirklich und wahrhaftig bereit war, aber das spielte eigentlich auch keine Rolle, er würde so oder so aufbrechen, um Tristan zu suchen. Daher folgte er Hali aus der Kajüte und in eine Meereslandschaft, die jetzt von der Sonne weit über ihnen erleuchtet und von den Mastertech-Linsen verwandelt wurde. Die Umgebung war wunderschön. Unwirklich. Traumartig. Und doch …

Jacob erinnerte sich, wie er das erste Mal mitten in der Nacht auf einen der Balkons des Penthouses in der Turmfestung hinausgetreten war, hinaus in die Dunkelheit, und wie er mit Hilfe des strahlend hellen Vollmondes erkannt hatte, dass die Welt im Dunkeln genau dieselbe war wie im Licht. Es war ihm wie eine Offenbarung vorgekommen. Als kleiner Junge hatte er sich die nächtliche Welt immer als vollkommen andersartig vorgestellt, als unbekannt und furchterregend. Als einen völlig anderen Ort. Zu verstehen, dass der einzige wirkliche Unterschied die schlichte Abwesenheit von Licht war, hatte sein kleines Ich einfach überwältigt.

Als er jetzt auf das Dorf Bergen blickte, erlebte Jacob eine ähnliche Offenbarung. Ja, er war unter Wasser. Ja, die Leute hier waren ganz anders als in der Turmfestung. Und doch … Sie alle lebten in kleinen Behausungen. Alle aßen und schliefen und liebten und stritten und sorgten sich.

Eigentlich waren sie genau wie die Menschen in der Turmfestung.

Hali tauchte neben ihm auf. Über ihnen setzten Blabber und King ihr Fangenspiel fort. »Nichts für ungut, Turmjunge, aber du siehst aus, als hätte dir gerade jemand mit einem Hammer auf den Kopf gehauen.«

Jacob fuhr sich mit den Händen durchs Haar. »Mein Onkel sagt über die Flutwesen immer, dass sie zu nichts taugen. Man kann ihnen nicht trauen, sie stehlen alles, das nicht niet- und nagelfest ist, und man weiß nie, ob sie einen nur anschauen oder gleich angreifen wollen.«

Hali schien nicht besonders überrascht. »Dein Onkel klingt wie ein typischer Luftatmer.« Einen Augenblick lang dachte Jacob, sie würde die Diskussion weiterführen, doch stattdessen gab sie Blabber ein Zeichen, der daraufhin seine Jagd nach King abbrach und an ihre Seite heruntergeflitzt kam. »Also, eins nach dem anderen. Als Erstes müssen wir uns was von Shiros Laterne besorgen.« Als King ebenfalls zu ihnen stieß und Jacob spielerisch gegen die Schulter stupste, schwammen Hali und Blabber Richtung Osten los. Zumindest glaubte Jacob, dass es Osten war. Die Sonnenstrahlen schienen zwar durch das Wasser auf Bergen, aber recht schwach, und die Richtung, aus der sie kamen, war nur schwer zu bestimmen.

Jacob und King hatten das Mädchen und den Hai schnell eingeholt. »Was ist ›Shiros Laterne‹?«

»Eine Pflanze. Wir müssen sie kauen. Nur so können wir den Druck aushalten, der da unten herrscht, wo die Sternenschlucker leben.«

»Ich dachte, dieses Ding« – er deutete auf den Mastertech-Gurt – »soll das für mich erledigen?«

»Es hat Grenzen. Wenn *ich* Shiros Laterne brauche, um so tief zu tauchen, kannst du davon ausgehen, dass *du* sie auch brauchst.«

»Und wer ist Shiro?«

Hali zuckte theatralisch mit den Schultern. »Woher soll ich das wissen? So heißt sie eben!«

»Okay, okay. Also schwimmen wir einfach hin?«

Hali ließ die Schultern sinken und lächelte auf eine Weise, die Jacob inzwischen als schelmisch erkannte. »Nö. Erst mal müssen wir Krebse fangen.« Sie schwang sich wieder auf Blabbers Rücken und stupste ihn mit den Fersen an. Als der Hai davonsauste, rief Hali: »Immer schön dranbleiben, Turmjunge!«

Jacob versuchte es wirklich. Doch schließlich musste er King um Hilfe bitten und hielt sich wieder an seiner Vorderflosse fest, während die vier aus dem Tangwald hinaus und den Meeresboden entlangschwammen. In Miss Petersyns unzähligen Büchern hatte Jacob viele Fotos von steinigen, kahlen Wüsten gesehen, und das Gebiet, durch das sie gerade schwammen, sah für ihn ganz ähnlich aus, wenn man sich denn eine Wüste unter Wasser vorstellen konnte. Sand bedeckte den Boden und wurde manchmal von Strömungen aufgewirbelt, so dass der nackte Fels darunter zum Vorschein kam. Sie glitten über eine ziemlich tiefe Schlucht, und Jacob fühlte sich, als würde er fliegen.

Er grinste breit, und dann musste er wieder einmal einen Mundvoll Meerwasser ausspucken.

Da kam ihm ein Gedanke. »Hey – müssen wir wegen, na, du weißt schon, gefährlichen Tieren und so was aufpassen?«

Hali blickte ihn nicht an, als sie antwortete: »Nee, in dieser Gegend nicht. Die bleiben dem Flutvolk meistens fern, und falls sie unseren Siedlungen mal zu nahe kommen, verscheuchen wir sie. Ich darf Blabber nur als Haustier halten, weil er ein Filtrierer ist.« Sie zeigte voraus. »Okay, wir sind fast da. Nur noch über diesen Kamm.«

Hali führte ihre kleine Gruppe über eine kurze, steile Klippe, und Jacob stockte der Atem bei dem prachtvollen Anblick, der sich ihm unvermittelt bot. Direkt unter ihnen erstreckte sich ein Korallenriff. Die Mastertech-Linsen ließen die Farbexplosion noch leuchtender erscheinen, als sie es mit menschlichen Augen gewesen wäre, Farben, die sowohl vom Riff selbst als auch von den Abertausenden winzigen Fischen herrührten, von denen es dort nur so wimmelte.

»Pass auf, dass dir die Augen nicht rausfallen«, grinste Hali. »Da unten müssen wir hin. Wir suchen übrigens Tarnkrebse.« Sie zeigte mit den Händen eine Form, etwa so breit wie einer von Onkel Satos Speisetellern. »Ungefähr so groß – und sie haben dieselbe Farbe wie der Sand, zumindest, bis du sie gefangen hast. Aber sie verbuddeln sich nicht allzu tief, und sie strecken ihre kleinen Augenstiele ins Wasser hoch. Los geht's.«

Jacob schwamm ihr hinterher zum Meeresboden hinunter, der im Schatten des Riffs lag. Er hätte hier Stunden verbringen können, einfach umhertreiben und beobachten, die unermessliche Landschaft voller Leben überall um ihn herum bestaunen, und es kostete ihn einige Willensanstrengung, sich auf seine Aufgabe zu konzentrieren. »Wie wär's denn damit«, sagte Hali, »wir machen ein Spiel draus. Wer als Letzter zwei Krebse fängt, muss die nächste Mahlzeit zubereiten.«

Jacob spuckte Wasser. »Aber ich weiß doch gar nicht, wie man Essen zubereitet!«

»Na, dann fängst du besser deine beiden Krebse. Los geht's! Pass nur auf die Muränen auf, ja? Die sind manchmal etwas mürrisch.«

Während Blabber und King über ihnen kreisten, streiften Jacob und Hali auf dem Meeresboden umher und suchten nach »kleinen Augenstielen«.

Hali schwamm viel, *viel* schneller als Jacob und konnte somit doppelt so viel Boden absuchen wie er. Mehrmals flitzte sie an ihm vorbei, ließ ihn mit einem neckischen Klaps auf die Schulter und ein paar aufmunternden Worten hinter sich: »Beeil dich mal ein bisschen!« oder »Komm schon, du bist zu langsam!«. In Jacob erwachte der Kampfgeist, und obwohl er wirklich nach Tarnkrebsen suchte … hatte er einen Riesenspaß.

Wie musste es sich anfühlen, fragte sich ein Teil von ihm, jederzeit Spaß haben zu können? Freunde zu haben, mit denen man den ganzen Tag herumtoben konnte?

»Ich hab einen!«, rief Hali aus einem Dutzend Meter Entfernung. »Ich hab schon fast gewonnen, du solltest dich besser ranhalten.«

Jacob hatte schon den Mund geöffnet, um ihr zu antworten – nach Möglichkeit, ohne Meerwasser zu schlucken –, als er sie sah: zwei kleine Ausbuchtungen am Meeresboden, das *mussten* einfach »Augenstiele« sein. Er schwamm näher heran, fixierte die Stelle und entdeckte die Umrisse des Krebses, direkt unter dem Sand, wie Hali es beschrieben hatte. Jacob schoss vor, packte den Krebs am Panzer und zerrte ihn aus dem Sand heraus, während dessen Beine und Scheren widerwillig strampelten. »Juhu, ich hab auch einen! Jetzt hab ich noch 'ne Chance!«

Lächelnd kam Hali zu ihm geschwommen. »Genau genommen ist das Spiel vorbei. Wir brauchen nur zwei.« Sie nahm Jacobs Krebs und steckte ihn in einen faltbaren Käfig. Ihr Krebs befand sich bereits darin. »Also, sobald wir da sind, wo wir hinwollen, bringen uns diese beiden kleinen Racker« – sie tätschelte den Käfig – »geradewegs zu Shiros Laterne. Alles klar? Schritt eins ist erledigt.«

Während Jacob noch zu entscheiden versuchte, ob er sauer auf Hali sein sollte oder nicht, folgte er ihr wortlos.

Sie ließen das Korallenriff hinter sich, und innerhalb der nächsten Stunde ebnete sich der steinige, wellige Meeresgrund zu einer endlosen, glatten Fläche, die sich erstreckte, so weit Jacobs Auge reichte. Er musste zugeben, dass das vielleicht nicht *so* weit war, da die Sicht hier unten um einiges eingeschränkter war als an der Wasseroberfläche, aber es fühlte sich trotzdem an, als würde sich die Ebene ins Unendliche erstrecken. Vermutlich ähnelte sie ein wenig den Prärien aus seinen Büchern, unermesslichen Graslandschaften, die sich über Aberhunderte Kilometer ausdehnten und auf denen Herden von Wildtieren umherzogen. Hier und da glaubte er, die entfernten Lichter und rechteckigen Umrisse weiterer Flutsiedlungen erkennen zu können.

Als Hali Jacob an der Schulter berührte, hielt er an. »Den Leuten da hinten schwimmen wir besser aus dem Weg«, sagte sie und zeigte voraus. »Lass uns einen großen Bogen um sie machen.«

Er schaute ihrem Finger hinterher, und dort bot sich ihm ein zugleich seltsamer und beeindruckender Anblick. Ein paar hundert Meter entfernt befand sich eine Gruppe Flutwesen, und sie – er glaubte seinen Augen kaum – ritten auf Delfinen. Außerdem schienen sie einen Schwarm riesiger Fische vor sich herzutreiben.

»Die machen das beruflich«, sagte Hali leise. »Diese Typen arbeiten für einen großen Fischlieferanten.«

Immer noch fasziniert, fragte Jacob: »Wem liefern sie den Fisch?«

»Allen, die ihn bezahlen können. Luftatmer, größtenteils.«

Jacob wirbelte herum, um sie anzusehen. »Was?«

Hali zuckte die Schultern. »Hey, alle wissen, was dein Onkel denkt. Und die meisten Luftatmer teilen seine Meinung. Aber zwei oder drei der Trockensiedlungen nördlich von hier sind nicht so wählerisch. Wenn da einer von uns mit erstklassigem Thunfisch auftaucht, nehmen sie den mit Kusshand.« Etwas hinter Jacob erregte ihre Aufmerksamkeit. »Oh. Na denn. Wir tun hier nichts Verbotenes, also verhalte dich ganz normal.«

Jacob drehte sich wieder zu den Delfinreitern um und sah, dass sich einer aus der Gruppe gelöst hatte und auf sie zukam. »Will er uns was tun?«

»Dafür hat er keinen Grund. Also sollten wir ihm auch keinen liefern, okay? Überlass mir das Reden.«

Nach weniger als einer Minute war der Delfinreiter bei ihnen. Wie die meisten Flutwesen, die Jacob bisher gesehen hatte, war er groß und schlank und anmutig, und er hatte gelbe Haut mit strahlend orangefarbenen Streifen. »Hallo, ihr beiden«, sagte er. Seine Augen ruhten auf Jacob, aber er wirkte nicht besonders bedrohlich. Nur neugierig. Jacob hoffte, dass er den Mann richtig einschätzte.

»Hallo«, antwortete Hali. »Können wir Ihnen helfen?«

»Ich wollt' nur sichergehen, dass ihr euch nicht verschwommen habt, mehr nicht.« Seine Augen waren von einem dunklen, kräftigen Rot. »Man sieht hier nicht so oft zwei Kinder ganz allein. Und noch seltener ist einer von denen ein Luftatmer.«

Der Flutvolk-Tonfall des Mannes war viel weniger ausgeprägt als Halis.

»Er ist bloß zu Besuch«, sagte Hali schnell.

Sie wollte noch etwas hinzufügen, aber Jacob unterbrach sie: »Meine Familie hat Zugang zum Serum. Ich wollte mir nur mal anschauen, wie es hier unten so ist, bevor ich mich dafür oder dagegen entscheide.«

Der Delfinreiter verzog den Mund zu einem lässigen Grinsen. »Für *mich* war das die einfachste Entscheidung überhaupt, das kann ich dir sagen.« Er stieß ein paar Luftbläschen aus. »Ich bin erst vor ungefähr ’nem Jahr hier runtergekommen, also bin ich natürlich nur ein Halb-Angepasster. Aber ich würde, ohne zu zögern, zum vollen Wasseratmer werden, wenn ich könnte.«

»Von wo sind Sie denn hergekommen?«

»Von der Turmfestung.« Das Grinsen des Mannes verlor sich. »Das war kein Leben, wenn ihr mich fragt. Jedenfalls nicht für die Normalsterblichen. Es gab kaum Arbeit, also hatten wir kein Geld, und kein Geld heißt kein Essen.« Er tätschelte sich den flachen Bauch. »Und dabei ess’ ich so gern!« Sein Delfin keckerte, und der Mann fuhr fort: »Na, ich mach mal los. Passt gut auf euch auf, ja? Hier in der Gegend sind die Leute ganz anständig, aber wenn ihr zu weit rausschwimmt, wird’s ziemlich schnell ziemlich düster.«

Der Delfinreiter winkte ihnen, wendete und raste davon.

Auf der Stelle treibend, dachte Jacob nach. Kurz darauf bemerkte er, dass Hali ihm ins Gesicht blickte. Mit einem verschmitzten Zusammenkneifen ihrer klaren braunen

Augen sagte sie: »Was denken Luftatmer denn eigentlich, warum sich Leute entscheiden, hier unten zu leben?«

Er hörte ihre Frage, aber sie gesellte sich zu dem Wirbelwind aus einer Million anderer Gedanken in seinem Kopf. Eine ganze Gesellschaft lebte hier unten, unter den Wellen, und wenn er diese Leute und ihre Siedlungen nicht gesehen hätte, hätte er wahrscheinlich nie erfahren, dass sie überhaupt existierten. Sie hatten reichlich Ressourcen, unendlich viel Platz und grenzenlose Freiheit, suchten sich Nahrung und nutzten, was das Meer ihnen bot. Hier unten fühlte sich alles sauber an, irgendwie *rein*. Im Gegensatz zur Turmfestung, die vollgepackt war mit Leben, wo die Reinigungskräfte jeden Tag von morgens bis abends arbeiteten und es trotzdem nicht schafften, allen Müll einzusammeln, den die Leute herumliegen ließen. In der Turmfestung gab es kein Entkommen vor dem Leben und dem Müll und all den Menschen, weil alle auf so engem Raum lebten und arbeiteten. Er konnte es nicht ertragen, auch nur darüber nachzudenken, welche Mengen an Abfällen die Menschen einfach ins Meer warfen, solange sie hoffen konnten, nicht dabei erwischt zu werden.

Jacob schüttelte den Kopf. »Ich weiß nicht, wie viele von uns *überhaupt* denken.«

Einige Zeit später, Jacob vermutete, dass es ungefähr eine Stunde war, erschien etwas in der Dunkelheit vor ihnen, ragte über ihnen auf wie eine riesengroße schwarze Wand. Als sie näher darauf zu schwammen, sah er, dass es in Wirklichkeit ein weiterer Tangwald war, jedoch ließ er den um Bergen herum wie eine Zierhecke erscheinen. Diese monströsen Pflanzen waren fast so hoch wie Bäume. Hali bedeutete ihnen, am Waldrand anzuhalten, nahm die Krebse aus dem Faltkäfig und band geschickt Stricke aus Seetang um sie wie kurze Leinen. Dann gab sie Jacob einen der Krebse.

»Setz ihn einfach auf den Boden, und lass ihn machen«, sagte sie. »Er bringt dich direkt zu Shiros Laterne. Aber halt die Augen offen, ja? Hier sollte eigentlich nichts Gefährliches lauern, aber man weiß ja nie.«

Jacob nahm den Krebs entgegen und runzelte die Stirn. »Und was mache ich, wenn da draußen *doch* was Gefährliches ist?«

»Versteck dich. Vielleicht sieht es dich dann nicht. Du blutest ja nicht, oder?«

Er versicherte Hali, dass er natürlich nicht blutete. Obwohl ihn das absolut nicht beruhigte, setzte Jacob seinen Krebs auf den sandigen Meeresboden, und tatsächlich krabbelte der in den Wald hinein, in die entgegensetzte Richtung von Halis Krebs. Jacob musste nur ein wenig mit den Beinen paddeln, um etwa einen Meter über dem Boden mit dem zielstrebigen Krustentier mitzuhalten.

Fische, die Jacob noch nie zuvor gesehen hatte, schossen

durch den Tang und über den Meeresgrund, zusammen mit Aalen, anderen Krustentierarten und Hunderten von Seepferdchen. Jacob ertappte sich bei dem Wunsch nach einer Kamera. Besonders, als er etwas entdeckte, von dem er zuvor immer nur gehört hatte: eine den Seepferdchen verwandte Tierart, die »Großer Fetzenfisch« hieß. Der Fetzenfisch war nicht viel länger als Jacobs Hand, aber sein Körper war von Stielen übersät, an denen winzige, zarte grüne Flossen wuchsen, die genau wie Blätter aussahen.

Jacob konnte nur starren. Ohne zu blinzeln. Nicht zum ersten Mal fragte er sich, ob das alles nur ein Traum war.

Der Tarnkrebs hielt an. Jacob dachte, das Tier hätte die Pflanze gefunden, nach der Hali suchte, doch dann bemerkte er eine breite, seichte Mulde im Sand vor ihnen. Und als er die Augen zusammenkniff, erkannte er am Rand dieser Mulde *Zähne*. Der Krebs hatte ihn davor geschützt, unmittelbar über das versteckte weit geöffnete Maul eines Raubfisches zu schwimmen, über den Jacob lieber nicht mehr erfahren wollte. Der Krebs krabbelte nach rechts weiter. Gerne ließ Jacob sich von ihm führen.

Keine fünf Minuten später schoss er dann auf eine gelbgrüne Pflanze zu, die etwa einen Meter fünfzig hoch und so breit wie Jacobs Handgelenk war. Winzige, beerenartige Knoten wuchsen an ihrem Stängel, und der Krebs stürzte sich darauf, pflückte und fraß sie, als hätte er seit Tagen gehungert.

»Hey, du hast sie gefunden!«, rief Hali von der Seite her und schwamm näher. »Gut gemacht!«, fügte sie hinzu.

Jacob zuckte die Schultern. »Der Krebs hat ja die ganze Arbeit geleistet. Dazu hab ich nicht viel beigetragen. Ach ja, siehst du den kleinen unbewachsenen Bereich da drüben?« Er zeigte auf den versteckten Raubfisch. »Schwimm da besser nicht hin.«

»Keine Angst«, sagte Hali, während sie sich nach unten reckte, um den Krebs hochzuheben. »Hier, halt mal.« Sie drückte ihm den Krebs in die Hand und benutzte ihr Fischmesser, um ein großes Büschel von den Blättern der Pflanze abzuschneiden. »Das ist mehr als genug. Okay, du kannst die Krebse jetzt losmachen. Wir überlassen sie einfach ihrer Lieblingsspeise.«

Während die Krebse sich wieder über Shiros Laterne hermachten, hielt Hali Jacob einige der Blätter hin. »Also gut, hör zu. Wir müssen das Zeug in unserem Körper aufnehmen und die Menge ungefähr acht Stunden lang erhöhen, bevor wir runter in den Graben schwimmen.«

Jacob nahm die Blätter. »Acht Stunden? Und was sollen wir so lange machen?«

Hali zeigte in die Richtung, in die sie geschwommen waren, seit sie Bergen verlassen hatten. »Der Graben liegt in dieser Richtung. Also, wenn du nicht den ganzen Weg wieder zurückschwimmen willst, würde ich sagen, dass wir noch ein bisschen weiterschwimmen und uns dann irgendwo eine gute Stelle zum Ausruhen suchen.« Die

Sorge musste auf Jacobs Gesicht zu lesen gewesen sein, denn Hali sagte: »Entspann dich mal, ja? Ich finde schon einen sicheren Unterschlupf für uns.«

Während Jacob ihr durch das dämmrige graugrüne Licht des Tangwaldes folgte, versuchte er, positiv zu denken. Immerhin befand er sich mitten in einem wirklichen, waschechten, ausgewachsenen Abenteuer.

Auf dem Weg dachte Jacob unwillkürlich darüber nach, wie viel die Menschen in der Turmfestung – die Luftatmer, die nicht eine Sekunde lang in Erwägung ziehen würden, das Serum zu nehmen – noch über den Ozean zu lernen hatten. Hier unten sah er Dinge, die sich die Trockensiedler nicht einmal im Traum vorstellen konnten. Und er hatte Hali, eine echte Freundin, die ihn führte und die sich nicht darum scherte, zu welcher Familie er gehörte oder auf welcher Ebene der Turmfestung er lebte.

11

Am nächsten Morgen – jedenfalls glaubte Jacob, dass es Morgen war, denn das seltsame Gefühl, unter Wasser einzuschlafen, hatte sein Zeitempfinden durcheinandergebracht – erwachte Jacob in dem behelfsmäßigen Unterschlupf aus Tangwedeln, den Hali ihnen am Vorabend gefertigt hatte. Mehr als ein paar Stunden hatte er aber wahrscheinlich nicht geschlafen. Die Nacht war deshalb nicht erholsam gewesen, da sie beide so viele Blätter wie möglich von Shiros Laterne hatten herunterschlingen müssen, und das hatte ihm Bauchschmerzen bereitet.

Als Jacob sich streckte und gähnte, tauchte King mit einem großen, frisch gefangenen Fisch im Maul auf. »Oh, vielen Dank, King, das ist ganz lieb von dir«, sagte Hali. King überließ ihr den Fisch und wippte glücklich mit dem Kopf. Sogleich nahm Hali den Fisch aus und schnitt ihn in kleine Stücke, während Jacob ihr zusah.

Als Hali seinen aufmerksamen Blick bemerkte, sagte sie: »Willst du's mal probieren?«

»Oh, wow. Ähm – du meinst, mit dem Messer?«

Hali rollte mit den Augen. »Nein, du Schlaukopf, du sollst deine Zähne benutzen. Ja, *natürlich* mit dem Messer! Ich zeig's dir auch.«

»Meinst du wirklich? Ich hab noch nie – also, ich hab keine Ahnung, wie man das macht.«

Hali stützte die Hände in die Hüften, während der tote Fisch vor ihr herumschwebte. »Seit du ins Meer gesprungen bist, hast du keine Ahnung, was du machst. Willst du es nun lernen oder nicht?«

Jacob dachte an etwas, das sein Vater mal gesagt hatte. *Jeder, der auf seine Grenzen besteht, hat das Recht, sie aufrechtzuerhalten.* Damals hatte er nicht groß darüber nachgedacht. Hatte gar nicht genau verstanden, was diese Worte bedeuteten. Doch jetzt schwappte ihm die Bedeutung förmlich gegen die Stirn: Du wirst niemals etwas lernen, wenn du es nicht versuchst. »Ja«, sagte er und schwamm auf Hali zu. »Zeig's mir.«

Zwanzig Minuten später, nach großen Mühen und einem beinahe abgehackten Finger, hatte Jacob den Korb mit zwar etwas unansehnlichen, aber trotzdem genießbaren Sashimi-Stücken gefüllt. Er versuchte gar nicht erst, zu verbergen, wie zufrieden er mit sich war.

»Oh ja, du bist jetzt ein richtiger Messerkünstler«, neckte Hali ihn. Dann teilten sie sich den Fisch.

Nach dem Essen führte Hali sie aus ihrem Unterschlupf. »Okay, Turmjunge. Jetzt wird es ernst. Sobald wir aus dem Tangwald raus sind, neigt sich der Meeresgrund und führt uns in die Tiefe, bis wir bei den Sternenschluckern sind. Da unten kommt kein Sonnenlicht hin, aber wenn diese Linsen so viel können, wie behauptet, müssten deine Augen ungefähr so gut sein wie meine, und wir sollten einigermaßen sehen können. Und – hör mir zu. Hey, hörst du?«

Jacob blinzelte. »Fragst du mich, ob ich höre, was du sagst, oder fragst du mich, ob ich im Allgemeinen auf dich höre?«

Hali stupste ihm mit einem Finger gegen die Nase. »Ich rate dir, aufzupassen. Da unten gibt es Tiere, die du noch nie in deinem Leben gesehen hast. Wahrscheinlich hast du sogar noch nie von ihnen gehört, wenn der Unterricht bei Luftatmern so miserabel ist, wie man sich erzählt. Und die Dinger können dich *töten*. Die bringen dich um, bevor du überhaupt mitbekommst, dass sie da sind.« Hali verstummte und blickte ihn ernst an. »Bist du dir sicher, dass du dazu bereit bist?«

Jacob schluckte den Kloß in seinem Hals herunter. »Na ja, jemand muss es ja mal geschafft haben, da lebend wieder rauszukommen, sonst wüsste keiner von diesen Tieren, oder? Wie haben sie es angestellt?«

Ein winziges Grinsen schlich sich auf Halis ernsten Gesichtsausdruck. »Du bist nicht doof. Das muss ich dir lassen.« Sie zog ein kleines graues Gerät aus der Tasche und hielt es Jacob hin. »Das hier ist ein Pulsator. Er sendet Schwingungen aus – dann denken die Viecher, dass was Großes und Gefährliches im Anmarsch ist. Obwohl es eigentlich nur wir sind.«

Vorsichtig nahm Jacob den Pulsator in die Hand. »Und das funktioniert?«

Hali verzog einen Mundwinkel. »Ähm. Meistens? Also, bei einigen der Biester funktioniert es besser als bei anderen. Ich würde sagen, die Erfolgsrate liegt bei siebzig Prozent.«

»Dann werden wir also zu dreißig Prozent gefressen.«

»Falsch, *du* wirst zu dreißig Prozent gefressen. Ich kann viel schneller wegschwimmen als du.« Sie stieß ihm scherzhaft gegen die Schulter. »Los geht's!«

Jacob drehte sich zu King um und seufzte. »Hey, Kumpel, es war schön, dich als Freund zu haben. Na, dann wollen wir mal.« Jacob schwamm Hali hinterher, Blabber und King folgten ihnen.

Der Meeresgrund sank tiefer, genau wie Hali gesagt hatte. Zehn Meter hinter dem Tangwald begann der Boden, langsam und sachte abzufallen, und obwohl sich die Veränderung nur allmählich vollzog, beobachtete Jacob, wie das trübe, graue Licht der Sonne über ihnen immer schwächer und schwächer wurde, bis es schließlich vollständig verschwand.

Jacob wusste, dass sie einem – wie Miss Petersyn ihn genannt hätte – »Kontinentalabhang« hinunterfolgten und dass sie nach links oder rechts – also Richtung Norden oder Süden – tagelang weiterschwimmen könnten, ohne dass der Hang endete. Abwärts zu tauchen jedoch, weg von der ehemaligen Küstenlinie, weg vom Sonnenlicht, fühlte sich für Jacob an, als befände er sich in einem dunklen Korridor. Hali hatte recht gehabt mit seinen Augen – er konnte ungefähr so viel sehen wie nachts in seinem Zimmer in der Turmfestung, wenn nur das winzige Nachtlicht leuchtete. Nicht gerade viel, aber immerhin etwas. Problematisch war nur, dass sich die Sichtweite auf vier oder fünf Meter in jede Richtung beschränkte.

»Nimm dich vor Lichtern in acht«, sagte Hali leise. Sie holte den Pulsator heraus und schaltete ihn ein.

»Lichter?«, fragte Jacob. »Du meinst, von der Siedlung der Sternenschlucker?«

Sie schüttelte den Kopf. »Nein, ich meine Lichter von Tieren. Biolumineszenz. Du siehst ja, wie wenig Sonnenlicht hier unten hinkommt. Bei vielen Raubfischen leuchten stattdessen Teile des Körpers. Das zieht Beute an. Und wir wollen keine Beute sein.«

»Von Lichtern fernhalten. Verstanden.« Jacob blickte zu King und Blabber hinüber. »Habt ihr das auch gehört? Nicht zu den Lichtern schwimmen!«

Der Seelöwe und der Hai starrten ihn nur an. Hali sagte: »Die zwei wissen, was sie tun, mach dir um sie keine Sorgen.«

Aber Jacob machte sich Sorgen um King. Er vermutete,

dass normale Seelöwen nicht so weit hinunterschwammen. Normale Seelöwen hatten natürlich auch keine Kiemen. Trotzdem beschloss er, ein Auge auf seinen Freund zu haben und ihm zu helfen, falls King den Eindruck machte, dass es ihm irgendwie nicht gut ging.

Auch das Wasser veränderte sich, je tiefer sie kamen. In Bergen hatte er die Strömungen auf der Haut gespürt, und im Tangwald hatten sich die baumhohen Stängel im hindurchfließenden Wasser hin und her bewegt. Dagegen war das Wasser hier unten … er wollte nicht *tot* sagen, aber das war das erste Wort, das ihm einfiel. Reglos. Still. Einzig von ihm, Hali, Blabber und King ging Bewegung aus.

Sie schwammen immer tiefer.

Und tiefer

und tiefer

und tiefer.

Immer am Meeresgrund entlang. Jacob schluckte einen Mundvoll Meerwasser, als er das erste Licht zu seiner Linken bemerkte. Es zitterte und wogte in der Dunkelheit, ein grelles, hellgelbes Schimmern. Jacob packte Hali am Arm und zeigte darauf.

»Ein Tiefsee-Anglerfisch«, sagte sie leise. »Das Licht befindet sich an einem Stiel, der an seinem Kopf mit fiesen scharfen Zähnen befestigt ist. Machen wir einen Bogen um ihn.«

Während sie weiterschwammen, entdeckte manchmal Jacob als Erster einen Lichtfleck und manchmal Hali, aber beide hielten sie sorgsam Ausschau und steuerten um die Lichter herum. Jedoch nicht jedes Tier auf dem Grund der Tiefsee leuchtete, und mehrmals sah Jacob etwas vor ihnen weghuschen, wenn er nach unten blickte. Rote Krebse, deren Körper und Beine mit Stacheln besetzt waren; kleine, klobige, fußballgroße Schalentiere mit mindestens einem Dutzend Beinpaaren; winzige Hummer mit langen Scheren, die aussahen wie zuschnappende Haarspangen.

Einmal legte Hali Jacob die Hand auf die Schulter, brachte ihn zum Stillstand und deutete nach oben. Gerade eben noch in Jacobs Sichtweite glitt ein gewaltiges, rundliches Wesen vorbei, das zehn muskulöse, von Saugnäpfen übersäte Tentakel hinter sich herzog. Jacob versuchte zu schätzen, wie lang der Riesenkalmar war, aber es war einfach unmöglich. Er schien eine volle Minute lang an ihnen vorbeizuschweben, fast in greifbarer Nähe. King drückte sich an Jacobs Bein und hielt still, bis der Kalmar verschwunden war.

»Ich glaub, das war's«, sagte Hali im Flüsterton. »Weiter geht's.«

So beängstigend dieser Ort auch war, nach ein paar Stunden hatte Jacob das Gefühl, als hätte er langsam den Dreh raus. Stillhalten, wenn was Großes vorbeischwimmt. Einen Bogen um Lichter machen. Mehrmals sah er Fische, die so breit waren wie er und ein paarmal so lang, mit kräftigen Kiefern und langen, dünnen Zähnen, aber der Pulsator schien wirklich zu funktionieren, denn sie kamen ihnen nicht zu nahe. Blabber blieb an Halis Seite, schwamm wachsam neben ihr her. King flitzte hierhin und dorthin, jedoch nie mehr als zwei oder drei Meter von Jacob weg, und er gab keinen Ton von sich.

Und dann passierte es.

Wahrscheinlich wurde King von seinem neugierigen Wesen übermannt, und noch bevor Jacob überhaupt reagieren konnte, schoss der Seelöwe von ihnen weg, auf eine drei Meter breite Mulde im Meeresboden zu. »Was machst du da?«, rief Jacob. »Komm zurück!« Aber King hatte die Schnauze bereits forschend in den Sand gesteckt, wirbelte Sandkörner und Muschelstückchen auf –

Dann versteifte sich Kings Körper mit einem durchdringenden Jaulen. Er rollte zur Seite, die Augen geschlossen und das Maul offen.

»King?«, rief Jacob entsetzt. Als er sich dem Seelöwen näherte, spürte er etwas Seltsames. Ein heftiges Summen, das nach ihm schnappte wie tausend winzige Stromschläge.

Neben ihm sagte Hali: »O nein. Ich glaube, ich weiß, was das ist … *ein Sternengucker*!«

Noch während Jacob den Seelöwen wegzog, erzitterte der Meeresgrund, wölbte sich und spie einen gewaltigen muschelweißen Fisch aus. Haiartige Zähne füllten sein riesiges Maul, und er hatte seine winzigen, pechschwarzen Augen auf Jacob und King gerichtet.

Jacob schrie auf vor Schmerz, als der Fisch – der *Sternengucker* – einen weiteren elektrischen Schlag ins Wasser aussandte. In Panik versetzt, wirbelte Jacob Sandwolken auf, während er kräftig mit den Beinen strampelte, um vom Boden und dem Ungeheuer wegzukommen, und dabei Kings leblose Gestalt mit sich zog.

»Weg da!«, schrie Hali. »Er darf dir nicht zu nahe kommen! Der Stromschlag würde dich töten.«

Aber Jacob bewegte sich nicht annähernd schnell genug, das wusste er. Während er mühsam weiterschwamm, wartete er nur darauf, dass der riesige Fisch vorschnellen, das gigantische Maul aufreißen und sie beide in zwei Hälften zerteilen würde.

Plötzlich schoss Blabber an ihm vorbei. Schneller, als Jacob auch nur blinzeln konnte, rammte der Hai den Sterngucker mit voller Wucht, und erst in diesem Sekundenbruchteil erkannte Jacob das *Ausmaß* des Ungetüms. Blabber erreichte mühelos die drei Meter, wahrscheinlich eher vier, aber der elektrisierte Raubfisch war anderthalbmal so lang und dreimal so breit. Der Fisch sandte einen weiteren Stoß aus, doch Blabber schwankte nur einen Augenblick, bevor er in einem Bogen zurückschwamm und den Fisch erneut rammte.

Da tauchte Hali an Jacobs Seite auf und packte sich Kings andere Vorderflosse. »Blabber lenkt ihn ab. Vielleicht können wir abhauen!« Jacob war nicht fähig, zu sprechen, aber er nickte und schlug so kräftig mit den Beinen, wie er konnte, und zusammen gelang es Hali und ihm, etwas Abstand zwischen sich und den Sternengucker zu schaffen.

»Kommt er hinter uns her?«, fragte Jacob.

»Keine Ahnung. Schwimm einfach weiter!«

Aber Jacob *musste* es wissen. Er riskierte einen Blick zurück und sah, dass Blabber sie einholte – doch direkt hinter ihm folgte der riesenhafte Sternengucker, glitt nur wenige Zentimeter über dem Meeresgrund dahin, zog zwei gleichmäßige Sandwolken hinter sich her. »Wir müssen schneller schwimmen!«, schrie er.

»*Was glaubst du denn, was ich mache?*«, blaffte Hali zurück, doch gleich darauf rief sie: »Hey, schau mal! Was ist das?«

In der Dunkelheit tauchte plötzlich ein großer Schatten auf. Zuerst dachte Jacob, es wäre eine Statue aus der Alten Welt, ein Koloss, der einmal stolz über den Wellen gethront hatte. »Ich weiß es nicht«, sagte Jacob, »aber wir schwimmen direkt darauf zu!«

Der Schatten wurde immer größer, je näher sie kamen, und im selben Augenblick, als Jacob erkannte, dass es keine Statue, sondern eher eine hohe, ungleichmäßige Felsformation war, begann der Felsen zu *blubbern*.

Jacob und Hali bremsten beide scharf, während der Boden unter ihnen erzitterte. Das Blubbern aus dem Steinturm wurde stärker, und ein donnerndes Geräusch ertönte, das Jacob in den Ohren weh tat. Dann erschienen unzählige Risse im Fels, und flüssige Lava brach daraus hervor.

»Ein Unterwasservulkan«, sagte Jacob ungläubig. »Wir müssen um ihn herumschwimmen!«

»Das können wir nicht!«, rief Hali, und zum ersten Mal vernahm Jacob Angst in ihrer Stimme. »Wir dürfen ihm nicht zu nahe kommen! Um einen Vulkan herum wird das Wasser wahnsinnig heiß – es würde uns bei lebendigem Leibe kochen!«

Hali und Jacob drehten sich gleichzeitig um und sahen den riesigen Sternengucker direkt auf sie zurasen.

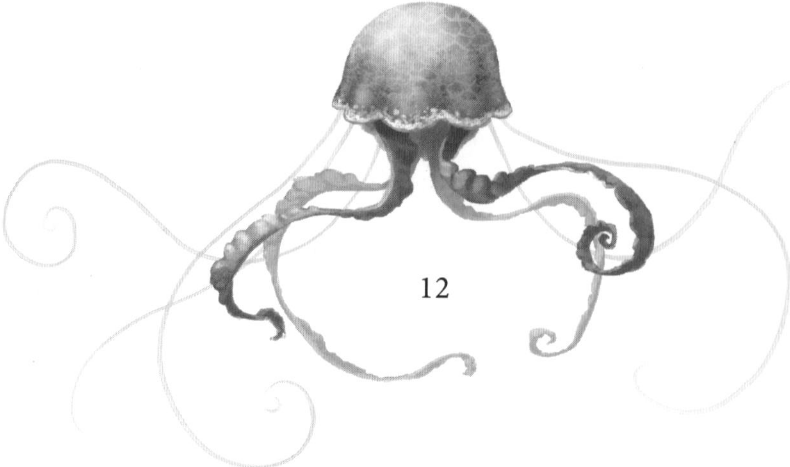

12

Dann passierten zwei Dinge gleichzeitig.

Zum einen blitzte in der Dunkelheit der Tiefsee ein blauweißes Licht auf.

Zum anderen dröhnte eine donnernde Stimme durch das stille Wasser, rüttelte beinahe die Mastertech-Stöpsel aus Jacobs Ohren.

»Zapper! Bei Fuß!«

Der gesamte Körper des Sternenguckers zuckte und zitterte, dann gab er die Verfolgung auf, während Jacob immer noch an derselben Stelle trieb, Kings leblose Gestalt festhielt und dabei zusah, wie das gewaltige Ungeheuer sich wieder auf dem Meeresboden niederließ.

»Was –«, begann Jacob. Doch kaum hatte er ein Wort herausgebracht, grub ihm Hali die Finger in den Arm und lenkte seine Aufmerksamkeit auf etwas viel Wichtigeres als den Fisch, der sie gerade fast wie zwei Frühstückseier in der Pfanne hätte brutzeln lassen.

Zwischen ihnen und dem Vulkan schwebten fünf unglaubliche Wesen.

Jedes von ihnen musste drei Meter groß sein, und ihre Haut war genauso muschelweiß wie die des Sternenguckers. Nur war er nicht sicher, ob er ihre Haut überhaupt als weiß bezeichnen konnte, denn sie alle *leuchteten*. Ihre gesamten Körper schimmerten und pulsierten mit Biolumineszenz. Das Leuchten begann in ihren Oberkörpern und strahlte dann in die Arme und Beine aus, fast als hätten sie –

Jacob blieb die Luft weg. *Als hätten sie einen Stern verschluckt.*

»Die Sternenschlucker«, flüsterte er.

Vorneweg schwamm eine muskulös gebaute Frau. Aus der Mitte ihrer Stirn ragte ein Stiel hervor, etwa so dick wie eine Angelrute und mit einer kleinen Kugel am Ende, und ihr Körper strahlte ein warmes, gelbes Licht aus, mindestens so hell wie eine Glühbirne in der Turmfestung. Sie schwamm auf Jacob und Hali zu. Hinter Hali zog Blabber langsame Kreise, doch die Frau ignorierte ihn vollkommen.

»Wer seid ihr?«, fragte sie mit einer tiefen und durchdringenden Stimme. »Und was führt euch hierher?«

Jacob zeigte auf den Sternengucker, der sich seit dem Befehl der Frau nicht mehr bewegt hatte. »Ist das Ding da … euer *Haustier*?«

Die Augen der Sternenschluckerin hatten denselben orangegelben Ton wie eine Kerzenflamme und waren noch größer und leuchtender als Halis. »Er ist eher unser Wächter.«

Ihre Augen wanderten zu King. »Und ich sehe, er hat seine besondere Fähigkeit bereits demonstriert. Keine Sorge, der Schock eines Sternenguckers ist nicht tödlich. Dein …« Sie schien ihre Worte genauso sorgfältig zu wählen wie Onkel Sato. »Dein *Gefährte* wird sich wieder erholen. Aber nun beantwortet meine Fragen. Wer seid ihr, und was führt euch hierher?«

Hali antwortete etwas. Dem Klang ihrer Stimme nach zu urteilen, handelte es sich um eine höfliche Antwort, doch Jacob hörte nicht richtig zu, denn in dem Augenblick bemerkte er einen der Sternenschlucker weiter hinten in der Gruppe – einen großen Mann mit riesigen, milchig-weißen Augen. Ohne den stahlharten Panzer sah er anders aus, aber Jacob erkannte ihn sogleich als denjenigen, der Tristan gepackt und über die Reling der *Meereskönigin* gestürzt hatte. Jacob traf keine bewusste Entscheidung über das, was er als Nächstes tat. Im einen Augenblick trieb er noch im Wasser und starrte die Sternenschlucker an, im nächsten stürzte er sich nun auf den milchäugigen Mann, und seine Kiemenkästchen gaben seine künstliche Stimme in voller Lautstärke wieder.

»*Wo ist mein Bruder?*«, schrie er. »Wo ist Tristan? Was habt ihr mit ihm gemacht? Ist er am Leben?«

Der Mann mit den milchigen Augen hob lediglich einen Arm und fing Jacob mitten im Angriff auf, als würde er kaum mehr wiegen als ein kleiner Fisch. Ein paar Sekunden lang wehrte Jacob sich, doch der Mann, der ihn festhielt, schien nicht verärgert darüber zu sein, dass Jacob ihn anschrie und angreifen wollte. Er zeigte überhaupt keine Gefühlsregung, packte Jacob lediglich am Kragen und brachte ihn zu Hali und King zurück. »Yamato?«, fragte die Frau den Mann. »Hast du irgendeine Ahnung, wovon dieser kleine Luftatmer spricht?«

»Ich denke ja«, antwortete der milchäugige Mann. »Soweit ich weiß, ist ›Tristan‹ der Name des Gouverneurs-Neffen von der Turmfestung. Der, nach dem wir ausgesandt wurden. Dieser dort« – er zeigte auf Jacob – »sieht ihm recht ähnlich. Er könnte ein Bruder oder naher Verwandter sein.« Der Mann wandte sich Jacob zu: »Es tut mir leid, aber du hast den langen Weg umsonst auf dich genommen, Junge. Tristan Overland ist nicht hier.«

Jacobs plötzliche Wut ebbte ab und hinterließ eine kalte Angst in seinen Eingeweiden. Falls diese Wesen sich doch dazu entschlossen, sie anzugreifen, hätten er und Hali gegen sie genauso wenig Chancen wie gegen den Sternengucker. Jacob warf Hali einen Blick zu und erkannte dieselbe stumme Angst in ihrem Gesicht.

»Bist du mit Tristan Overland verwandt, Kleiner?«, fragte die Frau und sah Jacob prüfend an.

Jacob zögerte. Ihm fiel kein Grund ein, es abzustreiten, zumal Yamato den Zusammenhang bereits erkannt hatte. »Ja, ich bin Jacob Overland. Tristan ist mein Bruder.«

»Mich nennt man die Anglerin«, sagte die Frau. »Und nun müssen wir hier weg. Wir alle.«

Jacob machte keine Anstalten, sich zu bewegen. Falls eine der nächsten Sekunden seine letzte wäre, wollte er die Gelegenheit nicht verschwenden. »Was ist denn nun mit meinem Bruder? Wenn er nicht hier ist, wo ist er dann?«

Die Anglerin antwortete ihm nicht. Stattdessen nickte sie den anderen Sternenschluckern zu, und die Gruppe setzte sich in Bewegung, zog Jacob, Hali und King mit sich. Nicht gewaltsam. Nicht, als wollten sie ihnen weh tun, vielmehr, als gäbe es keine Diskussion, keine Alternative zu dieser Entscheidung. Einer der Männer deutete mit einem Finger auf Blabber. »Wir schwimmen jetzt los«, sagte er, so als würde er mit einem Kind sprechen. »Kommst du mit?«

Blabber folgte ihnen, als sie von dem kleinen Unterwasservulkan wegglitten.

»Wo schwimmen wir hin?«

»Wir bringen euch zu unserem Dorf«, sagte die Anglerin und warf Jacob den strengsten, missbilligendsten Miss-Petersyn-Blick zu, den er je gesehen hatte. »Ihr seid unbefugt in heilige Gewässer eingedrungen, Kinderchen. Wir sollten die Situation also nicht noch schlimmer machen, als sie ohnehin schon ist.«

Die Sternenschlucker führten Jacob und Hali und den bewusstlosen King zu einem Ort nördlich des Vulkans, wo sich eine gewaltige Schlucht im Meeresboden auftat. Die Schlucht war etwa dreißig Meter breit und so tief, dass Jacob den Grund nicht sehen konnte. Allerdings versuchte er auch gar nicht, ihn zu entdecken, da er viel zu sehr von dem Anblick unter ihnen geblendet war.

Die Sternenschlucker hatten Höhlen in die Schluchtwände gehauen und dort ihr Dorf errichtet. Es ähnelte den Felsbehausungen der Alten Welt, von denen Jacob Bilder in Geschichtsbüchern gesehen hatte. Hell leuchtende Männer, Frauen und Kinder schwirrten in dem kleinen Dorf umher, gingen ihrem Leben nach, wie es auch die Bewohner von Bergen getan hatten.

Und auch ganz ähnlich, wie die Bewohner der Turmfestung leben, überlegte Jacob. Vielleicht musste er gar keine Angst haben. Vielleicht … vielleicht waren das hier doch ganz friedvolle Wesen?

Die Gruppe der Sternenschlucker nahm sie mit hinunter über die Kante und in einen Bereich, der wie ein Gemeinschaftsplatz wirkte, an dem sich Leute versammeln und austauschen konnten. Dort gab es jedoch nicht viel zu sehen. Lediglich eine große, in das Gestein gehauene Nische. Keine Stühle oder Tische, wie Jacob es gewöhnt war. Welche Verwendung hätten sie auch dafür? Warum sollten sie sich hinsetzen? Sie schwebten schließlich im Wasser. In einer Ecke der Nische sah er zwei Sternenschlucker – ein Mann und eine Frau, die sich in aller Ruhe einen Fisch teilten. Anscheinend hielten sie ein Messer für überflüssig. Sie reichten sich den Fisch immer wieder gegenseitig und nahmen abwechselnd einen Bissen davon.

»Ihr beide bleibt hier«, sagte die Anglerin. »Ich gehe unseren Heiler holen, dann schauen wir, was wir für deinen Seelöwen tun können.«

Die Anglerin und die restlichen Sternenschlucker, die sie hierhergebracht hatten, drehten sich um und schwammen davon. Die Frau und der Mann in der Ecke der Nische schenkten ihnen keine Beachtung. Jacob wandte sich Hali zu: »Ich kann einfach nicht glauben, dass Tristan nach allem, was wir durchgemacht haben, doch nicht hier ist.«

Hali blickte ihn nicht an. Sie ließ sich näher an die Öffnung der Nische treiben und starrte hinaus auf das erstaunliche, leuchtende Leben, das im Dorf der Sternenschlucker zu beobachten war. »Hätte nie gedacht, dass ich das mal zu sehen krieg«, sagte sie, mehr zu sich selbst als zu Jacob. »Ich wusste natürlich von ihnen. Von den Sternenschluckern. Aber niemand hat mir je erzählt, dass es hier *so* aussieht …«

Vielleicht hätte sie noch mehr gesagt, doch da schwamm ein Sternenschlucker-Mann aus den Tiefen der Schlucht herauf und in die Nische, direkt auf Hali und Jacob zu. Er war etwas kleiner als die anderen, die sie bisher gesehen hatten, und etwas rundlicher um die Mitte, dennoch glitt er wie ein Aal durchs Wasser. Er betrachtete sie mit riesigen Augen, die so blassgrau waren, dass sie schon fast farblos wirkten. Ein paar Sekunden lang heftete sich sein eisgrauer Blick auf Jacob, dann kam er zu ihm herübergeschwebt.

»Da habe ich ja richtig gehört, dass die Anglerin etwas von unerwarteten Gästen erzählt hat«, sagte der Mann.

»Ihr beiden … seid wahrhaft unerwartet. Darf ich mich vorstellen: Ich bin Ebisu. Gegenwärtig das Medium zum Willen von Pyrigon, Dem Erschütterer der Welten, Dem, Der Tief Im Meer Feuer Spuckt.«

Ebisu hatte jeden Teil des Namens einzeln betont. Jacob fragte: »Entschuldigung – wer? Pyrigon?«

Aus dem Mundwinkel flüsterte Hali: »Ich bin mir ziemlich sicher, er meint diesen Vulkan.«

Ebisu warf Hali einen Blick zu, der vermutlich geduldig wirken sollte. Tatsächlich sah er schlichtweg ungehalten aus. »Ja, wenn du so willst. Der Vulkan.«

Jacob versuchte, mit fester Stimme zu sprechen: »Können wir etwas für Sie tun, Herr Ebisu?«

»Ja, das könnt ihr«, antwortete Ebisu. »Ich habe eine Nachricht für euer Volk. Ich weiß, dass es das Schicksal war, welches einen Luftatmer den weiten Weg hier hinuntergeführt hat. Du musst mir zuhören, denn es war dein Volk, das die Große Flut ausgelöst hat.«

Da es inzwischen nicht mehr den Anschein machte, als würden die Sternenschlucker sie töten wollen, fühlte Jacob sich immer sicherer und musste sich nun davon abhalten, mit den Augen zu rollen. Onkel Sato hatte ihm schon oft erklärt, dass das Flutvolk den Trockensiedlern die Schuld an der Großen Flut gab. Ohne den geringsten Beweis, natürlich. Obwohl … da das Flutvolk vor der Überflutung noch nicht existiert hatte, kam *in der Tat* nur ein menschliches Volk als schuldig in Frage.

»Ihr habt den Respekt vor der Natur verloren«, fuhr Ebisu fort. »Und für diesen Respektverlust hat euch die Natur mit der Großen Flut bestraft. Die Sternenschlucker jedoch hegen den *größten* Respekt vor der Natur! Nur, wenn wir Mutter Natur diesen Respekt erweisen, können wir hoffen, dass sie uns erneut ihre Gaben zuteilwerden lässt!« Ebisu schwamm noch näher an Jacob heran, zwang ihn, zurückzuweichen, während er weitersprach: »Du. Du und deinesgleichen. Dein Volk hat keine Vorstellung davon, welchen Schaden ihr der Natur zugefügt habt. Gedankenlos. Grausam. Und wen machen die Luftatmer trotz alledem verantwortlich? Uns! Ihr verteufelt uns bei jeder sich bietenden Gelegenheit!« Er erhob einen kurzen, rundlichen schwimmhäutigen Finger und richtete ihn auf Jacob. »Wenn du zu deinem Volk da oben zurückkehrst, bring ihnen eine Nachricht von Ebisu, dem Sternenschlucker. Sag ihnen, dass wir vertrieben wurden. Verfolgt. Verjagt. Sag ihnen, dass wir hier unten um unser Überleben kämpfen. Wir sind keine Ungeheuer! Sag das allen Trockensiedlern!« Dann durchbohrte er Hali mit seinem Blick. »Und sag du es deinem Volk ebenfalls, Kupferhaut. Ihr tragt genauso Schuld daran wie die Luftatmer, dass wir aus eurer Welt verstoßen wurden. Wir sind keine Ungeheuer! Sag ihnen das. Hörst du mich? *Sag es ihnen!*«

Die Anglerin und ein Sternenschlucker-Mann schwammen in die Nische herein, gerade als das Pärchen, das den Fisch gegessen hatte, diese verließ. Es hielt sich an den

Händen, und Jacob sah, wie sich die Frau zu dem Mann hinüberlehnte und ihm einen Kuss auf die Wange gab.

Keine Ungeheuer.

Jacob hatte das Gefühl, dass sich seine Sicht, nicht nur auf die Welt, sondern auf das gesamte Universum, ungefähr alle sechs Stunden veränderte.

»Das ist Villiam«, sagte die Anglerin. »Unser Heiler. Er wird sich um euren Seelöwen kümmern.«

Villiams leuchtende Haut war mit strahlenden königsblauen Punkten übersät, und er lächelte entspannt. Dann nickte Villiam Jacob und Hali zu, sprach aber King an: »Also gut, kleiner Kerl, dann wollen wir mal sehen, was wir für dich tun können.« Villiam trug eine gewebte Bauchtasche bei sich, und als er sie öffnete, zeigten sich darin zwei mit Netzen abgetrennte Innentaschen, die mit verschiedenen Arten Seetang gefüllt zu sein schienen.

Während Villiam in der Tasche herumkramte, übergab die Anglerin Hali einen kugelförmigen gewebten Korb, ganz ähnlich dem, in dem Hali Jacob das Sashimi serviert hatte. »Bitte sehr«, sagte die Anglerin. »Ich würde euch zwar nicht als gewöhnliche Gäste bezeichnen, aber ich schätze, wir sind für euch verantwortlich, solange ihr hier seid.«

»Vielen Dank«, sagte Hali höflich. Sie nahm den Korb und schüttelte ein Stück von – irgendwas – heraus. Jacob kannte das weiße, rechteckige Zeug nicht, aber Hali nahm furchtlos einen Bissen davon und kaute, und da sie sich nicht krümmte oder tot umfiel, nahm Jacob den Korb entgegen und tat es ihr gleich. Das Essen schmeckte anders als alles, was er je zuvor gekostet hatte. Fischig, aber auch irgendwie süß und zäh. Er fragte sich, ob das eine dieser seltsamen Tiefseekreaturen war. Es schmeckte nicht wirklich *schlecht*. Aber er wusste nicht recht, was er davon halten sollte.

»Ja, vielen Dank«, sagte Jacob mit vollem Mund. Er schluckte und beschloss, weiter nach Informationen zu Tristan zu drängen. Seine Augen huschten von Ebisu zu der Anglerin und wieder zurück. »Also, ich verstehe, dass ihr keine Ungeheuer seid.«

Ebisu sah daraufhin sehr zufrieden aus. »Fürwahr, das sind wir nicht«, pflichtete er Jacob bei.

»Aber wenn das stimmt, warum habt ihr dann die *Meereskönigin* angegriffen? Warum habt ihr meinen Bruder entführt?«

Ebisu blickte zur Anglerin hinüber, die ihre Lider schloss und die Stirn runzelte. Nach ein paar Sekunden nickte sie und heftete ihre Kerzenflammenaugen auf Jacob. »Über die Generationen hinweg, seit unsere ersten Vorfahren ins Wasser geflohen sind, haben wir uns an diesen Ort angepasst.« Sie hielt eine leuchtende Hand hoch, und Jacob bewunderte die gespenstische Schönheit des inneren Lichts. »Doch das Leben in der Tiefsee ist niemals einfach, auch nicht für uns. Nahrungsmittelquellen werden immer knapper, da die Zahl der Trockensiedler und Flutwesen konstant steigt, also müssen die Raubfische in immer größerer Tiefe nach Beute suchen. Wenn wir weiterhin hier unten überleben wollen, brauchen wir *Licht*. Starke, zuverlässige Lichtquellen, die heller sind als unsere Körper. Es gibt einige natürlich vorkommende Quellen für Licht und Energie – wir nennen sie Lichtglas. Für uns ist es äußerst wertvoll, doch unglücklicherweise ist Lichtglas sehr selten. Vor sieben Tagen kam ein Fremder zu uns. Einer vom Flutvolk – ein Mann, der sich selbst ›der Barrakuda‹ nannte. Er hat uns ein Geschäft angeboten. Er sagte, dass die WasserKrieger-Aktivisten der Turmfestung uns mit so viel Lichtglas versorgen würden, wie wir uns nur wünschen könnten. Er hatte auch ein paar Stücke Lichtglas mitgebracht, um zu bezeugen, dass er die Wahrheit sprach.«

In düsterem Tonfall fragte Hali: »Und was wollte dieser Barrakuda-Typ als Gegenleistung haben?«

»Er wollte, dass wir den ältesten Neffen des Gouverneurs entführen. Einen jungen Mann namens Tristan Overland. Der Barrakuda sagte, dass Tristan in Kürze seinem Onkel, Sato Overland, die Macht über die Turmfestung entreißen würde und dass dann er als Tyrann über die Turmfestung herrschen wollte. Dass er denjenigen, die unter den Wellen leben, noch feindlicher gegenüberstehe als sein Onkel. Dass wir allen Kiementrägern einen großen Dienst erweisen würden, wenn wir ihm diesen jungen Mann auslieferten. Sobald Tristan Overland aus dem Weg geschafft wäre, könnten die WasserKrieger die Kontrolle über die Turmfestung übernehmen und diesen endlosen Teufelskreis aus Vorurteil und Verfolgung beenden, der uns schon so lange zu Opfern gemacht hat.«

»Und ihr habt *zugestimmt*? Einfach so?«, prustete Jacob, und Wut gewann die Oberhand über seine Angst vor dem Zorn der Sternenschlucker.

Die Anglerin blickte Jacob unverwandt in die Augen. »Wir sahen keinen Nachteil in der Situation. Wir verurteilen Gewalt, also stellten wir sicher, dass niemand getötet wurde. Der Barrakuda hatte uns nicht gebeten, Tristan Overland etwas zuleide zu tun. Wir sollten ihn nur überbringen, und das taten wir. Wir waren der Überzeugung, dass seine Beseitigung ein noch größeres zukünftiges Leid verhindern würde.«

Jacob rang verzweifelt um Fassung, und das Blut rauschte ihm in den Ohren. »Aber das war eine Lüge! Das alles! Tristan würde niemals als Tyrann über die Turmfestung herrschen! Er war gutmütig und schlau! Er wollte die Situation verbessern! Er war mein *Bruder*!«

Die Anglerin kniff die Augen zusammen, während sie Jacob ansah. »Aber der Barrakuda hat, wie versprochen, das Lichtglas geliefert. Dieser Teil entsprach also der Wahrheit. Und du gibst selbst zu, dass Tristan Overland dein Bruder ist. Man kann mit Sicherheit davon ausgehen, dass du alles behaupten würdest, um zu bekommen, was du willst. Jedenfalls haben die Luftatmer uns schon unzählige Male belogen.«

Bevor Jacob antworten konnte, legte Hali ihm eine Hand auf den Arm und schwamm vor, um zu sprechen: »Ich verstehe, warum ihr misstrauisch seid. Das war ich zuerst auch. Und ihr habt sicher recht, dass die Luftatmer bisher nicht vieles getan haben, womit sie sich unser Vertrauen verdient haben. Aber ich glaube Jacob. Er hat Verbrecher davon abgehalten, mein Zuhause zu zerstören, und wahrscheinlich hat er auch mein Leben gerettet.«

»Wahrscheinlich?«, raunte Jacob Hali ins Ohr. »Ich glaube, es war ziemlich eindeutig, dass ich –«

»Treib es nicht zu weit«, murmelte Hali und knuffte ihn leicht. Wieder der Anglerin zugewandt, sagte sie: »Hört mal, er möchte einfach nur seinen Bruder finden. Und ihr wurdet angelogen. Ich vermute, dass viel mehr hinter all dem steckt, als wir wissen. Bitte helft uns.«

Die Anglerin runzelte noch weiter die Stirn, und das leuchtende Kügelchen am Ende ihres Stirnstiels wechselte von einem warmen Gelbton zu Rubinrot. Sie wandte sich Ebisu zu. »Auf ein Wort«, sagte sie.

Ebisu nickte und folgte ihr, als sie aus der Nischenöffnung herausschwamm, um mit ihm zu sprechen. »Aha!«, sagte Villiam einen Augenblick später. »Ich denke, das hier wird helfen.«

Jacob und Hali drehten sich um und sahen, wie er ein wenig violetten Seetang um die Ränder von Kings Kiemen rieb. Fast unmittelbar zuckte der Seelöwe zusammen, öffnete die Augen und schnellte von dem Heiler weg, hielt erst an, als er gegen die Nischenwand stieß. Jacob eilte mit ausgebreiteten Armen zu ihm hinüber. »Hey, Kumpel! Alles okay, alles okay. Du bist wieder in Ordnung. Ich bin da. Ich pass auf dich auf.«

Kings aufgerissene dunkle Augen huschten hierhin und dorthin, doch bald fanden sie Jacob. Er streichelte King am Kopf und redete sanft auf ihn ein, bis sich der Seelöwe entspannte. Blabber hatte an der Decke der Nische Kreise gezogen, und als der Hai heruntergeglitten kam und sich mit der Schnauze an King kuschelte, war der Seelöwe vollends beruhigt.

Hali war zu Villiam hinübergeschwommen. »Was hast du da verwendet, um ihn wieder zurückzuholen?«

»Nur etwas leicht säurehaltigen Seetang. Versetzt ihnen einen kleinen Schock, um sie wieder aufzuwecken. Eine andere Art Schock allerdings. Ich weiß, wie sich Zappers Elektrostoß anfühlt. Das ist nicht angenehm.« Villiam verstummte. »Ich hätte nicht gedacht, dass Luftatmer sich mit Aquatischen zusammentun.«

Hali fragte: »Meinen Sie Tiere oder Leute?«

Villiam zuckte die Schultern. »Das kannst du selbst entscheiden.«

Hali hielt inne, und Jacob fühlte ihre Augen auf ihm ruhen. »Na ja, der da steckt voller Überraschungen.«

Jacob hatte King weitergestreichelt, aber jedes Wort gehört, und lächelte jetzt in sich hinein.

»Also gut, ich habe eine Entscheidung getroffen«, sagte

die Anglerin, als sie und Ebisu zurück in die Nische geschwommen kamen. »Ebisu wird Pyrigon um Rat fragen.«

Jacob sagte: »Einen Vulka–«, doch auf einen strengen Blick von Ebisu hin brach Jacob ab. »Entschuldigung, Ihn, Der Die Erde Erschüttert, um Rat fragen? Wie geht das?«

»Kommt mit mir«, sagte Ebisu und blickte Jacob hochnäsig an. »Vielleicht lernst du ja noch was dabei.«

Alle in der Gruppe folgten Ebisu aus der Felsspalte heraus und dann den Meeresgrund entlang. Bald ragte der dunkle Umriss des Vulkans vor ihnen in die Höhe, und Ebisu hob die Hände. »Bleibt hier. Nur ich kann mich Pyrigon nähern.«

Ebisu schwamm vor. Er sagte etwas, aber Jacob konnte die Worte auf die Entfernung nicht ausmachen. Nach einigen spannungsgeladenen Augenblicken beschlich Jacob allerdings das Gefühl, wie albern es eigentlich war, von einem Vulkan die Antwort auf eine Frage zu erwarten. Doch dann, nachdem eine volle Minute vergangen war, erzitterte der Vulkan plötzlich und spie eine breite Säule Luftbläschen aus. Jacob konnte sein Erstaunen nicht verbergen.

»Wow«, hauchte er.

Die Anglerin lehnte sich zu ihm hinüber: »Die Fähigkeiten der Sternenschlucker zu unterschätzen ist ein schwerwiegender Fehler, mein Junge.«

Ebisu kam zu ihnen zurück, seine Haut war an manchen Stellen leicht gerötet. Jacob fragte sich heimlich, ob Ebisus besondere Fähigkeit lediglich darin lag, dass es ihm nichts ausmachte, gelegentlich ein wenig gekocht zu werden.

»Pyrigon hat verkündet, dass wir dir vertrauen können, Luftatmer«, sagte Ebisu. Er klang, als wüsste er nicht recht, was er davon halten sollte. »Außerdem hat er mir eine Nachricht für dich mitgegeben: *Wenn die Sterne selbst zu fallen beginnen, wirst du wissen, dass deine Zeit des Aufstiegs gekommen ist.*«

Jacob blinzelte ein paarmal verdutzt. »Und was, ähm … was bedeutet das?«

Ebisu schüttelte den Kopf. »Das musst du schon selbst herausfinden. Dies ist die Eigenart der Weisheit Pyrigons.«

Bevor Jacob etwas einfiel, das er über die Sinnhaftigkeit von Pyrigons Weisheit sagen könnte, sprach die Anglerin: »Wenn Ebisu entscheidet, dass wir dir vertrauen können, dann vertrauen wir dir. Es steht euch frei, zu gehen. Und ihr solltet wissen: Der Barrakuda hat Tristan Overland nach Ankerhaven gebracht. Mehr Informationen haben wir nicht.«

Während Jacob die Worte der Anglerin noch auf sich wirken ließ, antwortete Hali: »Vielen Dank, Anglerin. Wir stehen in eurer Schuld.« Sie nahm Jacob am Unterarm und zog ihn sanft mit sich. »Dann machen wir uns nun auf den Weg.«

»Wartet mal«, sagte Jacob und zerrte seinen Arm aus Halis Griff heraus. »Also, es ist offensichtlich, dass ihr keine Ungeheuer seid. Ehrlich, ich wusste nichts über euch, bevor ihr Tristan entführt habt, aber auch Sternenschlucker sind zweifellos einfach ... einfach *ganz normal* und friedlich. Wie alle anderen Flutwesen. Und wie die Trockensiedler.«

Über die Gesichter aller Sternenschlucker – der Anglerin, Ebisu und Villiam – huschten verschiedenartige Gefühle, von Skepsis bis Empörung, aber Jacob fuhr fort: »Lasst mich ausreden. Wir sind nämlich auch keine Ungeheuer. Viele von uns Trockensiedlern verstehen einfach nicht, wie sich unser Handeln auf die Unterwasserwesen auswirkt – aber vielleicht können wir daran was ändern. Ich verspreche euch, wenn ich zurück an der Oberfläche bin, werde ich es auf jeden Fall versuchen.«

Das schien die Sternenschlucker einigermaßen zu beruhigen. Ebisu schwamm vor und sagte: »Streck deine Hand aus, junger Mann.« Jacob tat, wie geheißen, und Ebisu legte einen kleinen schwarzen Stein auf seine Handfläche. »Ein Lavastein von Pyrigon. Als Glücksbringer.«

Jacob schloss die Finger um den Stein und lächelte. Er war noch warm. »Vielen Dank, Ebisu.«

Erneut nahm Hali Jacob am Arm, und dieses Mal ließ er zu, dass sie ihn wegführte. Über ihnen schwammen King und Blabber im Kreis umeinander herum. Während sie die Sternenschlucker hinter sich zurückließen, bemerkte Jacob kaum, wohin sie schwammen, so abgelenkt war er von den vielen Gedanken, die ihm durch den Kopf schwirrten. *Wenn ich zur Turmfestung zurückkomme*, schwor er sich, *werde ich ein langes Gespräch mit Onkel Sato darüber führen, was ich hier unten gesehen habe. Wir müssen einiges ändern.*

Und er war sich sicher, dass sein Onkel ihm zustimmen würde, wenn er hörte, was Jacob gesehen und erlebt hatte.

13

Eine halbe Stunde später schwammen Jacob und Hali stetig den Kontinentalabhang hinauf, steuerten auf die weit entfernte Unterwasserküste zu. Jacob fühlte sich wie ferngesteuert, mied automatisch die leuchtenden Biolumineszenz-Flecken und vertraute auf Halis Pulsator, der die größeren Gefahren – wie den Riesenkalmar, der gelegentlich über sie hinwegglitt – fernhalten sollte.

»Wie weit ist es bis nach Ankerhaven?«, fragte er Hali.

»Ungefähr dreißig Kilometer Richtung Norden«, antwortete sie.

Jacob verfiel in ein mürrisches Schweigen.

»Ach, komm schon«, versuchte Hali ihn zu trösten. »*So* weit ist das nun auch wieder nicht.«

Oh doch, ist es, dachte Jacob bei sich. *Wir werden es niemals schaffen. Wir werden vor Müdigkeit nicht mehr weiterkönnen, von abtrünnigen Flutwesen angegriffen oder von irgendeinem Ungeheuer wie Zapper gefressen werden.*

Jacob hatte nur eine vage Vorstellung davon, wo und was Ankerhaven war. Er wusste, dass es sich um eine große Flutsiedlung handelte und dass sich viele Trockensiedler dort hinbegaben, um die Umwandlung in ein Flutwesen zu durchlaufen. Doch Jacob wünschte sich mehr als alles andere, dass er den Geschehnissen in der Turmfestung größere Aufmerksamkeit geschenkt hätte, sich an weitere Einzelheiten aus den Gesprächen erinnern könnte, die er oben im Gouverneurs-Penthouse mitgehört hatte. Vielleicht hätte dieses Wissen ihm jetzt und hier an diesem Ort helfen können, Tristan zu finden.

Der Gedanke an Tristan schmerzte Jacob tief in seinem Herzen. War er in Sicherheit? Was passierte überhaupt in Ankerhaven, dass jemand ihn ausgerechnet dort haben wollte? Wer war dieser Barrakuda, und was hatte er mit den WasserKriegern zu tun? Arbeitete er für sie? Jacob konnte zwischen all diesen Fragen kaum einen klaren Gedanken fassen. Und die Antworten fühlten sich unendlich weit entfernt an.

»Ich könnte genauso gut zurück zur Turmfestung schwimmen und versuchen, ein Boot zu stehlen«, sagte Jacob trübselig. »Wir werden es niemals schaffen, nur wir vier. Jedenfalls nicht schnell genug, um meinen Bruder zu retten.«

Hali antwortete nicht. Ein paar Minuten später kamen sie zu einem Felsvorsprung und hielten an, um sich auszuruhen. Zweimal hatte Jacob den Eindruck, dass Hali etwas sagen wollte, aber beide Male schien sie es sich anders zu überlegen.

»Was ist denn?«, fragte er schließlich. Er erwartete, dass sie ein paar aufmunternde Worte an ihn richten würde, wie Tristan das getan hätte. Eine kleine Ansprache darüber, dass er niemals aufgeben durfte, sich der Herausforderung stellen musste, oder irgendeinen anderen Schwachsinn mit keinerlei praktischem Nutzen in der wirklichen Welt.

Stattdessen verzog Hali das Gesicht und sagte: »Vielleicht gibt es ja eine Möglichkeit, schneller dorthin zu gelangen.«

Jacob wirbelte herum, um sie anzusehen. »Echt jetzt? Das wäre super! Wie denn?« Er kniff die Augen zusammen. »Warte mal. Warum siehst du so aus, als würde gleich was Schlimmes passieren?«

Hali seufzte, knetete nervös ihre Hände. »Okay, also ... es gibt da diese Meeresströmung. Den Hayai-Strom. Wenn wir den nutzen würden, wären wir in einem Bruchteil der Zeit in Ankerhaven.«

Jacob rückte näher zu ihr hinüber. »Das klingt doch super – wo liegt das Problem?«

»Der Strom ist nicht wirklich das, was man *sicher* nennen würde, das ist das Problem. Er ist ... sozusagen ein Jagdgebiet für Raubfische. Die treiben sich gerne am Rand der Strömung rum und schnappen sich ihre Beute quasi im Vorbeischwimmen.«

Jacobs Geist versetzte ihn zurück in eine Stunde Naturgeschichte bei Miss Petersyn. Er erinnerte sich an das Foto eines riesigen Tieres, genannt »Grizzlybär«, das am Ufer eines Flusses stand und mit seinen großen Klauen Fische fing, die vorbeischwammen. Jacob schluckte schwer.

»Okay, also … supergefährlich.« Jacob griff in seine Tasche und holte Tristans Tau-Armband hervor.

Wir haben schrecklich viel verloren, aber uns werden wir nie verlieren.

Jacob drückte das Armband einmal fest und steckte es zurück in seine Tasche.

»Hör mal«, sagte Jacob und drehte sich zu Hali um. »Du warst echt unglaublich. Du warst mir nichts schuldig, und doch hast du so viel mehr für mich getan als nötig, sobald ich Hilfe brauchte. Aber ich denke, all das hier« – er deutete um sie herum –, »dass du den ganzen Weg mit mir hier runtergekommen bist, mich zu den Sternenschluckern geführt hast … Das ist schon mehr, als ich je von dir hätte erwarten können. Wenn du mir den Weg zu diesem Hayai-Strom erklärst, schwimme ich alleine hin. Ich kann nicht von dir verlangen, dass du dein Leben aufs Spiel setzt.«

Verblüfft blickte Hali ihn an, während er sprach. Jacob hatte angenommen, dass sie von seiner heldenhaften Selbstlosigkeit beeindruckt sein würde, doch stattdessen stützte sie die Hände in ihre schlanken Hüften und funkelte ihn an. »Ach, und ich soll dann einfach zurück nach Bergen schwimmen? Niemals herausfinden, was mit dir und deinem Bruder passiert ist? Niemals wissen, ob ich dir deinen dürren Hals hätte retten können, damit du nicht zu Riesenkalmar-Futter wirst? Und das soll mich dann mein Leben lang verfolgen? Hmpf! Träum weiter!«

Jacob blinzelte ein paarmal schnell hintereinander. Diese Reaktion hatte er nicht erwartet. »Ähm – entschuldige – was?«

»Ich will damit sagen, dass ich dir mein *Wort* gegeben habe, Turmjunge! Ich hab dir nur erklärt, wie gefährlich die Meeresströmung ist, weil ich dachte, dass *du* es mit der Angst kriegen würdest, nicht ich! Aber wenn du dabei bist, schwimmen wir hin.«

»Oh«, war alles, was Jacob als Antwort herausbrachte. »Oh!« Ihm wurde warm ums Herz. Eigentlich hatte er nicht gerne allein losziehen wollen, aber es war ihm als das Richtige erschienen. Wenn Hali jedoch wirklich mitkommen wollte, dann wollte er sie natürlich dabeihaben.

Zehn Meter entfernt schwamm ein Fisch langsam über eine breite, runde Vertiefung im Meeresboden. Jacob spürte das inzwischen vertraute elektrische Summen im Wasser, und er und Hali sahen dabei zu, wie der Fisch zuckte und dann reglos dahintrieb. Ein weiterer Sternengucker, allerdings viel kleiner als Zapper, erhob sich aus dem Sand, fraß den Fisch mit einem Bissen und ließ sich wieder in seinem Versteck nieder.

»Lass uns *vorsichtig* hinschwimmen«, sagte Hali.

Drei Stunden lang glitten sie über den unendlichen, ansteigenden Meeresgrund, bis sie den Hayai-Strom schließlich erreichten. Inzwischen waren sie den Tiefen so weit entkommen, dass sie sich nicht mehr so sehr um Raubfische sorgen mussten – Jacob glaubte sogar, das nun hellere Wasser könnte der Hinweis auf ein wenig schwaches Sonnenlicht über ihnen sein –, dennoch beobachtete Jacob ihre Umgebung sehr aufmerksam.

»Da«, wandte Hali sich ihm zu, berührte ihn an der Schulter. Jacob blickte in die Richtung, in die sie zeigte. »Siehst du ihn? Er verläuft parallel zu der alten Küstenlinie, dann beschreibt er einen Bogen und führt hinaus aufs offene Meer. Wir folgen ihm für ungefähr fünfundzwanzig Kilometer, dann sind wir in null Komma nichts direkt in Ankerhaven.«

Jacob kniff die Augen zusammen. Er war sich nicht sicher, wovon sie sprach – bis er einen mächtigen Wal erspähte, durch die Entfernung verkleinert, aber klar erkennbar, der so schnell vorbeiraste, als wäre an seinem Schwanz ein Motor befestigt. »Heiliger Schwertfisch«, flüsterte Jacob. »Du hast ja echt keine Witze gemacht.«

Als sie näher kamen, verstand er es endgültig. Der Hayai-Strom war anscheinend eine Meeresströmung, die in einer unglaublich hohen Geschwindigkeit dahinfloss. Die genauen Ränder zu erkennen war unmöglich, aber Fischschwärme und andere Verbünde von Meereslebewesen rasten in der Kraft der Strömung dahin und ermöglichten

Jacob eine ungefähre Vorstellung seiner Ausmaße. »Das ist ja unglaublich«, sagte er. »Ich wusste nicht mal, dass es so was hier gibt.« Er fragte sich, ob das daran lag, dass er seinen Unterricht noch längst nicht beendet hatte, oder daran, dass die Trockensiedler solche Dinge nicht kannten.

»Also, wir machen das so«, sagte Hali. Sie gab Blabber ein Zeichen, und er schwamm an ihre Seite hinunter. »Du und ich reiten wieder auf Blabber, so bleiben wir in der Strömung alle zusammen.« Sie blickte zu King hinüber, der ebenfalls zu ihnen geschwommen war und Jacob seine beiden Vorderflossen auf den Kopf gelegt hatte. »Denkst du, du kannst mit uns mithalten, Bartgesicht?«

King schlug einen Rückwärtssalto und machte: »Juuup juuup!«

Vorsichtig schwammen sie auf den Strom zu, hielten dabei Ausschau nach Raubfischen. Jacob bemerkte, dass Hali ihr feines, wallendes Haar zu einem langen Zopf geflochten und diesen hinten in ihr T-Shirt gesteckt hatte. Er fragte sich, wann sie dafür Zeit gehabt hatte, und bewunderte im Stillen die Geschicklichkeit, mit der sie so etwas in einer solchen Geschwindigkeit zu erledigen wusste.

Als sie nahe genug waren, bedeutete Hali Jacob, hinter ihr auf Blabbers Rücken zu klettern. »Bist du bereit, Junge?«, fragte sie. Blabber bellte ein paarmal, und King kam neben sie geschwommen. »Los geht's!« Und damit stürzten sich alle vier in die Strömung hinein.

Die Kraft des Wassers drückte Jacob fest gegen Halis Rücken, und er war ziemlich sicher, dass sie beide heruntergeworfen worden wären, wenn sie sich nicht an Blabbers Rückenflosse festgehalten hätten. Immer noch gut festgeklammert, veränderten sie beide vorsichtig ihre Position und setzten sich etwas bequemer auf dem Hairücken zurecht. Jacob warf einen Blick über die Schulter und sah, wie King hinter ihnen Korkenzieherdrehungen im Wasser vollführte, einen Ausdruck vollkommener Glückseligkeit auf dem Gesicht.

Jacob überlegte, dass es sich so ähnlich anfühlen musste, aus einer Kanone geschossen zu werden. Sie schienen in einen vollkommen anderen Ozean gelangt zu sein, in dem die physikalischen Gesetze außer Kraft gesetzt waren. Er versuchte zu sprechen, doch das war gar nicht so leicht – das Wasser riss die Worte von seinen Kiemenkästchen weg, bevor Hali sie hören konnte. Schließlich gab er auf, verstummte und beschloss, den Ritt einfach zu genießen.

Sie waren nicht allein in der Strömung. Im Gegenteil, anscheinend raste die halbe Ozeanpopulation auf der Hayai-Autobahn dahin, farbenprächtige Fischschwärme, Unmengen winziger Garnelen und Plankton und mindestens ein Dutzend Tintenfische schwammen mit ihnen. King rief: »Hey!«, und als Jacob sich umdrehte, glitt ein weiterer riesengroßer Wal so nah an ihnen vorbei, dass er die Hand ausstrecken und die Seepocken auf seiner Haut hätte berühren konnte. Er schreckte zurück –

– und die Strömung verfing sich in der oberen Lasche

seines Rucksacks. Bevor er reagieren konnte, riss sie die Lasche auf, und Jacob sah entsetzt dabei zu, wie die Uhr seines Vaters aus dem Rucksack herausgewirbelt und vom reißenden Strom des Wassers davongetragen wurde. Außer Sicht.

»Die Uhr von meinem Vater!«, rief Jacob. »Ich muss sie wiederholen!«

»Jacob, nein, warte!«, schrie Hali, aber es war zu spät. Jacob konnte die Uhr nicht verlorengeben. Wenn die Dinge schlecht ausgingen, würde sie vielleicht das Einzige sein, das ihn noch mit Tristan und ihrem Vater verband. Jacob stieß sich von Blabbers Rücken ab und schwamm los, versuchte, die Spur der Uhr zu verfolgen, am Rand des Stromes entlang.

Als er aus der Strömungskraft des Hayais heraustrieb, brauchte er einen Augenblick, um sich wieder zu orientieren. Ihm klingelten die Ohren, hinter den Mastertech-Linsen tränten ihm die Augen und jeder Quadratzentimeter seiner Haut kribbelte. *Finde die Uhr, und dann wieder ab in den Strom.* Die Worte kreisten in seinem Kopf. *Lass sie nicht zu viel Vorsprung gewinnen.*

Er schwamm den Weg des Stromes entlang zurück, bis dahin, wo er seine Uhr hatte fallen sehen, und suchte mit den Augen den Meeresgrund ab. Hier war der Boden nicht so glatt und eben wie tief unten bei den Sternenschluckern. Der Sand und das Gestein präsentierten sich ungleichmäßiger, mit viel mehr Felsvorsprüngen, aber dennoch –

so etwas wie die Uhr würde sicherlich auffallen. Vielleicht einen der schwachen Sonnenstrahlen reflektieren.

Heilfroh lachte Jacob auf, als er in der Mitte einer Felsformation etwas aufblitzen sah. Sofort schwamm er hin und erblickte tatsächlich die Uhr seines Vaters, die in einem Spalt steckte und zu ihm hochblinzelte. Ohne Zeit zu verschwenden, zwängte er seine Hand ebenfalls in den Schlitz.

»Jacob!«, rief Halis Stimme. Vor Überraschung zuckte er zusammen. »Komm sofort zurück!«, befahl sie. »Im Strom ist es schon gefährlich, aber außerhalb davon ist es noch viel gefährlicher!«

»Ich hab die Uhr gefunden!«, sagte er und streifte dabei mit den Fingerspitzen das Metall. *Nur ein kleines Stück noch.* Er warf einen Blick über die Schulter und sah Hali, die immer noch auf Blabber ritt, und auch King, der Schleifen um sie herumschwamm. »Ich hab – hab sie fast!« Hali ließ sich von Blabber hinuntergleiten und schwamm zu Jacob, um zu sehen, was er da zu tun versuchte. In dem Augenblick hakte sich sein Finger in das Uhrarmband, und er zerrte seine Hand wieder aus der Spalte heraus. »Autsch!«, rief Jacob, als eine hervorstehende Steinspitze ihm in die Handfläche schnitt. Als er die Hand hochhielt, um die Wunde zu begutachten, wogte eine Blutwolke ins Wasser.

»Oh nein«, sagte Hali mit weit aufgerissenen Augen. »Jacob, was hast du *getan*?«

»Schnell, lass uns von hier verschwinden«, sagte Jacob,

packte sie bei der Hand und zog sie zurück zu Blabber und King.

Genau in diesem Moment begann Blabber, wütend zu bellen. Jacob schaute in dieselbe Richtung, um zu sehen, was die Aufregung verursachte, und der Anblick ließ ihm das Blut in den Adern gefrieren.

Zwischen ihnen und dem Rand des Stroms trieben zwei der größten Haie, die Jacob je gesehen hatte. Er erkannte sie von den Bildern in seinen Lehrbüchern. *Carcharodon Carcharias*. Der Weiße Hai. Jacob streifte sich die Uhr über das Handgelenk und drückte mit der unverletzten Hand fest auf die Wunde. Aber das genügte nicht. Immer noch sickerte Blut heraus und färbte das Wasser um sie herum rot.

Ein dritter Hai tauchte neben den beiden anderen auf.

Blabber stürzte vor, um sich vor Hali zu positionieren. Er öffnete das Maul, so weit er konnte – weiter, als Jacob es bisher gesehen hatte, weiter als Blabbers Körper breit war –, und bellte die Weißen Haie aufgebracht und wild an. Zumindest für ein oder zwei Sekunden wirkte das Schauspiel, denn die Raubfische hielten inne. Einer drehte sogar ab – kam jedoch gleich darauf in einem Bogen wieder zurück zu den anderen geschwommen.

»Blabber, nein!«, schrie Hali. King schien zu begreifen, in welcher Gefahr sein Freund schwebte, und schoss nach vorn, doch Blabbers riesige Schwanzflosse fegte ihn zurück zu Jacob. Weg von den Haien. Blabber bellte immer heftiger. *Verzweifelter.*

Da sah Jacob drei weitere Haie aus der Ferne in ihre Richtung schwimmen. »Hali, ich hab keine Ahnung, wie wir hier rauskommen sollen. Was machen wir denn jetzt?«

Hali drehte und wendete sich, blickte sich mit ihren braunen Augen hektisch um. »Da!« Sie zeigte auf etwas, packte Jacob und drehte ihn um, so dass er es auch sehen konnte. »Siehst du das? Ich hab eine Idee!«

Zehn Meter entfernt befand sich ein Schwarm bläulichweißer Fische, jeder etwa so lang wie eines von Jacobs Beinen, die gemeinsam eine riesengroße Kugel bildeten. »Das ist eine Schutzkugel«, schrie Hali. »Sie machen das, um sich die Haie vom Leib zu halten! Wenn wir es da reinschaffen, sind wir in Sicherheit!«

Jacob packte King, zeigte auf die Schutzkugel und schwamm so schnell und kräftig, wie er konnte. Er spürte Hali direkt hinter sich, und ihre laute Stimme schmerzte ihn in den Ohren, als sie rief: »Blabber! Blabber, komm mit uns! Komm mit, Junge!« Während sie schwammen, pflückte Hali einen Streifen Seetang und band ihn schnell und fest um Jacobs Wunde.

Dann erreichten sie die Schutzkugel, und Jacobs Welt bestand nur noch aus schimmernd blau-weißen Schuppen, als die Fische ihn in immerwährender Bewegung umringten, aber er war nah genug am Rand der Kugel, um zwischen den Fischen hindurchspähen zu können –

– und zu sehen, wie einer der großen Weißen Haie vorschoss und seine Zähne in Blabbers Rückenflosse versenkte.

Hali schrie auf.

Nur einen Augenblick später erreichten die von den Haien aufgeregten Fische in der Schutzkugel den Hayai-Strom, und sogleich riss er sie alle von Blabber und den rasenden Weißen Haien fort.

14

Als Jacob noch jünger war, brach in den unteren Ebenen der Turmfestung ein Feuer aus. Jacob und Tristan hatten am Kai gespielt und waren gerade auf dem Rückweg, als sie mitbekamen, wie alle Feuerwehrleute umhereilten, um die Flammen zu bekämpfen, Löschschläuche auszurollen und die Menschen zu evakuieren. Jacob beobachtete voller Entsetzen, wie ein riesiger Stahlträger, vom Feuer mürbe gemacht, auf einen der Feuerwehrmänner hinabstürzte. Aufgrund der gewaltigen Staubwolke, die durch den Aufprall hochwirbelte, konnte er nicht erkennen, was genau mit dem Mann passiert war, aber die Reaktion der anderen Leute machte deutlich, dass es schlimm war. Sehr schlimm.

Und trotzdem arbeiteten die anderen Feuerwehrleute sofort weiter, eilten an ihrem gefallenen Freund vorbei. Später erklärte ihm Onkel Sato die Situation auf seine ernste, sachliche Art und Weise: »Was mit dem jungen

Mann passiert ist, war ein großes Unglück«, sagte er. »Doch dieses Unglück geschah, während ein noch viel größeres Unglück drohte. Wenn alle die Arbeit niedergelegt hätten, um ihn zu betrauern, hätte sich das Feuer ausgebreitet. Vielleicht hätten wir den gesamten Turm verloren. Manchmal muss man weitermachen, obwohl etwas Schlimmes passiert ist.«

Und jetzt, während Hali und er sich an Kings Vorderflossen festhielten und zusammen den Hayai-Strom entlangbrausten, versuchte Jacob immer wieder, sich selbst davon zu überzeugen, dass auch er weitermachen musste. Dass er jetzt nicht aufgeben konnte. Den Verlust von Blabber nicht betrauern durfte, denn wenn er das tat, würde er vielleicht noch dazu Tristan verlieren, und welchen Sinn hätte dann alles gehabt?

Zwar versuchte er, sich das einzureden, doch konnte das die Tränen nicht davon abhalten, hinter seinen Mastertech-Linsen aufzusteigen. Jacob blickte ein paarmal verstohlen zu Hali hinüber, aber der Schmerz in ihren Augen ließ ihn sogleich wieder wegschauen. King wusste, dass sie beide traurig waren, und schmiegte seine Schnauze abwechselnd an ihre Wangen, während sie schweigend weiter den Strom hinunterrasten.

Jacob konnte nicht abschätzen, wie lange sie dem Verlauf des Hayais gefolgt waren, als Hali ihn am Arm packte und zum Rand des Stromes zog. Jacob und King folgten ihr, und als sie aus dem rauschenden Wasser herauspurzelten und sahen, was sie dort erwartete, traute Jacob seinen Augen nicht.

Vor ihnen fiel eine Unterwasserklippe steil ab und mündete in ein weites, flaches Tal. Dort unten, etwa einen halben Kilometer entfernt, lag eine große Stadt, voller Leben und Licht, anders als alles, was er je gesehen hatte.

»Ist *das* Ankerhaven?«, fragte er mit ehrfürchtiger Stimme.

Hali nickte. Sie hatte kein Wort mehr gesagt, seit die Haie Blabber angegriffen hatten. Er fragte sich, ob sie je wieder mit ihm sprechen würde. Aber nein, darüber durfte er jetzt nicht nachdenken. Nicht, wenn er so kurz davor war, Tristan zu finden.

Ankerhaven bestand aus fünf gewaltigen durchsichtigen Kuppeln, die von einem Gerüst aus vielen miteinander verbundenen Dreiecken aufrecht gehalten wurden. Jacob kannte den Namen für diese Bauweise – »geodätische Kuppel« –, dank Miss Petersyn. In der hintersten Ecke seines Gehirns stellte er fest, dass er ihr eine ganze Menge zu verdanken hatte. Die Kuppeln waren angeordnet wie die »Fünf« auf einem Würfel: eine riesige Hauptkuppel in der Mitte und vier kleinere Kuppeln in einem Rechteck darum herum. In den Kuppeln befanden sich ganze Gebäude, aus wunderschönem milchig weißem Stein erbaut. Das Tal um die Stadt herum schien sorgsam gepflegt zu werden, und er entdeckte zwei Riesenschwärme Fische, die von mehreren Delfinreitern gehütet wurden.

Jacob riss die Augen von dem erstaunlichen Anblick los und konzentrierte sich auf Hali. Hastig nahm er all seinen Mut zusammen und sagte: »Hali, ich –«

Sie hob blitzschnell eine Hand, die Handfläche zu ihm gedreht, und die Worte blieben ihm im Hals stecken. »Gehen wir deinen Bruder suchen«, sagte sie mit lebloser, dumpfer Stimme. Jacob fiel darauf keine Antwort ein, und er folgte ihr stumm, zusammen mit King, der hinter ihm herschwamm.

An der gewaltigen Luftschleuse, die als Eingang nach Ankerhaven diente, waren keine Wachen postiert. Als Jacob und Hali näher kamen, erklärte sie: »King kann nicht mit rein. Das hier ist eine Trockenstadt.«

Jacob blinzelte sie an. »Trocken? Aber wie kannst du dann dort atmen?«

»Für die nicht voll-angepassten Flutwesen, die noch in der Umwandlung sind, wird Feuchtigkeit in die Luft gepumpt, also sollte auch ich ein paar Stunden klarkommen, bevor ich wieder zurück ins Wasser muss. Aber wir bewegen uns zu Fuß fort. Und für Seelöwen ist sie nicht ausgelegt.«

»Ich weiß nicht«, sagte Jacob und streichelte King am Kopf. »Ich lasse ihn nur ungern hier draußen allein.«

»Klar«, sagte Hali und schaute weg. »Wir haben ja heute auch schon jemanden verloren.«

Jacob hatte das Gefühl, als hätte sie ihm einen Schlag in die Magengrube versetzt. Im Stillen schwor er sich, dass er es wiedergutmachen würde. Irgendwie. Er wollte ihr diese Worte sagen, sie laut aussprechen, *Ich mach es wieder gut*, sie auf eine Weise sagen, die ihr glaubhaft versicherte, dass er es wirklich so meinte. Aber wie sollte er das anstellen? Blabber war fort, und Jacob konnte nichts tun, um ihn zurückzubringen.

Stattdessen wandte er sich an King: »Bleib hier in der Nähe, okay, Kumpel? Mach keine Dummheiten, dann wird alles gut. Und wir kommen zurück, so schnell wir können.«

King machte leise: »Hey«, und rieb seine Nase an Jacobs Wange.

»Komm.« Hali zeigte zum Eingang. »Bringen wir es hinter uns.«

Die beiden näherten sich der Luftschleuse, und Jacob bemerkte einen rechteckigen, in die Wand eingelassenen Touchscreen, auf dem der Umriss einer Hand zu sehen war. Als er zögerte, machte Hali eine Handbewegung, mit der sie *Na los!* zu sagen schien. Jacob legte seine Hand auf den Bildschirm, der wie ein Kamerablitz aufleuchtete und dann Buchstaben anzeigte.

ZUTRITTSGRUND?

Unter der Nachricht wurde eine Tastatur eingeblendet, und Jacob schrieb: »BESUCH EINES VERWANDTEN.«

Die Türen der Luftschleuse öffneten sich. Hali und Jacob schwammen in einen Raum, etwa so groß wie die Lastenaufzüge in der Turmfestung. Die äußeren Türen schlossen sich wieder, doch anstatt dass das Wasser aus der Schleuse abgelassen wurde, wie Jacob erwartete hätte, öffneten sich schlichtweg die inneren Türen und spülten sie aus der Luftschleuse hinaus in eine Röhre, die wie eine Wasserrutsche steil nach unten führte. Ungefähr fünf Sekunden lang hatte Jacob das Gefühl, sich wieder im Hayai-Strom zu befinden, doch dann wurden Hali und er aus der Röhre herauskatapultiert und platschten in ein seichtes Wasserbecken.

Jacob stand auf und war nun umgeben von Luft. Echter Luft.

Mit ein paar knallenden und zischenden Geräuschen löste sich der Mastertech-Gurt von seinem Kopf und fiel schlaff und leblos um seinen Hals und auf die Schultern, während sein Körper von bleierner Schwere erfasst wurde. Jacob nahm den Gurt ab und verstaute ihn zusammen mit seinen Schwimmflossen im Rucksack. »Na los«, sagte Hali. »Wir sollten besser nicht mehr hier stehen, wenn der Nächste die Röhre runterkommt.« Sie wateten aus dem Becken und auf einen breiten, gepflasterten Weg, der durch einen Bereich ähnlich dem Festplatz in der Turmfestung führte, allerdings ließ dieser Ort den Festplatz wie einen mickrigen kleinen Blumenkasten mit verwelkten Pflanzen wirken.

Die Gebäude in Ankerhaven boten einen beeindruckenden Anblick, viele hoch und verwinkelt, ausgezeichnet durch elegante, sich wiederholende geometrische Formen. Doch noch vielmehr versetzten Jacob die Flächen zwischen den Gebäuden in ehrfürchtiges Schweigen. Saftiges üppiges

Gras wuchs an jeder Ecke, und über alldem ragten echte Bäume in die Höhe. Ein ganzer Wald voll Bäume! Und nicht nur Kiefern wie auf dem Festplatz. Er zählte neun – nein, *elf* verschiedene Arten, die dort – unter der Meeresoberfläche – in vollem Saft standen!

Und die Gerüche … Satte, berauschende Düfte wehten zu ihm herüber, hundert verschiedene Aromen aus allen Richtungen.

Staunend betrachtete er die Stadt, während Hali und er hindurchliefen. Neben den hohen Gebäuden säumten auch niedrigere die breiten Straßen. Als sie zur Linken an einer Gasse vorbeikamen, blickte Jacob hinein und sah zwei Reihen kleiner Häuser. Diese Vielfalt! Im Gegensatz zur Turmfestung, wo alles aus Metall und Beton bestand, waren die Gebäude hier aus weißem Stein und Bambus erbaut, manche schienen sogar Wände aus Glas zu haben.

So würde es aussehen, dachte er, *wenn man alle Ebenen der Turmfestung auf einer Fläche ausbreiten würde.*

Er blickte nach oben. Dank der durchsichtigen Kuppeln fand selbst das Sonnenlicht den Weg hier hinunter, obwohl es in dieser Tiefe schwach und gräulich wirkte. Als Ergänzung dazu verliefen reihenweise wassergefüllte Rohre kreuz und quer über das Gerüst der Kuppel, und sie alle waren dicht bevölkert von leuchtendem Plankton. Hier und da sah er auch Lampen, die anscheinend in normalem elektrischem Licht erstrahlten. Jedoch wurden diese Lichter in einem stetigen Rhythmus mal heller und mal dunkler, schienen zu pulsieren und zu fließen, und Jacob fragte sich, ob sie an Wellengeneratoren angeschlossen sein könnten. Schon oft hatte er Onkel Sato und die Ingenieure der Turmfestung über Wellengeneratoren sprechen hören, doch erst jetzt sah er sie im Einsatz.

»Wie viele Leute leben hier?«, fragte Jacob Hali. Sie schüttelte den Kopf und zuckte mit den Schultern. Jacob wischte sich über die Stirn und nahm erst jetzt wahr, wie unheimlich *feucht* die Luft in Ankerhaven war. »So kannst du hier also atmen, was?«, fragte er, versuchte krampfhaft, ein Gespräch in Gang zu bringen. »Wegen der Feuchtigkeit?«

Hali warf ihm einen ungeduldigen Blick zu, aber sie antwortete ihm: »Ja. Wie schon gesagt, die machen das, damit die Leute sich einfacher von Luftatmung auf Wasseratmung umstellen können. Viele Luftatmer kommen hierher, kurz nachdem sie das Serum genommen haben. Ich könnte hier nicht dauerhaft leben, aber eine Zeitlang geht es.«

Da sie ihm einigermaßen bereitwillig geantwortet hatte, versuchte er es weiter: »Und, ähm … die Luft? Wie kommt sie hier in die Stadt? Führen große Rohre an die Wasseroberfläche, oder so was?«

Hali schüttelte den Kopf. »Nein. Ankerhaven wurde von einem der ersten Flutvolk-Männer gegründet, und er hat in der ersten Kuppel ein Mineral namens Windstein verbaut. Das ist einzigartig. Er hat herausgefunden, dass der Stein Sauerstoff produziert, wenn man ihn an die richtige Maschine anschließt.«

Jacob nickte, aber blieb danach stumm. Lichtglas? Windstein? Mit Sicherheit wäre Onkel Sato fasziniert von all diesen Ressourcen des Flutvolks. Wenn die Bewohner der Turmfestung bloß mit den Flutwesen zusammenarbeiten würden, wie großartig wäre dann das Leben …

Je näher sie dem Zentrum der Stadt kamen, desto mehr Flutwesen schlenderten durch die Straßen. Familien waren unterwegs beim Einkaufen oder holten sich bei den Straßenständen etwas zu essen, und die herzhaften, salzigen Gerüche ließen Jacob das Wasser im Mund zusammenlaufen. Er blickte zu Hali hinüber, und erst jetzt, da Hali aufrecht ging, statt zu schwimmen, bemerkte er, dass sie etwa einen Kopf größer war als er – dank ihrer langen, anmutigen Beine. Doch sie wirkte erschöpft. »Hey«, sagte Jacob. »Brauchst du ’ne Pause? Ich kann die Lauferei hier allein erledigen.«

Hali rollte die Augen. »Ja, genau, weil die Leute in einer Flutstadt auch unbedingt mit einem minderjährigen Luftatmer quatschen wollen. Vergiss es, Turmjunge. Ich rede, wenn … wenn es was zu reden gibt …« Hali war außer Atem und keuchte ein wenig, aber als sie den besorgten Ausdruck auf Jacobs Gesicht sah, drehte sie sich weg. »Folg mir einfach, okay?«

Sie führte ihn durch die gepflasterten Gassen, durch dichte grüne Parks und an Hunderten Flutwesen vorbei, die ihnen misstrauische Blicke zuwarfen. Wahrscheinlich hatte Hali recht. Es war schlimm genug, als Luftatmer in

Ankerhaven zu sein – er wollte sich gar nicht ausmalen, welche Erfahrungen er gemacht hätte, wenn er alleine hergekommen wäre. Als sie im Stadtzentrum ankamen, schnaufte Hali schwer und sank auf eine aus Stein gemeißelte Bank nieder, um wieder zu Atem zu kommen.

»Was machen wir jetzt?«, fragte Jacob.

»Wir fragen mal ein bisschen rum«, antwortete Hali. »Du siehst, wie auffällig ein Luftatmer hier ist. Bestimmt hat jemand was beobachtet.«

Eine Stunde später wünschte Jacob, er wäre mit King vor der Kuppel geblieben. Keiner, den sie ansprachen – von Fußgängern über Ladenmitarbeiter bis hin zu zwei Parkpflegern –, hatte je von Tristan Overland gehört oder von jemandem, der sich »der Barrakuda« nannte. Doch sie gaben nicht auf, und endlich – als sie einen Jungen fragten, der nur etwas älter war als Jacob – stießen sie auf eine Spur.

»Ich hab meinen Vater den Namen sagen hören«, erklärte der Junge. Er starrte Jacob während des gesamtem Gesprächs an, woraufhin Jacob überlegte, ob der Junge überhaupt schon mal einen leibhaftigen Trockensiedler gesehen hatte. »Barrakuda. Genau. Und irgendwas über den Blauen Winkel.«

»Super«, sagte Hali begeistert. »Was ist der Blaue Winkel?«

Der Junge erklärte, dass es ein winziges Restaurant war, und beschrieb ihnen den ungefähren Weg. Zwanzig Minuten später standen sie in einer Gasse und betrachteten den

Restauranteingang. »Irgendwie hab ich das Gefühl, dass das hier eine Sackgasse ist …«, meinte Hali.

Jacobs Magen knurrte hörbar. »Aber es ist ein Restaurant. Ob er nun da ist oder nicht, sollen wir vielleicht mal was essen?«

Sie seufzte und sagte: »Klar, ich hab auch Hunger. Nur ist das da ein Geschäft, und Geschäfte geben ihr Essen normalerweise nicht umsonst her. Und zufällig weiß ich genau, dass du kein Geld hast.«

Jacob machte ein langes Gesicht. »Da hast du recht. Hab ich nicht drüber nachgedacht.«

Hali schloss die Augen und holte langsam und tief Atem. Es hatte nicht den Anschein, als gefiele ihr das Gefühl. »Na gut, ich könnte auch was zu essen vertragen. Und ich hab ein paar Münzen. Wir können ja mal schauen, was so auf der Speisekarte steht.«

Sie betraten den Blauen Winkel und bemerkten, dass das Restaurant seinem Namen alle Ehre machte: Der Großteil der Beleuchtung ging von durchsichtigen Glaszylindern voller Wasser aus, in denen Schwärme von blau leuchtendem Plankton schwammen. Jacobs Augen mussten sich erst einige Sekunden an das schummrige Licht gewöhnen – er nahm nur wahr, dass in dem Raum ein paar Tische verteilt waren, an denen acht oder zehn Gäste saßen –, also folgte er Hali und schob sich zu der Theke direkt bei der Tür. Ein Flutvolk-Mann mit Buckel, dünnem weißem Haar und verblasster grünvioletter Haut schlurfte zu ihnen hinüber.

»Was kann ich euch bringen?«, fragte er und musterte Jacob dabei eingehend.

Hali fragte, ob er irgendwelche Mittagsangebote hatte, was Jacob überraschte, denn er hatte keine Ahnung, wie spät es war. Der alte Mann nahm Halis Bestellung zweier Tagessuppen entgegen. »Seid mir nich' böse, wenn ich frag«, sagte er, »aber was machen zwei so junge Leute wie ihr hier?«

»Mein Vater hat mir schon oft von Ihrem Restaurant erzählt«, sagte Hali locker. »Wir schauen uns nur die Stadt an und wollten es mal ausprobieren.«

Der alte Mann schien damit zufrieden und war schon im Begriff, zu gehen, doch bevor er sich wegdrehen konnte, sagte Jacob: »Entschuldigen Sie? Ich hab mich gefragt – war hier schon mal jemand, der sich ›der Barrakuda‹ nennt?«

Der alte Mann zog die Stirn in Falten. Er hob einen Arm und zeigte in eine Ecke des Restaurants. »Meint ihr den da?«

Hali und Jacob drehten sich beide um, und in der Tat saß dort eine einsame Gestalt an einem Tisch in der hintersten Ecke, wo die Schatten am düstersten waren. Jacob wandte sich Hali zu, wollte so was sagen wie: »Lass uns rübergehen und mit ihm reden!« Doch der Ausdruck in ihrem Gesicht ließ ihn stocken.

Denn Hali starrte den Mann in der Ecke an. Dann flüsterte sie: »Dad?«

15

Hat sie den Typen gerade »Dad« genannt?

Jacob ging dicht neben Hali, als sie sich dem Barrakuda näherte. Auf dem Weg dorthin sagte sie allerdings nicht so was wie: »Ach, das ist er doch nicht« oder »Das muss eine optische Täuschung gewesen sein, einen Moment sah er wirklich aus wie mein Vater«. Stattdessen marschierte sie direkt auf ihn zu, während sich auf ihrem Gesicht Erleichterung und Wut abwechselten.

Als Jacob und Hali vor ihm zum Stehen kamen und er von seinem Glas aufschaute, weiteten sich die braunen Augen des Mannes, die genau wie Halis aussahen. »Hali?«, rief er aus und sprang auf. »Mein Mädchen! Ich kann nicht glauben, dass du hier bist!« Er hob sie hoch und wirbelte sie herum.

Jacob fand es absolut glaubwürdig, dass Hali und der Barrakuda verwandt waren. Er hatte ihr feines dunkelbraunes Haar und die gleiche glatte, bronzefarbene Haut, obwohl seine von schwarzen Streifen durchzogen war statt von Tupfen übersät. Doch wie konnte das sein? Halis *Vater* war der Barrakuda? Halis Vater war verantwortlich dafür, dass die Sternenschlucker Tristan entführt hatten? Jacob hatte keine Ahnung, was er fühlen sollte.

Als der Barrakuda Hali wieder auf die Füße setzte, waren Erleichterung und Wut aus ihrem Gesicht verschwunden und durch Verwirrung ersetzt worden. »Dad, was …?«, begann sie, wusste aber nicht weiter. »Ich dachte – ich dachte, du wärst in Gefahr! Wieso –«

Jacob hätte den Satz für sie beenden können: *Wieso sitzt du hier in einem netten, gemütlichen Restaurant?*

»Warum bist du hier?«

Halis Vater tat so, als hätte er die Frage nicht gehört. Mit einem breiten, einladenden Lächeln auf den Lippen deutete er auf die beiden weiteren Stühle am Tisch. »Kommt, setzt euch! Was bringt dich nach Ankerhaven, Seepferdchen? Ich dachte, du bleibst in Bergen?«

Hali nahm steif Platz, immer noch verwirrt darüber, was geschehen war. Jacob blieb stehen. Die Gewitterwolken, die sich in ihm zusammenbrauten, wurden mit jeder Sekunde düsterer.

»Vielleicht hast du das *gedacht*, Dad«, sagte Hali, »aber wir haben nie darüber gesprochen, weil du einfach verschwunden bist!« Sie atmete jetzt schwer. »Wie konntest du nur? *Wie konntest du mich einfach so zurücklassen?*«

Statt ihr zu antworten, blickte der Mann zu Jacob hoch.

Er behielt sein breites, freundliches Lächeln, aber seine Worte klangen überhaupt nicht nett: »Wer ist der junge Mann, Seepferdchen? Er macht mich ’n bisschen nervös, wie er da so am Tisch rumsteht. Es wär’ schön, wenn er sich mal setzen würde, damit nicht jeder gleich denkt, hier würde was Unerwünschtes passieren.«

Aus dem Augenwinkel bemerkte Jacob, dass tatsächlich ein paar der anderen Restaurantgäste ihnen die Köpfe zugewandt hatten und sie anblickten. Da er selbst kein Aufsehen erregen wollte, nahm er Platz, die Augen immer noch starr auf Halis Vater gerichtet, der ihm eine breite, schwimmhäutige Hand entgegenstreckte. »Ich bin Bourne«, sagte er. Jacob schüttelte ihm mit geringstmöglicher Höflichkeit die Hand und hielt es auch nicht für nötig, seinen eigenen Namen zu nennen.

Hali lehnte sich vor, die Arme auf der Tischplatte verschränkt. »Du hast meine Frage noch nicht beantwortet, Dad. Warum hast du mich in Bergen einfach sitzengelassen?«

Bourne blickte leicht entrüstet drein. »Na ja, ›sitzengelassen‹ ist ziemlich hart ausgedrückt, findest du nicht? Es ist ja nicht so, dass ich wegbleiben wollte.«

»Und es ist auch nicht so, dass du mir irgendeine Nachricht hinterlassen hättest, um mir mitzuteilen, wo du bist«, feuerte Hali zurück. »Dad, *bitte.* Sag einmal in deinem Leben die Wahrheit. Was ist hier los?«

Und warum hast du meinem Bruder die Sternenschlucker

auf den Hals gehetzt? Wo ist er jetzt?, wollte Jacob hinzufügen. Doch er glaubte selbst nicht, dass er es in einem ruhigen Tonfall herausbringen würde, daher schwieg er besser.

Bourne hob die Hände. »Okay. Ist ja gut. Also, Kreel? Du weißt, wen ich meine? Dieser Typ in Bergen, dieser Kreel?«

Hali rollte die Augen. »Ich weiß, wen du meinst.«

»Also, er und ich hatten diese kleine Unstimmigkeit über etwas Geld. Ich war der Meinung, dass er mir noch ein paar Tage Zeit geben sollte, um es ihm zurückzuzahlen, und er war der Meinung, dass er mich lieber ein bisschen mit dem Messer kitzeln wollte. Deswegen musste ich so schnell da weg.«

Hali seufzte. »Und du bist nicht auf die Idee gekommen, mich mitzunehmen?«

Bourne tat empört. »Dich mitnehmen? Seepferdchen, ich bin in ein paar ziemlich brenzlige Situationen geraten, wenn du verstehst, was ich meine. Gefährliche Situationen. Ich konnte doch das Leben meiner einzigen Tochter nicht aufs Spiel setzen! Ich habe dich zu deiner eigenen Sicherheit zurückgelassen.«

Vor Jacobs innerem Auge tauchte noch einmal das Bild von Kreel auf, wie er mit der einen Hand Hali an der Kehle gepackt und die andere zur Faust geballt hatte, bereit zum Schlag. *O ja, total in Sicherheit.*

»Am Anfang hab ich mich 'ne Zeitlang in einer Raststation versteckt«, fuhr Bourne fort. »Da bin ich über die Gelegenheit gestolpert, ein bisschen den Vermittler zu spielen – Mittelsmann für die Sternenschlucker sozusagen. Und die Kohle hat auch noch gestimmt, damit kann ich Kreel locker alles zurückzahlen, *plus* Zinsen. Hör mal, Kleines, das Geld, zusammen mit den Kröten, die ich für den Trockensiedler-Jungen bekommen habe – das ist unser Durchbruch! Wir können raus aus Bergen und in ein neues Leben starten!« Er lehnte sich jetzt verschwörerisch nach vorn. »Ich hab sogar noch die Angel nach ein paar Deals hier in Ankerhaven ausgeworfen. Wie fändest du es, wenn wir in einem echten Haus wohnen würden, Seepferdchen? Ich meine, man muss sich ein bisschen an die Luft gewöhnen, aber wir könnten es schaffen, denkst du nicht?« Bourne streckte eine Hand aus und legte sie Jacob auf die Schulter. »Es wäre auch besser für deinen neuen Freund hier, nicht wahr? Also, mit Lunge und so.« Direkt an Jacob gewandt sagte er: »Ich wette, du könntest problemlos Arbeit finden. Hab schon ein paar andere Trockensiedler hier gesehen. Verbindungsmänner, schätz ich mal.«

Jacob knirschte so fest mit den Zähnen, dass er kaum ein Wort herausbrachte. *»Den Trockensiedler-Jungen«*, wisperte er.

»Entschuldige, hab dich nicht verstanden. Was?«, fragte Bourne.

In diesem Augenblick verwandelte sich der Sturm in Jacobs Brust in einen Taifun. Er stand von seinem Stuhl auf und schlug mit der Hand auf den Tisch. »Der Trockensiedler-Junge, den Sie verkauft haben«, knurrte er und schaffte es kaum, seine Stimme unter Kontrolle zu halten, »war mein Bruder!«

Bournes Mund klappte auf und zu wie bei einem Fisch, und er riss die Augen noch weiter auf, als sie ohnehin schon waren. Hali blickte panisch zwischen ihnen hin und her. »Der Neffe des Gouverneurs?«, stammelte Bourne. »Aber – aber wie?«

Einen Augenblick später kam der Restaurantbesitzer schnellen Schrittes zu ihrem Tisch gelaufen und sprach mit ruhiger, bedächtiger Stimme: »Es tut mir leid, aber ich muss Sie leider alle bitten, zu gehen«, sagte er, schaute dabei niemandem in die Augen. »Sie verschrecken mir sonst die anderen Gäste.«

»In Ordnung«, sagte Jacob und stürmte hinaus.

Kurz darauf traten auch Hali und Bourne aus dem Restaurant. Jacob war zu einem kleinen parkähnlichen Platz geflüchtet, wo sich eine kunstvoll geschnitzte, bogenförmige Holzbrücke über einen Teich voller Koi-Karpfen spannte. Er wartete, die Arme verschränkt, stumm und zornig vor sich hin starrend, bis sie bei ihm ankamen.

»Na, dein Freund hat ja Manieren, Seepferdchen«, sagte Bourne und starrte Jacob ebenso zornig an. »Wenn ein Junge so mit einem Erwachsenen spricht, sollte er sich schleunigst bei ihm entschuldigen.«

Jacob war einen ganzen Kopf kleiner als Bourne, aber er traute sich dennoch zu entgegnen: »Mich *entschuldigen*?

Niemals. Wegen Ihnen wurde mein Bruder entführt. Vielleicht *getötet*. Eher sollten Sie sich bei mir entschuldigen.«

Bourne knurrte entrüstet. »Hör mal, Kleiner, ich hab dir schon erzählt, wie es abgelaufen ist und warum. Es war bloß ein Geschäft. Hätte ich etwa einen Luftatmer, den ich noch nie gesehen hab', meiner Tochter vorziehen sollen? Daraus wird nix.«

»Ihre sogenannten Geschäfte sind kriminell«, entgegnete Jacob. »Und jetzt sagen Sie mir, was Sie mit ihm gemacht haben! An wen haben Sie ihn verkauft?«

»Warum sollte ich dir das sagen?«

Hali schob sich zwischen sie und drängte sie auseinander. »Schluss jetzt!«, rief sie, ihre Stimme war kratzig und dünn. Sie wandte sich an Jacob: »Die Chancen, deinen Bruder zu finden, stehen besser denn je, oder etwa nicht?«

»Ja«, antwortete Jacob, der Bourne immer noch feindselig anfunkelte.

Dann drehte sich Hali zu ihrem Vater. »Alles, was du erreichen wolltest, war, dass wir beide irgendwo neu anfangen und uns ein echtes Zuhause einrichten können?«

Bourne blickte Hali an und lächelte. »Das ist alles, was ich jemals wollte, Seepferdchen. Dass du glücklich und sicher bist.«

»Gut. Dad – wenn du Jacob verrätst, wohin du seinen Bruder gebracht hast, komme ich mit dir nach Hause.«

Jacobs Wut fiel von ihm ab, als er Hali erschrocken anblickte. »Du willst mit ihm fortgehen?«, fragte er. »Wie kannst du diesem Typen auch nur irgendwohin folgen? Er ist ein Lügner und ein Betrüger! Er hat dich im Stich gelassen, und, noch schlimmer, er ist verantwortlich für Tristans Entführung! Er und diese verdammten WasserKrieger! Außerdem – außerdem hast du versprochen, dass du mir hilfst, Tristan zu finden.«

Hali starrte ein paar Sekunden lang auf den Boden vor Jacobs Füßen. Dann schüttelte sie den Kopf. »Es tut mir leid, Jacob. Er ist nicht perfekt, bei weitem nicht, aber er ist meine Familie. Und die Familie geht vor. Das solltest *du* besser verstehen als jeder andere.«

Jacob blickte sie an, er hatte einen Kloß im Hals. »Nein«, sagte er. »Du kannst nicht …«

»Meine Tochter hat dir ihre Bedingungen genannt, Junge – und ich für meinen Teil nehme sie an!«, sagte Bourne. »Okay, zu deinem Bruder: Ich hab ihn beim Forschungszentrum von Ankerhaven abgeliefert – Gebäude 198. Weiß nicht genau, was sie mit ihm vorhatten, aber sie haben jedenfalls ein hübsches Sümmchen für ihn hingeblättert. Na ja, auf jeden Fall viel Glück beim Reinkommen. Deren Sicherheitsleute haben selbst noch Sicherheitsleute.« Dann murmelte Bourne vor sich hin: »Nennt *mich* einen Lügner und Betrüger. Und das sagt ausgerechnet ein Overland.«

Bei diesem Seitenhieb gegen Tristan sah Jacob rot. »Was haben Sie gesagt?«, brüllte er und ballte eine Hand zur Faust, genau wie Kreel, dann machte er einen Schritt auf

Bourne zu. »Sagen Sie das noch mal. *Sagen Sie das noch mal, wenn Sie sich trauen!*«

Hali legte Jacob beide Hände auf die Schultern und blickte ihn eindringlich an. »Jacob. Hör auf. Lass es einfach, ja? Es ist schon schlimm genug, dass ich Blabber verloren habe. Jetzt ist Dad alles, was mir bleibt. Und sieh mal, du brauchst mich doch nicht mehr. Oder? Du weißt jetzt, wo Tristan ist. Ich habe versprochen, dass ich dir helfen würde, ihn zu finden, und das hab ich.« Ihre Stimme wurde schwächer. Nicht viel, aber genug, dass Jacob es bemerkte. »Außerdem muss ich bald zurück ins Wasser.« Er wollte schon den Mund öffnen, um zu widersprechen, aber Hali wandte sich von ihm ab und starrte wieder auf den Boden. »Auf Wiedersehen, Jacob. Pass auf dich auf.«

Jacob konnte nicht glauben, was hier gerade passierte. Nach allem, was sie zusammen durchgestanden hatten! Wut stieg in ihm auf, und er drehte ihr den Rücken zu. Dann verschränkte er die Arme und stand stocksteif da, wie eine Statue. Ein Junge aus Stein, ein Junge, den so etwas Lächerliches wie ein Mädchen, das ihn alleinließ, nicht verletzen konnte.

Schließlich drehte er sich doch um. Drehte sich um und sah Hali langsam mit Bourne davongehen, und diesmal konnte er die Tränen nicht zurückhalten.

16

Jacob hatte keine Zeit, wegen Hali traurig zu sein. Keine Zeit, darüber nachzudenken, wie er sein Ziel alleine erreichen sollte. Keine Zeit, seinem weiterhin leeren Magen beim Knurren zuzuhören und sich zu fragen, woher er seine nächste Mahlzeit bekommen sollte. All das musste er auf später verschieben, denn jetzt war nur eines wichtig: Tristan brauchte ihn.

Doch obwohl Jacob endlich wusste, wo sich sein Bruder aufhielt, war ihn zu finden letztendlich schwerer, als er gedacht hatte, denn in der Stadt gab es nicht viele Hinweisschilder. Zwar gab er sein Bestes und fragte ein paar der Flutwesen nach dem Weg, aber keiner antwortete ihm. Wie sich herausstellte, hatte Hali vollkommen recht gehabt mit ihrer Vermutung, dass die Einheimischen nicht gerne mit Luftatmern sprachen. Sie waren nicht direkt unfreundlich, aber sie taten alle so, als könnten sie ihn nicht verstehen oder als müssten sie ganz eilig irgendwohin.

Endlich fand Jacob in einem der Parks eine Übersichtskarte in einem Plastikrahmen. Er betrachtete sie eingehend und lächelte, als er im nordwestlichen Viertel der Kuppel eine Beschriftung entdeckte: *Forschungszentrum von Ankerhaven.* »Hab ich dich«, murmelte er. Zehn Minuten später, nachdem er sich die Karte so genau wie möglich eingeprägt hatte, lief er in die entsprechende Richtung los, schlich sich durch die Nebenstraßen, um neugierigen Blicken zu entgehen. Nachdem er ein paarmal falsch abgebogen und in Sackgassen gelandet war, kam er endlich an einer Straßenecke an, einen weiteren dicht bewachsenen Park im Rücken und Gebäude 198 direkt vor der Nase.

Gebäude 198 war den anderen Bauten in der Stadt ganz ähnlich. Geschwungene Formen zierten die weiße Fassade – erst jetzt erkannte Jacob, dass es sich um künstlerisch dargestellte Schneckenmuscheln handelte –, und die Türen schienen aus einer durchgehenden, handgefertigten Scheibe Vulkanglas zu bestehen. In Bezug auf die Sicherheitsvorkehrungen hatte Bourne also nicht gelogen. In der Turmfestung hatte Jacob genügend von Onkel Satos Sicherheitskräften gesehen, um einen Wachmann auf Anhieb zu erkennen. Jeweils zwei stämmige Flutvolk-Männer standen an den drei Eingängen des Gebäudes, und jeder von ihnen trug einen Elektroschocker am Gürtel.

»Es muss doch eine Hintertür geben«, flüsterte Jacob. Vorsichtig lief er die Straße hinunter und in das dichte Pflanzengewirr des Parks hinein, dann spähte er um einen von Schlingpflanzen überwucherten Baum herum auf die Rückseite des Gebäudes. Im Gegensatz zu den Haupteingängen handelte es sich hierbei eindeutig um einen Personaleingang, genau wie die Eingänge, die er zu Hause benutzte, wenn er in seiner Verkleidung herumschlich. Hier hinten gab es keine Verzierungen, keine künstlerischen Schnitzereien an den Wänden. Bloß die nackten Metalltüren, allerdings ebenfalls überwacht von zwei bewaffneten Männern.

Jacob fluchte leise.

Er ließ sich auf den weichen Boden plumpsen und landete auf etwas Matschigem. Er tastete mit der Hand danach und zog sie voller violetter Saftflecken wieder hervor. Er hatte sich auf die violette Frucht des Baumes über ihm gesetzt. »Igitt, wie eklig«, sagte er und versuchte, seine Hand am Gras sauberzuwischen. Dann lehnte er sich mit einem verzweifelten Seufzen gegen den Baum. »Und was soll ich jetzt, bitte schön, machen?«, sagte er zu sich selbst.

Ein paar Minuten später wurden Jacobs Gedanken von Stimmen im Park unterbrochen. Um nicht gesehen zu werden, duckte er sich und entdeckte einen schmalen Betonweg, der sich durch die Pflanzen schlängelte.

»Hey, Remy«, sagte eine Frauenstimme. »Hast du den Boden in der Lobby schon fertig? Ich muss da mit der Politur ran.«

»Noch eine Stunde, dann bin ich durch«, antwortete eine weitere Stimme.

Jacob spähte durch die Bäume und erblickte eine Gruppe halb-aquatischer Flutwesen, die Reisbällchen kauend vorbeigingen.

Reinigungskräfte, dachte Jacob. *In der Mittagspause, wie es aussieht.*

Jacobs Augen wurden groß, als eine Idee in seinem Kopf aufkeimte. Sie schlug Wurzeln und erblühte, sobald einer der Reiniger stehen blieb, um einen Gurt an dem Rucksack auf seinem Rücken neu einzustellen, was dazu führte, dass der Rest der Truppe ihm voraus Richtung Gebäude 198 ging.

»Entschuldigung«, sagte Jacob und trat auf den Weg. »Kann ich Sie einen Moment sprechen?«

Der Reiniger, der dunkelviolette Haut mit schwarzen Tupfen hatte, blickte unter seiner unförmigen Kappe auf und runzelte die Stirn. Er musterte Jacob von oben bis unten und kniff die kugelförmigen Augen zusammen. »Was willst du, Luftatmer?«

Während Jacob auf den Weg hinausgetreten war, hatte er in seinem Rucksack herumgekramt und hielt nun in die Höhe, wonach er gesucht hatte: Die Uhr seines Vaters. Das glänzende Metall und das Deckglas schimmerten in dem sanften, pulsierenden Licht der Kuppel. »Ich möchte Ihnen einen Tausch vorschlagen«, sagte Jacob mit einem Kloß im Hals. »Diese Uhr und meine Kleidung im Austausch für Ihre Kleidung.«

Der Reiniger stierte die Uhr mit gierigen Augen an und

willigte ein. Als Jacob die Hand ausstreckte, um den Tausch mit einem Händedruck zu besiegeln, spielte sich in seinem Kopf ein innerer Kampf ab: Eine Seite beschimpfte ihn dafür, dass er die Uhr seines Vaters weggab, insbesondere, weil er im Hayai-Strom so viel riskiert hatte, um sie zurückzubekommen, was dann sogar zum Verlust von Blabber geführt hatte. Die andere Seite erinnerte ihn daran, dass er es tat, um Tristan zu retten. Wie Hali gesagt hatte – Familie geht vor. Oder?

Zehn Minuten später saß Jacob im tiefen Schatten einer der Bäume im Park und rieb den Saft der violetten Früchte auf seine Haut, an alle Stellen, die nicht von der Kleidung bedeckt waren. Sobald das erledigt war, schlüpfte er in die abgetragene Hose und den Kittel und schulterte schließlich den Rucksack des Reinigers, den er ebenfalls gegen seinen eigenen eingetauscht hatte. Er hatte überlegt, ob er überhaupt noch einen Rucksack brauchen würde, doch dann fiel ihm ein, dass er seinen Mastertech-Gurt und die Schwimmflossen irgendwo verstauen musste, was er beides benötigen würde, falls er jemals wieder aus Ankerhaven herauskommen sollte.

»Na denn«, murmelte Jacob sich selbst zu. »Wird schon schiefgehen.« Er zog die Schultern hoch, hielt die Augen gesenkt und schlurfte zu Gebäude 198. Die schwarzen Tupfen auf der Haut des Reinigers hatte er nicht nachahmen können, aber er zählte darauf, dass keiner der Wachmänner, an denen er vorbeimusste, es bemerken würde. Wahrscheinlich warfen sie den Reinigungskräften ohnehin nie mehr als einen flüchtigen Blick zu. Jedenfalls hoffte er das.

»'tschuldigung«, sagte Jacob, als er zu der Tür kam, ahmte den Tonfall der Flutwesen möglichst getreu nach. »Bin spät dran.« Er benutzte die Zugangskarte, die der Reiniger ihm ebenfalls überlassen hatte, um die Tür zu öffnen. Einer der Wachmänner grunzte ihm lediglich zu und winkte ihn rein. Der andere machte sich nicht mal die Mühe, von seinem Tablet aufzuschauen.

Im Gebäudeinneren fand er sich in einem düsteren grauen Korridor wieder, vollkommen allein. Der Reiniger hatte ihm grob erklärt, wie das Gebäude aufgebaut war. »Hol deinen Reinigungswagen am Ende der Halle ab. Jeder von uns bekommt eine Reinigungsaufgabe zugeteilt, und ich krieg bestimmt die Hölle heißgemacht, wenn ich meine nicht erledige, aber für die Kohle, die ich für dieses Chronometer einsacken kann, lohnt es sich allemal. Danach läufst du weiter zur Abteilung Lambda. Es gibt sonst keinen Ort, wo ein erwachsener Mann untergebracht werden könnte. Alle anderen Abteilungen sind für die Untersuchung von Fischen und anderen Meereslebewesen gedacht. Folg einfach den Schildern. Das kannst du nicht verfehlen.«

Und tatsächlich, genau, wo er sein sollte, fand Jacob einen vereinzelten Reinigungswagen. Die Kappe tief in die Stirn gezogen, schob Jacob den Wagen vor sich her, während er weiter in das Gebäude hineinschlurfte.

Der Großteil des Baus bestand aus Fluren mit jeder Menge Türen. Er konnte nicht erkennen, was sich hinter den Türen abspielte, da sie alle lediglich mit »Labor A-4« oder »Labor D-9« gekennzeichnet waren. Einen Augenblick lang befürchtete er schon, dass er jede einzelne Tür würde öffnen müssen, um seinen Bruder zu finden, doch dann entdeckte er am Ende des ersten Flurs ein Hinweisschild. Dort stand: ABTEILUNG GAMMA – AUFZUG NR. 2. ABTEILUNG DELTA – AUFZUG NR. 3. ABTEILUNG LAMBDA – ABWÄRTSRAMPE. Jacob überprüfte erneut, dass ihm niemand folgte, und schob dann seinen Wagen den Flur hinunter zu einer Rampe, die noch tiefer in das Gebäudeinnere führte.

Zwei Flutvolk-Männer – einer mit strahlend grünen Streifen auf der königsblauen Haut, der andere mit tiefschwarzer Haut, übersät von roten Tupfen – standen am Zugang zur Abteilung Lambda, und beide trugen lange weiße Laborkittel. Jacob hielt in Hörweite an und tat so, als würde er an seinem Reinigungswagen herumhantieren. Dabei bemühte er sich, mitzubekommen, worüber die beiden Männer sprachen. Der eine sagte etwas, das Jacob nicht verstand, und dann: »… Veränderungen in den Chromosomen. Langsam werden sie vorhersehbarer, allerdings sollte ich in diesem Stadium wahrscheinlich besser sagen, sie werden ›weniger unvorhersehbar‹.«

Den anderen Mann konnte Jacob besser verstehen: »Sei nicht so streng mit dir selbst. Wenn wir die biologische

Umwandlung tatsächlich so sehr beschleunigen können, wie die Modelle vorhersagen … Überleg mal, Mann. Überleg doch mal, was das für unsere Gesellschaft bedeuten würde. Das wäre revolutionär. Komm, ich zeige dir die neuen Daten.«

Die beiden Männer verschwanden durch eine Tür in ein Labor, auf dem »K-3« stand. Jacob richtete sich auf und schob seinen Wagen langsam den Flur hinunter – wahrscheinlich langsamer, als normal wirkte, aber er musste Zeit schinden, um darüber nachzudenken, was die Männer gesagt hatten. Veränderungen in den Chromosomen? Chromosomen hatten mit der DNS zu tun – und DNS machte Lebewesen zu dem, was sie waren, beeinflusste alles, was mit dem Körper zusammenhing –, und wenn sie die Chromosomen von einer Person veränderten? Um eine biologische Umwandlung hervorzurufen? Und diese immer mehr beschleunigten?

Bestimmt hatten die Forscher über die Beschleunigung der Umwandlung von Trockensiedler zu Flutwesen gesprochen.

Und es war kein Witz, dass das große Auswirkung auf die Gesellschaft haben würde. Jacob konnte es sich noch nicht richtig vorstellen – würde die Umwandlung dann statt einer Generation vielleicht – wie lange dauern? Zwei Wochen? Zwei Tage? Zwei Stunden?

Was wäre, wenn jeder, der wollte, in dieser Geschwindigkeit zu einem Flutwesen werden könnte? Wie viele Hunderte oder vielleicht sogar Tausende Menschen würden die engen Wohnbereiche der Turmfestung zugunsten des offenen Meeres verlassen? Er hatte auch Onkel Sato schon über solche medizinischen Dinge reden hören. Darüber, was passieren konnte, wenn man das Serum nicht richtig dosierte. Nichts Gutes, das stand fest. Es war gar nicht so einfach, aus einem Luftatmer einen Wasseratmer zu machen. Wenn etwas schiefging … Jacob erschauderte.

All diese bedeutsamen Gedanken verschwanden aus seinem Kopf, als Jacob den Wagen an einem kleinen Raum mit einem Schreibtisch und jeder Menge Monitoren vorbeischob. Er sah aus wie eine Art Überwachungsstation. *Das sollte ich mir mal genauer ansehen*, dachte Jacob. Er blickte den Flur hoch und runter und konnte niemanden entdecken, also schob er den Reinigungswagen in den Überwachungsraum und schloss leise die Tür –

Und hätte beinah einen Mopp vom Reinigungswagen gestoßen, als er ein Geräusch direkt hinter sich hörte.

Jacob erstarrte und drehte sich dann langsam um. Ein Flutvolk-Mann, in derselben Uniform gekleidet wie die Wachleute bei den Eingängen, saß aufrecht in einem Holzstuhl, der auf die hinteren Stuhlbeine gekippt war, und hatte die Füße auf die Kante des Schreibtischs gelegt. Sein Kopf war nach vorn gefallen, so dass das Kinn auf der Brust ruhte. Jacob atmete erleichtert auf. Das Geräusch war das Schnarchen des Wachmanns gewesen. Er schlief tief und fest.

Jacob holte leise Atem und ließ den Blick durch den Raum schweifen. Dann entdeckte er etwas auf dem Schreibtisch. Dort lag ein Tablet, direkt neben den Füßen des Wachmanns, wo er es wahrscheinlich hingelegt hatte, bevor er eingedöst war. Und daneben lag eine Zugangskarte mit dem Wort LAMBDA darauf. *Vielleicht könnte ich damit ja die Türen in dieser Abteilung öffnen*, dachte Jacob. Er machte einen Schritt. Langsam. Bedacht. Leise. Dann noch einen. Schließlich streckte er die Hand aus und nahm die Zugangskarte. Er wollte sich schon wegdrehen, berührte dann aber aus einer spontanen Eingebung heraus leicht den Bildschirm des Tablets. Es leuchtete grellweiß auf und warf ein helles Licht auf das Gesicht des Wachmanns. Der Wachmann zuckte – Jacob hielt den Atem an und wappnete sich –, doch der Wachmann schnarchte nur einmal und schlief dann weiter.

Mit zwei Fingern wischte er über den Tablet-Bildschirm, und dieser zeigte verschiedene Aufzeichnungen … Jacobs Gesicht verfinsterte sich. Der Titel über diesem Abschnitt lautete »TESTPERSONEN«. Nach zwei weiteren Wischern erschien Tristans Gesicht auf dem Tablet, und Jacob keuchte auf. Sein Bruder sah müde, ungepflegt und angeschlagen aus, aber auch *lebendig*. Aus seinem Blickwinkel konnte Jacob den Text nicht lesen, ein Detail war jedoch fett geschrieben: »T-5«.

Mehr brauchte er nicht.

Jacob machte einen langsamen, leisen Schritt zurück zu

dem Reinigungswagen, öffnete die Tür des Überwachungsraums und schob den Wagen vorsichtig zurück auf den Flur.

Es dauerte die längsten fünf Minuten in Jacobs Leben, bis er Raum T-5 gefunden hatte. Dabei kam er an drei weiteren weißbekittelten Forschern und noch einem Wachmann vorbei, entdeckte schließlich die richtige Tür und musste dann erst einmal einen Teil des Bodens säubern, bis der Wachmann wegging. Sobald der Flur leer war, legte er den Mopp auf den Wagen und eilte zu dem winzigen Fenster, das in die Tür von Raum T-5 eingelassen war.

Tristan.

Er ist hier, dachte Jacob, jeder Selbstzweifel und alle Sorgen der gesamten Reise fielen von ihm ab. *Er lebt.*

Tristan saß zwar mit dem Rücken zu Jacob auf dem Boden, die Knie hochgezogen und die Arme um die Schienbeine gelegt, aber Jacob würde seinen Bruder überall erkennen. Sein Haar, seine Ohren, die Form seiner breiten Schultern. Er klopfte an die Tür, so leise er konnte, und flüsterte: »Tristan!«

Tristan bewegte sich nicht. Er konnte ihn nicht hören, aber Jacob traute sich nicht, lauter zu sprechen.

»Tristan …«, flüsterte er erneut, dachte an die vielen Kilometer Ozean, die er hinter sich gebracht hatte, an die Kämpfe mit riesigen und schrecklichen Kreaturen, die tiefsten Tiefen, die er zu erkunden gewagt hatte, um hier zu sein, genau in diesem Augenblick. »Ich bin für dich da, großer Bruder«, sagte er mit zittriger Stimme. »Ich hab's geschafft. Bitte … bitte … dreh dich einfach um.«

Ein paar Sekunden verstrichen.

Und dann hob Tristan langsam den Kopf, drehte sich um und blickte auf das Fenster in der Tür. Er starrte Jacob mit seinen so vertrauten Augen an – oder waren sie das überhaupt noch? Sie waren größer als zuvor, und seine Haut schimmerte in einem sanften Gold, wie die Schuppen eines leuchtenden Fisches. Neue Hautfalten bewegten sich gleichmäßig an den Seiten seines Halses. Kiemen.

»Jacob?«, Tristans Mund formte den Namen seines kleinen Bruders.

»Tristan …«, flüsterte Jacob, und ihm rutschte das Herz in die Kniekehlen. »Was haben sie dir angetan?«

17

Jacob berührte das Schließfeld neben der Tür mit der Zugangskarte, und die Tür glitt mit einem leisen Zischen in die Wand. Er schob den Reinigungswagen in den Raum und stellte ihn an einer Seite ab, wich der Tür aus, als sie sich wieder schloss, und drehte sich dann zu seinem Bruder. Tristan war aufgestanden und starrte ihn an, und Jacob bemerkte, dass er genau dasselbe tat. Sie betrachteten einander eingehend, mussten sich selbst davon überzeugen, dass das hier wirklich geschah.

Nach einem Moment legte Tristan den Kopf schief. »Warum bist du violett?«, fragte er.

Ein Geräusch irgendwo zwischen einem Lachen und einem Schluchzer entwich Jacobs Kehle. Dann stürzte er vor und schloss seinen Bruder stürmisch in die Arme. »Das ist eine lange Geschichte. Ich hab – ich bin so froh, dass du lebst!«

Tristan drückte Jacob sanft von sich weg und lächelte.

»Mir geht's gut, Jacob. Ich kann nur nicht glauben, dass du den weiten Weg für mich hergekommen bist.«

»Natürlich bin ich das«, sagte Jacob. »Du bist mein Bruder.«

Tristan wuschelte Jacob durchs Haar und betrachtete ihn von oben bis unten. »Okay, hab verstanden. Violette Haut, die Klamotten von jemand Fremdem, ein Reinigungswagen. Du bist ein echter Verkleidungsprofi geworden.« Er blickte Jacob in die Augen, und der spaßhafte Klang in seiner Stimme machte Ernsthaftigkeit Platz. »Hat Onkel Sato dich geschickt?«

Jacob schüttelte den Kopf. »Nein, Onkel Sato weiß hiervon nichts. Er hat mir nicht geglaubt, als ich ihm gesagt hab, dass du noch am Leben bist. Also bin ich selbst losgezogen. Um dich zu finden.«

Tristan zog seinen Bruder erneut an sich. »Ich hab dich unterschätzt, kleiner Bruder. Tut mir leid. Für alles.«

In Tristans Brustkorb hinein sagte Jacob: »Sie haben eine Bestattungsfeier für dich abgehalten. Aber ich konnte nicht glauben, dass du tot bist. Ich *wusste*, dass du nicht tot bist.« Jacob ging einen Schritt zurück, griff in den Rucksack, den er mit dem Reiniger getauscht hatte, und zog Tristans Tau-Armband hervor. »Die Tau-Armbänder verbinden uns miteinander. Für alle Zeit«, sagte Jacob und gab es ihm. »Hast du das nicht gesagt?«

Mit glitzernden Augen nahm Tristan das Armband und streifte es sich über das Handgelenk. »Ganz genau«, antwortete er. »Iiih, ich hab was von deinem violetten Klebzeug abgekriegt«, gluckste Tristan und wischte sich die Hände an seinem weißen Krankenhaushemd ab.

Da bemerkte Jacob die dünnen Schwimmhäute zwischen Tristans Fingern. »Tristan …«, begann Jacob, er scheute sich etwas, das Thema anzuschneiden. »Was … Was haben sie mit dir gemacht?«

Tristan trat einen Schritt zurück und zeigte mit den Händen an seinem ganzen Körper entlang. »Ist das nicht offensichtlich? Ich bin halb-aquatisch. Vor ein paar Stunden haben sie mich in ein Wasserbecken gesteckt, um ganz sicherzugehen.«

»Aber *wie*? Ich dachte, der Umwandlungsprozess dauert mehrere Wochen! *Mindestens.*«

Tristan runzelte die Stirn. »Das machen die Forscher hier. Sie haben dieses Experiment in Gang gesetzt, versuchen, einen Weg zu finden, um die Umwandlung zu beschleunigen. Und ich bin mir ziemlich sicher, dass ich ihr erstes menschliches Versuchsobjekt bin. Ich würde sagen, der Versuch war erfolgreich. Gestern hab ich mich ziemlich seltsam gefühlt, aber ich sah noch aus wie ich. Und heute Morgen … Da bin ich so aufgewacht, und ehe ich mich's versah, hab ich durch den Hals geatmet.« Er blinzelte ein paarmal mit den übergroßen Augen und konzentrierte sich dann wieder auf Jacob. »Aber wie hast du mich überhaupt gefunden? Und vor allem: Woher wusstest du, dass ich nicht tot war?«

Jacob wünschte, er könnte die Uhr ihres Vaters hervorholen, aber dieses Schiff war abgefahren. »Dads Uhr. King hat sie mir gebracht.«

Tristan schlug sich leicht mit der rechten Faust in die linke Hand und grinste. »Ich wusste es! Als die Sternenschlucker mich in die Tiefe zogen, hab ich King entdeckt und ihm ein Zeichen gegeben. Er hat auch versucht, zu helfen, der gute Junge, aber diese Mistkerle haben ihn nicht mal in die Nähe kommen lassen. Also hab ich die Uhr abgestreift, ins Wasser gleiten lassen und gehofft, dass King sie sich schnappen würde, bevor sie zum Meeresgrund sinkt.«

Jacob überlegte, ob er so was sagen sollte wie: *Na ja, weißt du, es hat sich herausgestellt, dass die Sternenschlucker gar nicht so mies sind.* Doch er besann sich eines Besseren und erwiderte stattdessen: »Wir haben noch so viel zu besprechen, aber ich denke, das sollten wir verschieben. Erst mal müssen wir hier weg. Kennst du den schnellsten Weg nach draußen?«

»Ich weiß nicht, wie das Gebäude aufgebaut ist«, sagte Tristan. »Aber den Flur runter ist ein Notausgangsschild, das ist wahrscheinlich die beste Möglichkeit. Übrigens – ich muss dir auch was sagen, aber nicht hier. Nicht jetzt. Sobald wir in Sicherheit sind.«

Jacob antwortete: »Was, du wirfst mir so einen Köder hin, und dann willst du mir nichts weiter erzählen?«

»Das läuft uns nicht weg. Wie gesagt – sobald wir in Sicherheit sind.«

Tristan wollte schon zur Tür gehen, aber Jacob packte ihn am Arm. »Warte! Was machen wir, wenn wir einem der Forscher in die Arme laufen? Oder, ähm, dem Wachmann, dem ich den Schlüssel hier geklaut habe?« Er wedelte mit der Zugangskarte.

»Das weiß ich nicht. Aber ich weiß, dass ich nicht hierbleiben werde, und wenn sie *dich* entdecken, ergeht's dir wie mir.« Er zeigte auf das Schließfeld. »Nach dir.«

Die beiden Brüder gingen leise zur Tür hinaus. Jacob schaute den Flur hinunter an Tristans Zelle vorbei und sah das Notausgangsschild an einer Seite. Tristan duckte sich beim Gehen, damit ihn keiner durch die kleinen Fenster in den Türen sehen konnte, an denen sie vorbeiliefen. Jacob war gleichzeitig froh und verärgert darüber, dass er klein genug war, um nicht dasselbe tun zu müssen.

Sie waren nur noch ein paar Meter von der Ausgangstür entfernt, als eine Stimme hinter ihnen rief: *»Hey! Meine Zugangskarte! Wer ist hier gewesen?«* Sofort jaulte eine Sirene auf, und die Overland-Brüder rannten los.

Sie schlüpften durch den Notausgang und fanden sich am Fuß einer Betontreppe wieder. »Wir sind nur ein Stockwerk unter dem Erdgeschoss«, sagte Jacob leise flüsternd, da er nicht wusste, ob sich jemand über ihnen auf der Treppe befand. »Es gibt vier Ausgänge, aber wir dürften relativ weit weg von dem sein, durch den ich reingekommen bin.«

Tristan reckte den Hals und schaute die Treppe hoch.

»Da oben ist noch ein Notausgangsschild. Ich würde sagen, wir versuchen es und rennen, so schnell wir können.«

Da Jacob keine bessere Idee hatte, nickte er. Sie liefen die Treppe hoch, stießen eine weitere Tür auf – und warfen dabei fast die beiden Wachmänner auf der anderen Seite um.

Jacobs Atem beschleunigte sich, als Adrenalin durch seinen Körper strömte. Er sah, wie der Gesichtsausdruck einer der Wachmänner sehr schnell von gelangweilt zu überrascht zu feindselig wechselte, doch bevor der Wachmann sie angreifen konnte, riss Jacob ihm den Elektroschocker aus der Hand, rammte ihn in seine Brust und drückte den Auslöser. Der gesamte Körper des Wachmanns zuckte, und er sank bewusstlos zu Boden.

»Pass auf!«, rief Tristan, woraufhin Jacob herumfuhr und den anderen Wachmann auf sich zurasen sah. Jacob senkte den Kopf und stürzte sich wie ein Hammerhai auf dessen Beine. Nicht auf diesen Angriff vorbereitet, schlug der Wachmann der Länge nach hin und kam hart mit dem Rücken auf, was Jacob die Gelegenheit gab, ihn ebenfalls mit dem Elektroschocker lahmzulegen.

Jacob wandte sich wieder Tristan zu. Der starrte ihn mit offenem Mund an. »Sieh an, sieh an!«, sagte Tristan. »Wann hast du dich denn in so einen harten Typen verwandelt?«

Jacob zuckte mit den Schultern und spürte, wie er rot wurde. »Du bist nicht der Einzige, der sich verändert hat.« Noch immer schrillte der Alarm im Gebäude. Er winkte

Tristan. »Komm – auf der anderen Seite des Gebäudes ist ein Park, da können wir uns bestimmt verstecken.«

Jacob rannte los und hörte Tristan schwer atmen, während der versuchte, mit Jacob mitzuhalten. Das war ja mal was *ganz* Neues. Noch nie in seinem Leben war Jacob Tristan körperlich überlegen gewesen. Allerdings würde Tristan ihn in einem Wettschwimmen höchstwahrscheinlich sehr leicht besiegen, vermutete Jacob.

Der Schock über Tristans Umwandlung saß ihm noch immer in den Knochen. Was würde passieren, jetzt da Tristan ein Flutwesen war? Wie könnte er jemals wieder nach Hause zurückkehren? Nein … nein. Mit diesen Fragen durfte er sich erst später beschäftigen.

Jacob schob die Gedanken beiseite, bog um eine Ecke am Ende des Gebäudes und lief geradewegs in etwas hinein, das so groß und hart war wie eine Steinmauer. Er prallte zurück und fiel hin, was ihm freie Sicht auf den Flutvolk-Mann bot, der unmittelbar vor ihm stand.

Jacob war in einen Wachmann hineingerannt, und dieser stellte sich als der größte Flutvolk-Mann heraus, den Jacob je gesehen hatte. Er war einen ganzen Kopf größer als Tristan und hatte blutrote Augen, die sich gegen seine kobaltblaue Haut abhoben. Außerdem ragten vier lange Tentakel hinter dem Rücken des Mannes hervor. »Wo wollt ihr zwei denn hin?«, fragte er mit bedrohlicher Stimme. Die Tentakel reckten sich, wollten sich schon um Jacobs Beine schlingen –

Bumm!

Gleich darauf erschlafften die Tentakel des Wachmannes, seine roten Augen rollten nach innen, und er sank in sich zusammen. Hinter ihm stand Hali, einen schweren Ast mit beiden Händen umklammert. »Der wird wohl mit Kopfschmerzen wieder aufwachen«, sagte sie atemlos. Sie blickte Jacob an, ein verlegenes Grinsen auf den Lippen. »Kommt mit«, sagte Hali und lief zu den Bäumen. Jacob zögerte keine Sekunde, und ein Blick über die Schulter zeigte ihm, dass auch Tristan ihnen dicht auf den Fersen war.

Hali führte sie durch den am stärksten bewachsenen Teil des Parks und auf der anderen Seite wieder hinaus, wo sie ein paar enge Straßen und Gassen entlanghuschten, die hinter einer Häuserreihe verliefen. Endlich, weit weg von Gebäude 198, setzten sie sich unter einen Baum, um kurz auszuruhen. Als Hali wieder zu Atem gekommen war, lehnte Jacob sich zu ihr hinüber und umarmte sie kurz und fest.

»Danke, dass du zurückgekommen bist«, grinste er. »Ich hab dir doch gesagt, dass ich dich brauche.«

Hali kicherte und stupste ihn in die Seite. Ihre Augen huschten immer wieder zu Tristan. »Wer ist dein Freund?«

»Das ist mein Bruder Tristan. Ich hab ihn tatsächlich gefunden!«

Tristan streckte die Hand aus. »Tristan Overland. Freut mich, dich kennenzulernen. Jacobs Freunde sind auch meine Freunde.«

Hali schüttelte ihm die Hand, doch auf ihrem Gesicht stand Verwirrung geschrieben. »Du bist Jacobs Bruder? Aber du bist –«

»Ich weiß, ich weiß«, sagte Tristan und winkte mit einer schwimmhäutigen Hand ab. »Lange Geschichte. Die erzähl ich euch, sobald wir wieder im offenen Meer sind.«

»Wo ist Bourne?«, fragte Jacob.

Hali zeigte Richtung Süden. »Ich hab ihm gesagt, dass ich später wieder zu ihm stoße. Du hattest recht, weißt du. Ich habe dir ein Versprechen gegeben, und das halte ich auch bis zum bitteren Ende. Ich will nicht so sein wie … na ja … wie mein Vater. Jemand, der seine Versprechen nicht hält.«

Erneut umarmte Jacob sie, diesmal länger. Er glaubte, ein Lächeln zu spüren, als sie ihre Wange gegen seine drückte. »Es tut mir so leid«, sagte er nahe an ihrem Ohr, »wegen Blabber.« Hali lehnte sich zurück, löste sich sanft aus der Umarmung. Jacob fuhr fort: »Es war meine Schuld. Es war dumm von mir, einfach so aus dem Strom rauszuschwimmen – ich bin verantwortlich dafür, dass er nicht mehr da ist. Ich fühl mich so schrecklich deswegen. Es tut mir wirklich leid.«

Schmerz trübte Halis Augen, aber sie schüttelte den Kopf. »Du wolltest nicht, dass das passiert, Jacob. Ich verzeihe dir.«

Ein riesiger Stein, dessen Existenz Jacob zuvor gar nicht bemerkt hatte, fiel ihm vom Herzen.

»So, jetzt hört zu«, fuhr Hali fort. »Es gibt da etwas, das ihr unbedingt wissen müsst. Das war auch einer der Gründe, warum ich zurückgekommen bin. Dad hat mir was erzählt, nachdem du weg warst.« Sie blickte Tristan an. »Und ich entschuldige mich im Namen meines Vaters bei dir.«

Tristan kniff die Augen zusammen. »Warum sollte dein Vater sich bei mir entschuldigen müssen?«

Jacob wandte sich seinem Bruder zu. »Halis Vater ist ein Typ namens Bourne, auch bekannt als der Barrakuda. Er ist derjenige, der die Abmachung zwischen den Sternenschluckern und diesen Verrätern von den WasserKriegern ausgehandelt hat, damit du entführt wirst.«

Tristan schnaubte. »Was? Ihr denkt, dass die WasserKrieger was damit zu tun hatten?«

»Na ja«, sagte Jacob, »sie –«

»Jungs«, fuhr Hali dazwischen. »*Hört mir zu.* Die WasserKrieger hatten nichts damit zu tun. Das war eine glatte Lüge, damit sie schlecht dastehen. Und, Tristan, die ursprüngliche Abmachung lautete nicht, dass du entführt werden solltest. Sobald die Sternenschlucker dich zu meinem Vater gebracht hatten, hätte er dich töten sollen.«

Jacob gefror das Blut in den Adern. *Tristan töten?*

»Aber er ist kein Mörder«, erzählte Hali weiter. »Also hat er sich was Besseres überlegt. Er hatte über ein paar Ecken mitbekommen, dass diese Forscher nach Trockensiedlern als Versuchsobjekte für ihre Experimente suchen, also hat er beschlossen, dich ihnen zu verkaufen – heimlich, natürlich. Er hat sich gedacht, dass du nicht wiederzuerkennen sein würdest, wenn sie mit dir fertig wären, also bestünde auch keine Gefahr, dass er auffliegt. Aber du würdest weiterleben. Er glaubte, das wäre das Beste für dich.«

»Ich würde sagen, dass Beste für mich wäre gewesen, wenn er die Abmachung gar nicht erst getroffen hätte«, entgegnete Tristan düster.

Hali blickte zu Boden. »Ich weiß«, sagte sie. »Und das tut mir leid. Aber Fakt ist: Wenn er es nicht getan hätte, hätte jemand anderes den Job übernommen. Und derjenige hätte vielleicht nicht so große Skrupel gehabt, dich zu töten.«

Tristan schluckte schwer.

»Moment«, sagte Jacob und wedelte mit den Händen. »Wartet mal. Wenn die WasserKrieger den Angriff auf die *Meereskönigin* nicht in Auftrag gegeben haben, wer war es dann? Wer wollte Tristan töten lassen?«

Hali legte die Stirn in Falten. »Erinnerst du dich, dass mein Dad im Blauen Winkel was gesagt hat von wegen, man sollte nie einem Overland trauen?«, fragte sie mit sanfter Stimme. »Jacob, er hat nicht über Tristan gesprochen. Er hat über die Person gesprochen, die ihn für den Job angeheuert hat. Und das war Gouverneur Sato.«

18

Jacob war sicher, dass er sich verhört haben musste.

Oder dass das nur wieder eine von Bournes Lügen war.

Onkel Sato? Der Drahtzieher hinter all den schlimmen Dingen, die in dieser Woche passiert waren?

Das konnte nicht sein.

»Hali«, sagte er, »das muss ein Missverständnis sein. Du sprichst über unseren Onkel. Den Gouverneur der Turmfestung! Er ist einer der mächtigsten Menschen in der Neuen Welt. Niemals würde er so etwas seinem eigenen Neffen antun. Er hat Tristan darauf vorbereitet, dass er das Amt übernimmt, es wäre doch völlig absurd, wenn er ihn töten lassen wollte. Stimmt doch, Tristan?« Da Tristan nicht antwortete, schaute Jacob zu ihm hinüber. »Tristan?«

Einen Moment lang hielt Tristan den Blick gesenkt, aber als er ihm doch in die Augen sah, erkannte Jacob darin etwas, das ihm das Gefühl gab, gerade vom höchsten Balkon in der Turmfestung gestoßen worden zu sein.

Die Wahrheit.

»Nein …«, flüsterte er.

»Das ist das, was *ich* dir sagen wollte«, erklärte Tristan ihm leise. »Hali hat recht, Jacob.«

Ungläubig schüttelte Jacob den Kopf. »Aber er gehört zu unserer Familie. Wie kann er dir so was antun wollen?«

Tristan legte Jacob eine Hand auf die Schulter. »Er plant was, Jacob. Was ganz Großes. Und ich war ihm dabei im Weg. Aber jetzt, da ihr beide auch über alles Bescheid wisst, bist du ebenfalls in Gefahr, Brüderchen. Wir können nicht zurück nach Hause.«

Jacob schlug die Hände vors Gesicht. Sein Kopf konnte all die neuen Informationen nicht so schnell verarbeiten. »Aber die WasserKrieger – sie sind doch gefährlich! Sie bauen irgendeine Art Waffe! Onkel Sato hat mir den Bauplan gezeigt. Ich hab ihn mit eigenen Augen gesehen!«

Tristan schüttelte den Kopf. »Nichts davon ist wahr, Jacob. Du musst mir glauben.« Er deutete auf Hali. »Du musst *uns* glauben. Sato ist derjenige, der die Waffe baut, nicht die WasserKrieger. Er benutzt sie als Sündenbock, um seine eigenen Pläne zu verbergen.«

»Aber die WasserKrieger sind ein Haufen Kriminelle, Tristan! Sie hassen die Turmfestung, sie wollen, dass wir alle unser Zuhause verlieren!«

»Und woher weißt du das alles?«, fragte Tristan ruhig.

»Jeder weiß das.«

»Aber woher weißt *du* das alles? Wer hat es dir erzählt?«

Jacob öffnete den Mund – und hielt inne. Er musste kurz nachdenken.

»Also? Wer?«, fragte Tristan.

Endlich antwortete Jacob. »Onkel Sato.«

»Dann überleg dir doch mal: Derjenige, der die WasserKrieger schlecht dastehen lassen will, ist derjenige, der dir all diese Dinge über sie erzählt hat. Nenn mir doch mal eine böse Tat, die du einen WasserKrieger je hast tun sehen. Mit eigenen Augen, meine ich.«

Erneut glaubte Jacob, einen hohen Turm hinunterzufallen. *Was habe ich sie tun sehen? Poster aufhängen?* »Also, ein paar von ihnen sind bei deiner Gedenkfeier in eine Schlägerei geraten.«

Tristan blickte überrascht, aber er nickte. »Okay. Und wer hat die Schlägerei angefangen?«

Jacob kannte die Antwort bereits. Einer der normalen, rechtschaffenen Bewohner der Turmfestung. Die WasserKrieger hatten Tristan lediglich ihren Respekt erweisen wollen.

»Jacob«, sagte Tristan mitfühlend. »Die WasserKrieger sind eine friedliche Organisation. Sie wollen nur, dass sich die Situation für alle verbessert. Und ich weiß das so genau, na ja – weil ich seit ein paar Monaten einer von ihnen bin.«

»*Deswegen* hast du dich also immer weggeschlichen?«, rief Jacob aus. »Ich dachte – ich dachte, das wäre wegen einem Mädchen.«

Tristan zuckte die Schultern und lächelte ein wenig.

»Also ... um ehrlich zu sein, da sind wirklich ein paar nette Mädchen in der Gruppe, aber das ist nicht der Grund, warum ich mich ihnen angeschlossen habe. Keine Ahnung, was sie inzwischen von mir halten würden ... Jedenfalls wollen sie nur, dass die Trockensiedler und das Flutvolk in Frieden zusammenleben. Ressourcen teilen und so was. Die Turmfestung – und so viele andere Trockensiedlungen wie möglich – dazu bringen, dass sie keine Abfälle mehr ins Meer schmeißen. Das Flutvolk dazu bringen, das Meer nicht länger zu überfischen. Der Ozean verfügt über genügend Ressourcen für uns alle, wenn wir nur endlich mit dem Kämpfen aufhören und uns überlegen, wie wir sie gerecht verteilen können.« Er hielt inne. »Du glaubst mir doch, oder?«

Jacob seufzte. »Es klingt unmöglich und schrecklich, und es macht mich so wütend, aber ... Ich glaube dir, großer Bruder.«

Hali blickte nachdenklich. »Haben die WasserKrieger dich angeworben, weil du der Neffe des Gouverneurs bist?«

Tristan rupfte einen Grashalm ab und rollte ihn zwischen den Fingern. »Ja. Bis jetzt hatte Sato die ganze Macht. Die WasserKrieger hatten schon vermutet, dass er etwas ausheckt, aber sie konnten es nicht beweisen. Da kam ich dann ins Spiel.« Er knüllte den Grashalm zu einer winzigen grünen Kugel zusammen und schnippte sie von seinem Knie. »Ich hab ein bisschen rumspioniert. Ist nicht so schwer, wenn man im selben Apartment wohnt wie der Gouverneur. Sato arbeitet an einer Waffe. Keiner weiß genau, was sie anrichten kann oder wie genau er sie baut, aber, was auch immer es ist, es sieht echt übel aus. Ich hab keine Ahnung, wie Sato herausgefunden hat, dass ich für die WasserKrieger arbeite, aber offensichtlich ist das der Fall. Also wollte er mich töten lassen und hat dafür gesorgt, dass den WasserKriegern die ganze Schuld zugeschoben wird. Dadurch konnte er zwei Fische mit einer Harpune erledigen.«

In Jacobs Kopf blitzte eine Erinnerung auf: Onkel Sato in Tristans Zimmer, nachdem sein Bruder verschwunden war. Er hatte gesagt, dass er Tristan dort betrauerte – war das nur eine weitere Lüge gewesen? Hatte er möglicherweise lediglich sicherstellen wollen, dass Tristan kein belastendes Beweismaterial hinterließ?

Tristan sprach weiter: »Sato hatte die Dinge, die er noch für die Waffe braucht, in einer Liste notiert, und bis auf die letzten vier hatte er alle Punkte abgehakt. Sobald er die verbleibenden Teile auf der Liste bekommt …« Tristan verstummte und seufzte schließlich. »Ich bin mir nicht ganz sicher, was dann passiert, aber ich sage dir, Jacob – es stehen viele Leben auf dem Spiel.«

Jacob schluckte schwer. »Was sind diese letzten vier Dinge, die er noch für die Waffe braucht?«

»Ich kenne nur eines davon.« Tristan hatte den Mund geöffnet, um weiterzusprechen, doch bevor er das tun konnte, erfüllte plötzlich ein schriller Alarmton die gesamte Kuppel.

Jacob blickte sich hektisch nach Wachmännern um, die sie verfolgten. »Sind die hinter uns her?«

Hali blickte besorgt. »Nein, Jacob, das hat nichts mit uns zu tun. Das ist der stadtweite Notfallalarm. Irgendwas ist nicht in Ordnung in Ankerhaven. Und zwar gar nicht in Ordnung.«

Alles Blut wich aus Tristans inzwischen goldenem Gesicht, das dadurch nur noch schwachgelb aussah. »Es geht los«, sagte er. »Wir sind zu spät.«

»Zu spät wofür?«, fragte Jacob.

»Das einzige fehlende Bauteil, das ich in Erfahrung bringen konnte – eines der letzten vier Elemente, die Sato noch für seine Waffe braucht, ist lebensnotwendig für die Leute in Ankerhaven. Der Windstein. Er hat den Windstein gestohlen!«

19

Der Windstein. Das mächtige Mineral, das auf wundersame Weise seit Generationen Sauerstoff für Ankerhaven erzeugt hatte.

»Aber wie?«, fragte Jacob, als er, Hali und Tristan aus dem Park hinausrannten. Sie kamen zu einer Straßenkreuzung, an der sich bereits unzählige Flutwesen sammelten, die alle durcheinanderredeten und sich fragten, was gerade passierte. »Wie kann Sato auch nur *irgendetwas* mit Ankerhaven zu tun haben?«

»*Achtung, bitte!*«, rief eine donnernde Stimme über unsichtbare Lautsprecher. »*Derzeit erlebt Ankerhaven einen plötzlichen Sauerstoffverlust. Alle, die noch von Luftatmung abhängig sind, müssen sofort evakuiert werden. Bitte begeben Sie sich geordnet zu den ausgeschilderten Evakuierungsstellen. Es sind genügend Fluchtkapseln vorhanden. Bitte bleiben Sie ruhig, und geraten Sie nicht in Panik!*«

Doch alle gerieten in Panik.

Immer und immer wieder wurde die Nachricht über die Lautsprecher abgespielt, während Flutwesen jedweder Art aus den Gebäuden und auf die Straßen stürmten und in alle Richtungen davoneilten wie ein verängstigter Fischschwarm. Jacob sah, dass ringsherum in der Stadt rote Lichtsäulen emporschossen, wie die Suchscheinwerfer in der Turmfestung, nur gebündelter. »Was ist das?«, fragte er, die Stimme über das Getöse erhoben.

»Die Fluchtkapseln«, antwortete Hali. »Genau da wollen alle hin.«

»Aber sollten wir dann nicht auch da hingehen?«, fragte Jacob. Hali blickte ihn mit leicht gehobener Augenbraue an, und daraufhin fiel es ihm schlagartig wieder ein. »Oh – stimmt, brauchen wir ja nicht. Okay, wo ist die nächste Luftschleuse?«

Tristan packte Jacob bei den Schultern. »Luftschleuse? Wovon redest du? Wir müssen dich zu einer dieser Kapseln bringen! Ich bin hier der frischgebackene Wasseratmer, nicht du!«

Jacob fischte den Mastertech-Gurt aus seinem Rucksack, und Tristan bereits große Augen weiteten sich noch mehr. »Wie, glaubst du, bin ich hier runtergekommen?«

Tristan hob die Hände. »Ich frag besser nicht, wo du das Ding herhast. Aber da es dich bisher nicht ins Wasser gejagt hat –« Er wandte sich Hali zu. »Also, ich schließe mich Jacob an: Wo ist die nächste Luftschleuse?«

»Tristan, bist du denn schon bereit für das offene Meer?«,

fragte Hali und tippte sanft auf die Ränder ihrer Kiemen. »Sind die da voll funktionstüchtig?«

Tristan nickte. »Besser als meine Lunge inzwischen. Ich glaube, dass dieses experimentelle Verfahren seine Wirkung noch schneller entfaltet, als sie dachten. Fühlt sich eher so an, als wäre ich auf direktem Weg von *halb-* zu *voll-aquatisch*. Es fällt mir immer schwerer zu atmen.«

Hali schien davon durchaus beeindruckt. »Wow. Na ja, das Gefühl kenne ich. Kommt, mir nach!«

Die drei liefen weiter durch die Stadt, mieden sorgsam die dichtgedrängt stehenden Leute, die auf Einlass in die Fluchtkapsel-Stationen warteten. »Was ist mit all den Wasseratmern?«, fragte Jacob. »Die sind doch ohne den Windstein auch in Schwierigkeiten, oder?«

»Nicht so sehr wie diejenigen, die noch in der Umwandlung feststecken«, antwortete Hali. Sie bogen um eine Ecke und trafen auf eine kleinere Gruppe, die in einer Schlange anstand, um zu einer der Luftschleusen in der Kuppel zu gelangen. »Siehst du? Die machen alle genau dasselbe wie wir. Manche von ihnen, die Reicheren, haben Schwimmbecken und Tanks, die sie benutzen können, bis wir den Windstein zurückbekommen.« Ihre Stimme nahm einen düsteren Ton an. »Vorausgesetzt, dass wir ihn zurückbekommen.« Jacob und Tristan liefen ihr hinterher und stellten sich neben sie ans Ende der Schlange, die sich recht schnell vorwärtsbewegte. »Schlimmstenfalls können sie die Stadt auch überfluten. Aber das ist wirklich nur der letzte

Ausweg. Die Gebäude hier sind nicht dafür gemacht, unter Wasser zu sein, und niemand will all die Pflanzen verlieren. Das alles wurde schließlich nicht über Nacht errichtet.«

Während sie warteten, fragte Jacob: »Ich würd's immer noch gern wissen: Wie hat Sato den Windstein in die Hände gekriegt? Wie kann der Gouverneur der Turmfestung in Ankerhaven auch nur irgendwas erreichen? Wenn das Flutvolk und die Trockensiedler sich hassen, wer würde ihm dann helfen?«

Tristan seufzte. »Manche Leute werfen ihre Werte einfach über Bord – zumindest für den richtigen Preis.«

Jacob dachte darüber nach. »Also … du meinst, es gibt hier Flutwesen, die für Onkel Sato *spionieren*?«

Hali stupste Jacob an, damit er zum Ende der voranschreitenden Schlange aufschloss. »Denk an Kreel. Glaubst du, ein Typ wie der schert sich darum, wo das Geld herkommt, solange es nur genug ist?«

Jacob hatte keine Zeit mehr, ihr zu antworten. Die Türen der Luftschleuse öffneten sich, und sie traten ein. Während das Wasser die Kammer füllte, streifte Jacob die Schwimmflossen über und legte den Mastertech-Gurt um seinen Kopf. Sobald das Wasser den Gurt erreichte, zog der sich fest, und Jacob zuckte zusammen, als die Kiemenkästchen sich wieder beidseitig in seinen Hals bohrten. Dann glitten die äußeren Türen auf, und das Meer hieß ihn erneut willkommen.

Allerdings anders als Tristan. Jacobs großer Bruder schoss

aus der Schleuse wie nasse Seife aus einer Faust, vollführte eine Art geschlängelte Korkenzieherrolle im Wasser und kam in einem Bogen zu Jacob und Hali zurück, den Mund zu einem breiten Grinsen verzogen.

»Das ist ja der Wahnsinn!«, erklärte Tristan und erschrak ein wenig, sowohl wegen des Gefühls, das seine neue Flutvolk-Stimme in seiner Kehle verursachte, als auch wegen ihres Klangs, der durch das Wasser strömte. »O Mann!«, rief er aus. »Könnt ihr mich hören? Ich weiß nicht mal, wie ich das hier mache!« Er schlug einen Rückwärtssalto. »Alles strahlt so hell! Und diese Gerüche! Wie kann ich überhaupt riechen? Oder ist das eher Geschmack? *Ich schmecke alles auf einmal!*« Tristan sauste von ihnen weg, streifte über den Meeresboden und kam mit Höchstgeschwindigkeit zurückgeschossen, nur um gerade eben noch zu bremsen und anzuhalten, bevor er mit Jacob zusammenstieß. Dreißig oder vierzig Flutwesen hatten vor ihnen die Kuppel verlassen, und mindestens zwei Dutzend von ihnen trieben noch vor der Schleuse. Alle starrten Tristan an.

Auch Jacob starrte. In der Turmfestung schien sein Bruder nie so zu Hause gewesen zu sein wie hier. Er atmete jetzt Wasser, schwamm mühelos umher und genoss offensichtlich jede Sekunde … Plötzlich begriff Jacob, was er zuvor tief in sich begraben hatte, seit er Tristan in seiner Zelle gesehen hatte – dass ihr Leben nie wieder wie früher sein würde. Und er wusste nicht einmal, was er davon halten sollte. Es war einfach alles zu viel.

Ob Tristan auch darüber nachdenkt?, fragte sich Jacob. *Er sieht so glücklich aus. Oder verdrängt er die Gefühle gerade nur, genau wie ich?*

Jacobs Grübeleien wurden davon unterbrochen, dass King in ihn hineinkrachte. Der Seelöwe schlang seine Flossen um Jacob und drückte ihm die Schnauze so fest ins Gesicht, dass Jacob schon befürchtete, King würde den Mastertech-Gurt herunterreißen. »Ich freue mich auch, dich zu sehen, Kumpel«, antwortete Jacob. »Danke, dass du auf uns gewartet hast.«

King ließ ihn los und flitzte zu Hali hinüber, der er ebenfalls eine Umarmung und einen nicht ganz so stürmischen Gesichtskuss gab. Sobald er mit ihr fertig war, drehte King sich zu Tristan und schwebte wie erstarrt im Wasser, die dunkelbraunen Augen weit aufgerissen. Dann schwamm er einmal im Kreis um Tristan herum, und dann noch einmal, und schließlich näherte er sich ihm, um ihm in die Augen zu schauen.

»Was, glaubst du, denkt er?«, wisperte Tristan aus dem Mundwinkel.

Jacob antwortete: »Wahrscheinlich denkt er: *Ich erinner mich an diesen Typen. Der ist voll der Langweiler und riecht nach vergammeltem Fisch. Aber warum sieht er so seltsam aus?*«

King schien zu einer Entscheidung gekommen zu sein. Er drückte Tristan einmal kurz mit der Schnauze, gab ihm dann mit einer Flosse einen Klaps auf die Schulter und schwamm schließlich zu Jacob hinüber. Kichernd erklärte Jacob: »Ich schätze mal, das heißt, er kann damit leben.«

»Gott sei Dank«, erwiderte Tristan.

»Sieht aus, als hätten sie mit der Evakuierung begonnen«, sagte Hali und zeigte auf den oberen Rand der Kuppel. Aus einer weiteren Luftschleuse stieg eine der Fluchtkapseln auf und trieb langsam Richtung Wasseroberfläche. »Das ist ja schon mal gut.«

»Apropos Transportmöglichkeiten«, sagte Tristan und fasste sich in den Mund.

Jacob zuckte zusammen. »Ähm … was machst du da?«

Leicht würgend zog Tristan ein kurzes, mit einer Schaltung versehenes Metallband aus seinem Mund. Er berührte einen roten Punkt am Ende, und die Schaltung begann zu blinken. »Ich rufe die WasserKrieger. Das wollte ich schon lange machen, aber die Kuppel hat das Signal blockiert. Hoffentlich erhalten sie die Nachricht bald und machen sich auf den Weg hierher. Wir brauchen jede Hilfe, die wir kriegen können.«

»Also gut, wenn sie deinem Signal folgen, müssen wir auch nicht länger hier rumhängen«, sagte Hali, als zwei weitere Fluchtkapseln von der Kuppel aufstiegen. »Wir sollten zur Oberfläche schwimmen und versuchen, den Windstein zu finden. Und wenn das nicht klappt, brauchen vielleicht ein paar der Evakuierten unsere Hilfe.«

Jacob und Tristan stimmten ihr beide zu, und die drei machten sich mit King im Schlepptau auf zur Oberfläche.

Fünf Minuten später waren sie nah genug an die erste der Kapseln herangekommen, um hineinsehen zu können. In die Kapsel war ein Bullauge eingelassen, und aus fünfzehn oder zwanzig Metern Entfernung konnte Jacob eine junge Mutter und ihre beiden Töchter erkennen, eine etwa in Jacobs Alter, die andere etwas jünger. Das jüngere Mädchen lächelte und winkte ihm. Jacob winkte zurück und wollte gerade die letzten Meter zurücklegen, um sie den restlichen Weg zu begleiten, als die Kapsel plötzlich und ruckartig im Wasser zum Stehen kam. Eine Sekunde später spürte Jacob ein elektrisches Knistern im Wasser, genau wie in dem Moment, als King von dem Sternengucker betäubt worden war.

»Habt ihr das auch gemerkt?«, fragte Jacob, während King um die drei herumkreiste und unglücklich jaulte.

»Ja, hab ich«, sagte Hali und klang verängstigt.

»Warum hat die Kapsel angehalten?«, fragte Tristan und bewegte sich darauf zu.

Jacob eilte ihm hinterher. »Tristan, sei vorsichtig! Da oben ist irgendwas Elektrisches. Schwimm bloß nicht zu nah ran!«

Mit zwei weiteren starken Beinschlägen hatte Tristan die Kapsel erreicht. Jacob, Hali und King stießen zu ihm, und Jacob keuchte auf. Die Mutter und ihre Töchter waren alle bewusstlos – genau wie King es gewesen war. Die Kapsel war nach oben gestiegen … vielleicht war sie irgendwo dagegen gekommen? Er blickte hoch.

»Hey! Passt auf!«, rief Jacob und tauchte ab, packte dabei

Tristans und Halis Fußknöchel und zog sie von der Kapsel weg.

Etwa vier Meter unter der Oberfläche, fast unsichtbar im Wasser treibend, befand sich ein dünnes Metallnetz.

Tristan befreite strampelnd sein Bein aus Jacobs Griff. »Jacob, was machst du da?«

»Seht doch!«, sagte Jacob und zeigte hinauf. »Seht ihr das? Die Kapsel hat angehalten, weil sie gegen das Netz da gestoßen ist! Und es muss elektrisch sein, was bedeutet, dass wir es nicht anfassen sollten!«

Hali legte die Stirn in tiefe Falten. »Jemand hat ein *Elektronetz* über Ankerhaven gelegt?«

»Verdammte Muschelschalen«, sagte Tristan grimmig. »Das war bestimmt Sato.«

Da hatte Jacobs Bruder mit Sicherheit recht. Wenn Sato Overland *irgendetwas* war, dann gründlich. Und wenn er den Windstein gestohlen hatte oder ihn hatte stehlen lassen und dann ein Elektronetz aufgespannt hatte, um die Flüchtenden davon abzuhalten, an die Oberfläche zu gelangen … nun, *das* würde das Leben im Meer ganz sicher gefährlich erscheinen lassen. Und welche bessere Methode konnte es geben, die Leute aus der Turmfestung vom Übersiedeln ins Wasser abzuhalten? Wenn die Hälfte der Bewohner einer Flutvolk-Stadt einfach … einfach …

»Ähm«, sagte Jacob zögernd. »Was passiert mit den Leuten in diesen Kapseln, wenn sie nicht an die Oberfläche gelangen können?«

Hali blickte entsetzt drein. »Sie werden innerhalb von Stunden sterben«, sagte sie leise. »In den Kapseln ist nicht besonders viel Luft, und wenn sie nicht durch dieses Netz kommen, ersticken sie alle!«

Sehr schnell – so schnell, dass es Jacob ein wenig schwindelig wurde – entwickelten die drei einen Plan. Hali würde hierbleiben und versuchen, die anderen Kapseln davon abzuhalten, gegen das Netz zu treiben. Zwar blieb das Problem bestehen, dass der Sauerstoff in den Fluchtkapseln irgendwann ausgehen würde, aber wenn der Elektroschock die Evakuierten darin bewusstlos machte, wäre das nur eine zusätzliche Schwierigkeit. Jacob und King würden losschwimmen, um das Ende des Netzes zu suchen, während Tristan sich zurück in die Kuppel begab und die Leute in Ankerhaven darüber informierte, was hier draußen vor sich ging.

Ohne den Windstein mussten sie einen anderen Weg finden, um die Luftatmer in Sicherheit zu bringen. Bloß wie?

Der Magen rutschte Jacob in die Kniekehlen, als er sah, dass weitere Kapseln von den kleineren Kuppeln aufstiegen. Langsam wimmelte das Meer vor ihnen.

Eine kräftezehrende Stunde später kehrten Jacob und King zu Hali zurück, die immer noch auf derselben Stelle trieb, wo sie sie zurückgelassen hatten. Außer dass inzwischen statt der einen Kapsel mit den bewusstlosen Insassen gut drei Dutzend Fluchtkapseln im Wasser schwebten, diese allerdings in sicherer Entfernung vom Elektronetz. Jacob sah verängstigte Gesichter mit weit aufgerissenen Augen durch die Bullaugen spähen.

»Und?«, fragte Hali. »Was gefunden?«

Jacob schüttelte den Kopf. »Das Ding nimmt einfach kein Ende. Sato muss ein so großes Netz verwendet haben, dass es quasi unmöglich ist, all diese Kapseln zum Rand zu bringen, bevor ihnen die Luft ausgeht.« Er zeigte auf die Kapseln. »Wissen alle, was los ist?«

Hali nickte. »Ja. Ein Teil von mir wünschte, ich hätte sie doch durch den Elektroschock bewusstlos werden lassen. Dann würden sie sich nicht verrückt machen vor Sorge und weniger Sauerstoff verbrauchen.«

Unter ihnen bewegte sich etwas, und Jacob sah, dass Tristan sich ihnen schnell näherte. Als er bei ihnen ankam, informierte Jacob auch ihn über die Ausmaße des Netzes, und Tristan rieb sich besorgt den Nacken. »Wir müssen was tun. Ich hab so vielen Leuten Bescheid gesagt, wie ich konnte, aber bestimmt hat nicht mal die Hälfte mir geglaubt. Ist auch 'ne ziemlich verrückte Geschichte, schätze ich.« Er schüttelte frustriert den Kopf. »Hali, können diese Kapseln gelenkt werden? Gesteuert, meine ich? Oder treiben sie nur gerade nach oben?«

Sie dachte einen Augenblick nach. »Nein, sie können gesteuert werden. Mehr oder weniger. Nicht wirklich schnell, aber sie können sich vorwärtsbewegen, wenn sie müssen.«

Tristan sagte: »Ich würde sagen, sie müssen. Jacob, du hast das Ende des Netzes vielleicht nicht finden können, aber es *muss* eines geben. Ich schlage vor, dass wir alle Kapseln mitnehmen und gemeinsam versuchen, es zu finden. Wir haben keine andere Wahl.«

»Ja, du hast recht«, sagte Hali und blickte sich nach den winzigen Behältnissen um. »Los, sagen wir es ihnen – es geht schneller, wenn wir uns aufteilen.«

Alle drei eilten von Kapsel zu Kapsel. Sie stellten fest, dass ihre Flutvolk-Stimmen und auch die von Jacob, verstärkt durch die Kiemenkästchen, laut genug waren, so dass die Insassen der Kapseln sie verstehen konnten. Sobald die Nachricht verbreitet war, drehten alle Kapseln bei und folgten Jacob, Hali, Tristan und King Richtung Osten.

Jacob wünschte nur, dass sich der ganze Zug mindestens zehnmal so schnell bewegen könnte. Für den Steuermodus hatte jede Kapsel zwei winzige Propeller ausgefahren, die sie durch das Wasser zockeln ließen, allerdings um einiges langsamer, als Jacob schwimmen konnte.

Die Kapseln waren keine Mastertech-Konstruktionen. Ihre Akkus verfügten nicht über eine annähernd unendliche Lebensdauer. Jacob fragte sich, wie lange es wohl dauern würde, bis die Energie der Kapseln zur Neige gehen und sie eine nach der anderen unter dem Elektronetz stranden würden.

Und wie lange es dann dauern würde, bis die ersten Leute erstickten.

»Wow!«, machte Hali und spähte voraus. »Was in Ozeans Namen ist denn *das*?«

Auch Jacob entdeckte es. Genau von vorn kam etwas schnell auf sie zu, wurde immer größer und größer – ein gigantischer Schatten. Größer als ein Wal und auch größer als jede Kreatur, die er je gesehen hatte. Sie hätten keine Chance, vor etwas so Riesigem und Schnellem zu fliehen. Es würde sie einfach als Ganzes verschlingen.

Die Situation war schon schlimm genug – doch plötzlich war sie beinahe aussichtslos geworden.

20

Die gewaltige Kreatur glitt näher und näher.

Jacob und die anderen trieben erstarrt im Wasser, warteten darauf, genauer erkennen zu können, welchem schrecklichen Seeungeheuer sie nun entgegenschwimmen mussten.

Und dann – blitzte ein Scheinwerfer an der Seite des Geschöpfes auf.

»Hä?«, machte Jacob. »Ein riesiges Seeungeheuer mit Scheinwerfern?!«

Jacob wandte sich Tristan zu und sah, dass dieser das breiteste, triumphierendste Grinsen denn je aufgesetzt hatte.

Tristan zeigte auf die Kreatur. »Das da ist kein riesiges Seeungeheuer, Jacob. Schau noch mal richtig hin.«

Jacob drehte sich um, damit er den gewaltigen schwarzen Schatten erneut in Augenschein nehmen konnte, nur um weitere Scheinwerfer angehen zu sehen, diesmal die gesamte Seite entlang.

Eine der Lampen erleuchtete das Faust-und-Dolch-Logo der WasserKrieger.

»Ein U-Boot!«, rief Hali glücklich. »Tristan, sind das deine Freunde?«

»Ganz genau!«, antwortete Tristan. »Und gerade noch rechtzeitig.«

In Jacobs Kopf ordneten sich die Gedanken wie Bausteine, stapelten sich fein säuberlich übereinander, verbanden sich einer mit dem nächsten. Als das U-Boot näher kam, warf er Tristan einen Seitenblick zu. »Also *das* hat Onkel Sato in deinem Zimmer gefunden. Der Bauplan, den er mir gezeigt hat, gehörte gar nicht zu seiner Waffe, richtig? Es ging um den Bau dieses U-Boots!« Er wurde immer aufgeregter, je mehr Ereignisse der letzten Tage für ihn Sinn ergaben. »Und diese WasserKrieger-Typen, die heimlich zur Raststation geschwommen sind, die, die nach seltenen Maschinenteilen gefragt haben – das war auch hierfür, oder?« Tristan nickte, immer noch grinsend, und Jacob fuhr fort: »Und sie wollten dieses Ding bauen, weil sie nach einem besseren Weg gesucht haben, über den Trockensiedler und Flutvolk miteinander sprechen können.«

»Ja«, sagte Tristan. »Sie arbeiten schon seit Jahren daran.«

Das U-Boot kam vor ihnen zum Stehen, schwebte etwa sechs Meter unter dem Netz. In der Nähe der Rumpfspitze des U-Boots öffnete sich eine Luke, und zwei Trockensiedler in Taucheranzügen schwammen heraus, hielten sogleich auf Tristan zu. Als sie kurz vor ihnen schwammen, erkannte Jacob sie. Die beiden Taucher vom Pier! Dieselben beiden Männer, die er bei der Bestattung gesehen hatte. Einer glatzköpfig, der andere mit dichter Lockenmähne, die er unter den Taucherhelm gequetscht hatte. Beide hielten inne und blickten einander an, als sie Tristans Umwandlung sahen. Sie zögerten jedoch nur einen Augenblick lang, dann umarmten ihn beide, und ihre blechernen, von den Helmen übersetzten Stimmen tönten durch das Wasser.

»Tristan, Bruder, du hast beschlossen, ein Flutwesen zu werden?«, fragte der Glatzköpfige. »Aber wie hast du dich so schnell umgewandelt? Wir dachten, du wärst tot, bis wir dein Signal erhalten haben!«

»Das ist eine lange Geschichte«, sagte Tristan und wiederholte damit die Worte, die Jacob in dem Forschungszentrum zu ihm gesagt hatte. »Sammi, Ken, ihr kennt meinen kleinen Bruder Jacob, oder?«

Die beiden Männer winkten. »Cooler Atemgurt, Kumpel!«, sagte der Lockenhaarige namens Ken. »Wo hast du den her?«

Tristan unterbrach ihn. »Nicht jetzt, Jungs. Den Leuten in diesen Kapseln bleibt nur noch wenig Luft zum Atmen. Und ich schätze mal, ihr habt das Elektronetz da oben bemerkt?«

Ken antwortete: »Ja, das haben wir durch die Luken gesehen.«

Jacob ergriff das Wort. Tristan schaute ein wenig überrascht drein, denn er wollte mit seiner Erklärung fortfahren, doch Jacob befürchtete, dass er zu lange brauchen würde, und redete dazwischen: »Hört mal, wir haben jetzt keine Zeit, alles zu erklären, aber hier das Wichtigste: Gouverneur Sato hat den Windstein gestohlen, für eine schreckliche Waffe, an der er gerade baut. Dadurch kann Ankerhaven keinen eigenen Sauerstoff mehr produzieren, und wenn wir den Leuten in den Kapseln nicht ganz bald helfen, werden sie alle sterben. Könnt ihr sie an Bord eures U-Boots bringen?«

Sammi hob eine Augenbraue: »Soso, da schau sich mal einer diesen kleinen Boss an. Aber natürlich können wir helfen. Genau für so was haben wir die *Manta* ja gebaut.«

Während der gesamten Unterhaltung hatte Hali das U-Boot angestarrt. Nun fragte sie: »Ist das der Name des Bootes? *Manta?*«

Ken nickte. »Ich wollte sie *Schwertfisch* nennen, aber ich wurde überstimmt.«

Hali wandte sich Jacob und Tristan zu. »Wir müssen die Leute dazu bringen, die Kapseln so nah wie möglich an die Luftschleuse zu bringen.«

»Das wird kniffig«, meinte Sammi. »Ich glaube nicht, dass die Dinger andocken können. Also müssen sie eine Zeitlang die Luft anhalten. Na los, lotsen wir sie rein.«

Jacob beäugte die kleine Flotte aus Kapseln. Er kam nicht umhin, darüber nachzudenken, wie leicht jemand die Orientierung verlieren oder in Panik geraten könnte. Besonders die Kinder. Und es waren *viele* Kinder in den Kapseln. »Ist denn genug Platz für alle an Bord?«

Ken antwortete: »Ja. Wird nur etwas eng. Vielleicht müssen wir sie dann in *Sardinenbüchse* umbenennen. Aber wir können es schaffen, und wir werden es auch hinkriegen, von dem Netz wegzukommen, bevor die Luft in der *Manta* verbraucht ist. Das wird nur – ich denke, man könnte sagen, das wird eine *logistische Herausforderung*. Wir haben sechs weitere Crewmitglieder an Bord, die rauskommen und helfen können, aber ich wünschte, es wären noch fünfzehn oder zwanzig mehr.«

Da stieß King Jacob an, machte ein seltsames Grunzgeräusch und wedelte mit einer Flosse. Jacob versuchte, ihn abzuwimmeln: »King, Kumpel, wir sind gerade beschäftigt, wir –«, aber eine plötzliche Bewegung aus der Richtung, in die King mit seiner Flosse deutete, erregte seine Aufmerksamkeit. Einen Augenblick lang dachte Jacob, er würde einen Schwarm knallbunter Fische sehen, die auf das U-Boot zuschwammen, doch im nächsten Augenblick verstand er, was es wirklich war.

Flutwesen kamen von Ankerhaven herauf. Voll-aquatische Flutwesen. Als sie näher schwammen, tauchten die weiteren sechs Crewmitglieder aus dem U-Boot auf, und weniger als eine Minute später schwebten dort zwanzig Flutwesen vor acht Trockensiedlern sowie Jacob und seinen Freunden. Das vorderste Flutwesen, eine etwas ältere

Frau mit strahlend gelb-orange gestreifter Haut und wallendem tiefschwarzem Haar schwamm direkt auf Ken und Sammi zu. Tristan trieb neben ihnen.

»Was ist das?«, fragte die Frau ohne jede Begrüßung und zeigte auf das U-Boot.

Tristan antwortete: »Jetzt gerade ist das der Rettungsanker dieser Leute. Die WasserKrieger sind bereit, die Evakuierten aufzunehmen und sie in Sicherheit zu bringen.«

Die Frau spähte zu dem Metallnetz über ihnen. »Ich habe einige … Fragen«, sagte sie. »Die haben wir alle. Aber wenn wir damit Leben retten können …« Sie drehte sich um, ließ ihre klaren gelben Augen über die Kapseln schweifen und heftete sie dann auf die Gruppe Flutwesen hinter ihr. »Wie können wir helfen?«

In der nächsten halben Stunde und mit nur wenigen auftretenden Schwierigkeiten koordinierten die Flutwesen und die Trockensiedler den Transport der Evakuierten von den Kapseln zur *Manta*. Am kompliziertesten war es, allen Leuten in den Kapseln zu vermitteln, was vor sich ging, und dann so etwas wie eine Warteschlange zu bilden. Doch der Augenblick, wenn die Luftschleuse des U-Bootes offen stand, mit Meerwasser gefüllt, und die Ausstiegsluke der Kapsel geöffnet werden musste, stellte sich als der heikelste Teil der Rettungsaktion dar. Das plötzliche Einströmen des Wassers in die Kapsel schleuderte die Insassen jedes Mal umher wie Stoffpuppen, und wenn Sammi, Ken und Tristan nicht da gewesen wären, um die benommenen Passagiere aufzufangen, wären ohne Zweifel viele von ihnen ertrunken.

Selbst wenn ein paar der kleineren Kinder Angst bekamen, waren immer starke Hände da, die sie aus den Kapseln und in die Luftschleuse lotsten, bevor die geflutete Kapsel unter ihnen versank.

Hali gesellte sich zu Jacob. Jetzt, da alle verbleibenden Kapseln hintereinander im Wasser trieben und jeder verstand, was er zu tun hatte, war die meiste Arbeit erledigt. Nachdenklich sagte sie: »Hätte nie gedacht, dass ich so was mal erlebe.«

Jacob musste nicht fragen, was sie meinte: Flutvolk und Trockensiedler, die Seite an Seite miteinander arbeiteten – *gut* miteinander arbeiteten, reibungslos, effizient –, ohne den leisesten Anflug von Angst oder Misstrauen. »Das ist echt toll, oder?«, sagte er.

Hali nickte. »Wo bringen die WasserKrieger die Leute hin? Weiß man das schon?«

»Ja. Das wird dir gefallen: Sie fahren alle nach Bergen.«

Hali machte große Augen. »Wirklich?« Sie gluckste. »Die ganze Zeit hab ich überlegt, wie ich von da wegkomme, und jetzt gehe ich freiwillig zurück.« Sie hielt inne. »Aber das macht schon Sinn. Oben auf dem Riff sind all die Boots- und Schiffswracks, die wir nicht benutzen. Da ist ganz viel Platz.«

»Genau. Zumindest, bis wir den Windstein zurückbekommen und alle wieder nach Ankerhaven zurückkehren können. Ich wette, dass die Schiffswracks nicht annähernd so hübsch sind wie die Häuser hier unten.«

»Da hast du recht. Waren die Häuser nicht *unglaublich*? Was würde ich geben, in so einem – «

Hali brach ab, und Jacob blickte zu ihr hinüber. »Hali? Alles okay?« Sie starrte in die Ferne, hinter das U-Boot und die Flotte von Kapseln. Jacob folgte ihrem Blick und sah eine einsame Gestalt, einen Flutvolk-Mann, der Richtung Elektronetz schwamm.

Jacob erkannte den Mann an seiner Färbung.

»Jacob«, fragte Hali, die Stimme voller Sorge. »Was macht mein Dad hier?«

21

In Jacobs Kopf überschlugen sich die Gedanken, während er Bourne dabei zusah, wie dieser nichts ahnend zur Oberfläche schwamm. »Keine Ahnung, was er hier macht«, sagte er. »Aber er schwimmt direkt auf das Netz zu!«

Hali schlug die Hand vor den Mund. »Wir müssen ihn aufhalten – sonst wird er durch den Stromschlag getötet!«

»Warte!« Jacob blickte auf all die Kapseln um sie herum. »Was, wenn wir hier gebraucht werden?«

»Er ist wichtiger!«, entgegnete Hali und raste ihrem Vater hinterher durch das Wasser.

Jacob drehte sich zu King um und zeigte auf Hali. »Allein schaffe ich es nicht, sie einzuholen. Hilfst du mir?«

King wippte mit dem Kopf, machte »Juuup juuup!«, und einen Augenblick später schossen sie hinter Hali her durch das Wasser. Schnell hatten sie zu ihr aufgeschlossen, doch Jacob runzelte die Stirn, als er sah, dass Hali ein paar Meter unter dem Netz angehalten hatte. Und Jacob fand auch bald heraus, warum.

Bourne war verschwunden.

»Wo ist er hin?«, fragte Jacob, als er bei Hali ankam. »Was ist mit deinem Dad passiert?« Es würde lediglich Sinn ergeben, dass Bourne den Elektroschock bereits abgekommen hatte und zum Meeresgrund gesunken war. Aber wie hätte ihnen das entgehen sollen? Jacob suchte den Grund ab, fand jedoch nichts.

»Du guckst in die falsche Richtung«, sagte Hali. Ihre Stimme klang seltsam – darin schwang etwas mit, das Jacob nicht so recht deuten konnte. Sie zeigte nach oben. »Er ist da durchgeschwommen.«

»Da« entpuppte sich als ein etwa einen Meter breites Loch im Netz. Gerade groß genug, dass eine Person hindurchschwimmen konnte, ohne die Ränder zu berühren. Und wo er gerade an die Ränder dachte – Jacob schwamm näher, kniff die Augen zusammen –, das war nicht nur ein versehentlicher Riss. Die runden Kanten der Öffnung waren eindeutig absichtlich mit dickem Draht abgebunden.

»Okay«, sagte Jacob. »Das ist seltsam.«

»Das kannst du laut sagen«, antwortete Hali mit dumpfer Stimme.

»Sollen wir ihm nachschwimmen?«, fragte Jacob.

Hali drehte sich zu ihm um, und das Gefühl, das er zuvor zu ergründen versucht hatte, zeigte sich nun in jedem ihrer Gesichtszüge. *Angst.* »Ich – ich weiß nicht.«

Jacob legte ihr eine Hand auf die Schulter. »Wenn er wusste, dass sich dort ein Loch befand, dann wusste er auch, dass da ein Netz sein würde. Was bedeuten würde, dass er irgendwie in der ganzen Sache mit drinhängt, oder? Davor hast du Angst, nicht wahr?« Hali warf ihm einen finsteren Blick zu und schob seine Hand weg, aber sie widersprach ihm nicht. »Hali, hör zu. Ich verstehe dich nur zu gut. Vielleicht umso besser, weil ich bis vor ungefähr einer Stunde dachte, dass mein Onkel ein echt toller Typ ist. Streng, ja. Knallhart. Aber gutherzig. Ich dachte, er liebt uns. Und jetzt finde ich heraus, dass er meinen Bruder töten lassen wollte und irgendeine Riesenwaffe für Gott weiß was baut …« Jacob verstummte und seufzte. »Was ich damit sagen will, ist, dass wir wegen so was nicht aufgeben dürfen. Ja, diese zwei Typen sind nicht so, wie wir dachten. Und ja, sie sollten eigentlich viel besser sein. Und vielleicht, wenn das alles hier vorbei ist, vielleicht flippen wir dann aus und haben gemeinsam einen Nervenzusammenbruch. Aber erst mal müssen wir tun, was wir können, um alles wieder in Ordnung zu bringen. Okay?«

Je länger Jacob sprach, desto wütender schaute Hali drein, und als sich ihre Blicke am Ende seiner kleinen Ansprache trafen, loderte ein Feuer in ihren Augen. Doch zum Glück waren die Flammen nicht gegen ihn gerichtet. »Okay«, sagte Hali und knirschte mit den Zähnen. »Schnappen wir uns diesen fiesen Eimer voller Fischeingeweide.«

Jacob war nicht ganz sicher, ob sie Bourne oder Sato meinte. Aber das machte vielleicht auch keinen großen Unterschied.

Hali paddelte mit den Beinen und schwamm ohne ein weiteres Wort durch das Loch im Netz. »Hey, warte auf mich!«, rief Jacob. Als er sie innehalten sah, drehte er sich zu King. »Ich weiß nicht, in was wir gleich reingeraten, Kumpel, aber du musst in Sicherheit bleiben. Okay? Schwimm zurück, und hilf Tristan. Bleib bei ihm. Verstanden?«

King kniff seine dunkelbraunen Augen zusammen und machte »Pfff«. Aber er versuchte nicht, Jacob zu folgen, als dieser durch das Loch zu Hali schwamm.

Sie waren ungefähr zehn Minuten unterwegs, als Hali Jacob an der Schulter packte, ihn zum Halten brachte und geradeaus zeigte. Er brauchte einen Moment, aber dann entdeckte Jacob Bourne, der mit dem Rücken zu ihnen direkt unter der Oberfläche trieb. Langsam schwammen sie näher, gingen sicher, dass Bourne sie nicht sehen konnte, und noch bevor sie bei ihm ankamen, hörte Jacob das Geräusch eines sich nähernden Motors. Innerhalb von Sekunden schoss die Unterseite eines kleinen Schiffes über die Wasseroberfläche, dessen Propeller das Wasser hinter ihm aufwirbelten. Dann wurde der Motor abgestellt, und das Boot kam gleitend neben Bourne zum Stehen. Hali entfuhr ein kurzes, leises Angstgeräusch, als Bourne den Arm ausstreckte, ein Seil packte und sich aus dem Wasser hievte.

»Komm mit«, sagte Hali unmittelbar. »Wir müssen auf das Boot raufkommen, bevor es wegfährt!«

Sie wollte schon losschwimmen, doch er packte sie am Fußknöchel und zog sie zurück. »Warte mal! Du kannst nicht einfach da raufgehen! Das hier oben ist nicht Ankerhaven mit tausend Prozent Luftfeuchtigkeit und vollem Sauerstoffgehalt! Das ist einfach … *Luft*! Da wirst du nach ein paar Minuten ersticken.«

»Oh.« Einen Augenblick lang runzelte Hali die Stirn. »Du hast recht. Okay, dann gibst du mir deinen Kopfgurt, sobald wir oben sind.«

Jacob hob überrascht die Augenbrauen. »Hä?« Er berührte ein Kiemenkästchen mit den Fingern. »Warum?«

»Jetzt mach schon!« Hali packte Jacob am Arm und zog ihn so energisch in Richtung des Bootes, dass Jacob schon fürchtete, sie würde ihm die Schulter auskugeln. Als sie genau unter dem Rumpf angekommen waren, zeigte Hali auf den Mastertech-Gurt. »Sobald du die Wasseroberfläche durchbrichst, wird er sich lösen«, flüsterte sie. »Dann gibst du ihn mir sofort hier runter.«

Jacob hatte keine Ahnung, was das bringen sollte, aber er tat wie geheißen. Als sein Kopf aus dem Wasser auftauchte, so nah am Rumpf, dass seine Haare ihn streiften, löste sich der Kopfgurt und fiel schlaff um seinen Hals. Er nahm ihn ab und reichte ihn Hali, die direkt unter ihm trieb und … irgendetwas mit dem Gurt machte. Das Wasser verzerrte die Sicht zu sehr, als dass er den schnellen Bewegungen ihrer Finger hätte folgen können. Ein paar Sekunden später legte sie den Gurt um ihren eigenen Kopf und tauchte neben ihm auf.

Sobald der Mastertech-Gurt an die Luft kam, passierte genau das Gegenteil von dem, was er bei Jacob bewirkt hatte: Er legte sich zwar ebenfalls um ihren Kopf, doch jetzt *verdeckten* die schwarzen Nadelkästchen Halis Kiemen. Sie grinste ihn an, nahm einen tiefen Atemzug und verzog dann das Gesicht. »Oberflächenluft schmeckt scheußlich«, flüsterte sie.

»Wie hast du das gemacht?«, flüsterte er zurück. »Woher wusstest du, dass er das kann?«

»Schon vergessen, von wem du das Ding bekommen hast?« Ein Hauch von Stolz schlich sich in ihr Lächeln. »Ich hatte ihn schon seit ein paar Wochen. Hab ein paar Anpassungen vorgenommen, damit er auch das Gegenteil bewirken kann. Trotzdem war ich nicht sicher, ob er explodieren würde, als *du* ihn angezogen hast.« Sie zeigte mit einem Daumen nach oben. »Also. An Bord mit uns.«

Anscheinend gebührte Hali noch mehr Respekt, als er ihr bisher entgegengebracht hatte, dachte Jacob und folgte ihr eine Außenleiter hinauf. Sie glitten über die Bootsseite und drückten sich gegen die äußere Wand der Kajüte. Der Klang zweier Männerstimmen drang von der Steuerbrücke zu ihnen hinunter, und obwohl Jacob erwartete hatte, Bournes Stimme zu hören, gefror ihm das Blut in den Adern, als er die zweite erkannte.

Die Worte konnte er nicht ausmachen, aber die Stimme selbst war unverkennbar. *Onkel Sato.*

Jacob blickte sich hektisch um, dachte scharf nach. Das hier war ein Schiff von der Turmfestung, und obwohl es tausendmal schicker war als Maris Fischerboot, war es in etwa gleich aufgebaut. Mit einem Finger auf den Lippen gab er Hali ein Zeichen und ging voraus, schlich zur Kajütentür und unter Deck.

Sobald sie die Kajüte betreten hatten, wandte Jacob sich ihr zu und flüsterte so leise, dass sie ihr Ohr direkt an seine Lippen legen musste, um ihn zu verstehen: »Das da oben ist Onkel Sato. Mit deinem Vater.«

Hali machte große Augen. »Dann ist der Windstein vielleicht hier!«

Auf Maris Boot war ein kleiner leerer Raum, wo, wie sie sagte, der vorherige Besitzer einen Tresor eingebaut hatte. Mari hatte keinen Nutzen in dem Tresor gesehen, da sie überzeugt war, ohnehin niemals genug Geld zu haben, um ihn zu brauchen, also hatte sie ihn herausgerissen und als Ersatzteil verkauft. Auf diesem Schiff jedoch war an genau derselben Stelle ein glänzender, wohlerhaltener Tresor hinter einer Trennwand verstaut.

»Warte«, flüsterte Hali. »Lass mich mal.«

Klar, mach mal, dachte Jacob. *Falls er da überhaupt drin ist. Falls du ihn aufbekommst, ohne dass es jemand mitkriegt. Falls Onkel Sato und Bourne nicht plötzlich beschließen, hier runterzukommen. Falls. Falls. Falls.*

Hali zog ein kleines, flaches Bündel aus ihrem Rucksack – eine Sammlung schmaler Metallwerkzeuge, die in behandelten Seetang gewickelt waren – und machte sich daran, das Schloss des Tresors aufzuknacken. Jacob stand reglos da und wartete, das Herz klopfte ihm bis zum Hals. Er konnte Sato und Bourne oben herumlaufen hören, und gelegentlich fanden Klangfetzen der Männerstimmen den Weg zu Jacobs Ohren. *Beeil dich*, trieb er Hali in Gedanken an. *Bitte beeil dich.*

»Ich hab's«, flüsterte Hali, und mit einem Klicken, das in Jacobs Ohren lauter klang als ein Gewehrschuss, schwang der Tresor auf. Darin lag ein Stein, ungefähr so groß wie Jacobs beide Fäuste zusammen. Ein leuchtendes, mattblaues Licht ging von ihm aus.

»Ist er das?«, fragte Jacob, sein Gesicht dicht neben Halis, während sie beide den Stein anstarrten. »Ist das der Windstein?«

Hali nickte. Der Stein war zu groß für ihre Tasche, aber der Rucksack, den Jacob von dem Reiniger bekommen hatte, bot genug Platz. Er ließ den Stein hineingleiten, verschloss den Rucksack und zeigte in die Richtung, aus der sie gekommen waren.

Sie hatten gerade wieder das Hauptdeck erreicht, als sie Satos und Bournes Stimmen erneut hörten, diesmal viel näher und absolut klar, da sie hinten vom Heck des Bootes herrührten. Bourne gab sich großspurig, aber selbst Jacob bemerkte, dass sein Gepolter die Angst des Mannes kaum verbergen konnte. »Sie wissen doch, Gouverneur Sato, der Job ist erledigt. Okay? Ich will nur mein Geld und dann weg von hier.«

Hali schob sich an Jacob vorbei, näher an ihren Vater heran, aber sie blieb weiter geduckt und in den Schatten versteckt. Jacob huschte ihr hinterher, und wenige Sekunden darauf spähten sie zwischen den Pfosten einer Reling hindurch auf Bourne und Sato Overland, die einander gegenüberstanden.

Sato sagte: »Oh ja, der Job ist erledigt, das stimmt. Aber was deine Bezahlung angeht … Dafür bleibt noch etwas zu tun.« Er hob eine kleine Harpunenpistole und richtete sie auf Bournes Brust. »Das Beste daran, wenn man einen Betrüger engagiert, ist, dass sich keiner wundert, wenn er tot wieder auftaucht.«

22

Als Jacob seinen Onkel dabei beobachtete, wie er die Waffe auf Halis Vater richtete, setzte anscheinend sein Verstand aus. Denn sonst hätte er nicht etwas so völlig Wahnsinniges getan: er stand aus seinem Versteck auf und rief: »Halt!«

Gleich darauf erhob sich auch Hali. Ihre Füße hämmerten über das Deck, und sie warf sich zwischen ihren Vater und die Harpune, die abschussbereit in Satos Pistole steckte. Sato knurrte überrascht und ließ die Pistole sinken. Er blickte sich um – wie immer versuchte sein Onkel, jede mögliche Gefahr in einer Situation abzuschätzen –, und als er Jacob entdeckte, knurrte er noch einmal. Satos Blick glitt weiter, hinter Jacobs Rücken, dann kniff er die Augen zusammen. Als Jacob über seine Schulter blickte, entfuhr ihm selbst ein überraschter Laut. Das blaue Licht des Windsteins schien durch die Nähte seines Rucksacks, erstrahlte offensichtlich im Schatten.

Tja, so viel zum Thema »unbemerkt abhauen«, dachte Jacob bei sich. Er straffte die Schultern und trat nun vollends sichtbar auf das Deck.

Am Bug packte Bourne Hali und versuchte, sie hinter sich zu schieben, weg von Sato, doch sie kämpfte gegen ihn an. Während die beiden sich stritten, ergriff Jacob die Gelegenheit, seinem Onkel in die Augen zu blicken. Ihm fiel nichts anderes ein, als ihn zu fragen: »Wieso? Warum tust du das alles? Wie konntest du nur?«

Sato richtete die Harpunenpistole wieder auf Bourne und blaffte: »*Schluss damit!* Alle beide! Macht nur weiter mit dem Unsinn, und ich nagele euch gemeinsam ans Deck!« Bourne und Hali hörten auf zu kämpfen und blieben reglos nebeneinander stehen. Die Pistole immer noch auf die beiden Flutwesen gerichtet, wandte sich Sato wieder Jacob zu. »Zuerst dachte ich, es wäre ein Segen. Als Oona und Aki starben. Ich dachte, ich hätte die Chance erhalten, dich und deinen Bruder *richtig* zu erziehen.«

Jacob sog keuchend die Luft ein. *Oona und Aki.* Seine Eltern.

Sato fuhr fort: »Aber egal, was ich tat, ich konnte die Schwäche eurer Eltern nicht aus euch herauspressen. Aus keinem von euch beiden – und weiß das Meer, ich hab es versucht. Immer wollten sie *Frieden* mit dem Flutvolk.« Abscheu sickerte aus dem Wort *Frieden*, als es Satos Lippen verließ. »*Frieden und ein gutes Miteinander.* Warum konnten sie es nicht sehen? Wieso haben sie nicht verstanden, dass diese –« Er warf Bourne und Hali einen bösartigen Blick zu. »Dass diese *Missgeburten* uns bloß wertvolle Ressourcen stehlen?«

»Sie sind keine Missgeburten«, sagte Jacob leise. Eigentlich hatten die Worte laut herauskommen sollen, kraftvoll und leidenschaftlich. Aber er stand nun einmal Sato Overland gegenüber. Dem Gouverneur der Turmfestung. Der so etwas wie ein Vater für Jacob war. Deshalb drangen die Worte so leise aus seinem Mund, dass sie kaum seine eigenen Ohren erreichten. »Es gibt keinen Grund zu kämpfen. Es ist genug für alle da, wenn wir nur mit ihnen zusammen –«

»*Halt deinen Mund!*«, brüllte Sato. »Pah! Du klingst genau wie deine Mutter. Es geht um weit mehr als nur Ressourcen. Diese stinkenden Wasseratmer untergraben unsere ganze Lebensweise! Sie zerstören das Gefüge des Menschseins selbst! Sie haben ihre menschliche Identität *abgestoßen*, um zu dem zu werden, was sie sind! Verstehst du das denn nicht?«

Jacob spürte die enorme Macht seines Onkels und versuchte, sich davon nicht kleinkriegen zu lassen. »Das – das stimmt nicht, Onkel. Ich war da unten. Ich hab es mit eigenen Augen gesehen. Auch sie sind vielleicht nicht perfekt, aber was sie geschaffen haben – wir könnten so viel von ihnen lernen.«

Sato schnaubte verächtlich und schüttelte den Kopf. »Weißt du, ich dachte, ich könnte etwas erreichen, sobald deine Eltern mir nicht mehr im Weg standen. Ich dachte, ich könnte den Zustrom von Wasseratmern stoppen. Könnte all die Feiglinge von der Flucht abhalten. Sie davon abhalten, ein ... *unnatürliches* Leben zu wählen, da unten, zusammen mit den Fischen. Tristan sollte mir dabei helfen. Ich habe auf ihn gezählt. Er sollte zu der Art Mann heranreifen, die dein Vater hätte sein sollen. Aber ich hätte es besser wissen müssen. Tristans Herz war schwach. Genau wie das deines Vaters und genau wie deines.«

Immer noch hielt Sato die Harpunenpistole erhoben. Zwar richtete sein Onkel den Großteil seiner Aufmerksamkeit auf Jacob, aber Jacob wusste, dass Sato Bourne und Hali aus dem Augenwinkel sehen konnte, und er bezweifelte nicht eine Sekunde lang, dass sein Onkel einem von beiden die Harpune ins Herz jagen würde, sollten sie einen Fluchtversuch wagen.

»Dann fand ich heraus, dass Tristan sich mit den Wasser-Kriegern eingelassen hatte«, sagte er voller Abscheu. »Ihre Spitzel hatten Wind von meinen Plänen bekommen. Daher musste Tristan weg. Und sein Tod sollte die WasserKrieger mit in den Abgrund reißen.«

»Und warum die Sternenschlucker?«, fragte Jacob. »Warum hast du dir Leute ausgesucht, die so weit weg und so schwer zu erreichen sind?«

Sato schüttelte den Kopf. »Kein Wunder, dass du meinen Plan nicht durchschaust, Neffe. Du hast den erbärmlichen Mangel an strategischem Denken von deinem Vater geerbt.

Die Abgeschiedenheit und das ungeheuerliche Aussehen der Sternenschlucker – *genau das* ist doch das Geniale bei der Sache. Sie haben ihre Rolle als Bösewichte aus der Tiefe perfekt gespielt. Und wer würde nach so einem Angriff in den tiefsten Ecken des Ozeans nach ihnen suchen? Sicherlich niemand von der Turmfestung.« Möglicherweise versuchte er zu lachen, aber es entwich eher als wütendes Schnauben. »Niemand außer dir.« Mit einem Kopfnicken deutete Sato auf Bourne. »Alles, was ich tun musste, war, einen idiotischen Wasseratmer zu finden, der das Geschäft für mich abschließt, und ich würde deinen Bruder und die WasserKrieger in einem großen Aufwasch loswerden.« Sato bleckte die Zähne. »Und jetzt, da ich den Windstein habe, wird es bald nichts mehr geben, was mich von meinem Plan abhalten kann.«

»Falsch«, sagte Jacob. Er gab sein Bestes, um sich aufrecht hinzustellen und die Schultern zu straffen. »Ich werde dich abhalten.«

»Und ich auch«, sagte Hali, machte zum ersten Mal den Mund auf.

»Und ich ebenfalls«, sagte eine Stimme über Satos andere Schulter hinweg. Sato fuhr überrascht herum und keuchte auf, als er Tristan auf das Deck treten sah. Tristan war klatschnass und atmete schwer, seine Kiemen mühten sich mit der Meeresluft ab, doch das änderte nichts daran, dass ihm Entschlossenheit ins Gesicht geschrieben stand.

»Du!«, murmelte Sato. »Was ist mit dir passiert? Du solltest eigentlich tot sein …«

Tristan zuckte mit den Schultern. »Tut mir leid, dich noch einmal enttäuschen zu müssen, Onkel.«

Sato brüllte vor Zorn. Er trat blitzschnell zwei Schritte vor und hielt im Bruchteil einer Sekunde die Spitze der Harpune gegen Bournes Kehle. Jacob hatte keine Zeit zu reagieren, und auch Tristan stand noch immer an derselben Stelle, die schwimmhäutigen Hände zu Fäusten geballt.

»Ach so«, sagte Sato, jetzt kaltblütig, »auch ihr zwei schert euch also um diesen Nichtsnutz, damit hatte ich nicht gerechnet. Das spielt mir in die Karten. Denn jetzt kann ich mit vollkommenem Ernst sagen, dass ich ihn töten werde, wenn du mir nicht *sofort* den Windstein zurückgibst!«

Jacob schlug das Herz bis zum Hals. Sato den Windstein geben? Das würde ihn nur bei seinem Plan unterstützen. Aber wenn er ihm den Stein nicht gab …

Jacob warf Hali einen verzweifelten Blick zu. Er wusste bereits, was er in ihren Augen sehen würde. Und er wollte es nicht sehen. Fürchtete sich davor, und dennoch … da war es …

Tränen standen Hali in den Augen, und Jacob brach es das Herz.

Diesmal wusch kein Meerwasser sie weg und machte sie unsichtbar. Hier, im Licht der frühabendlichen Sonne, schimmerten Halis Tränen golden, und in ihren Augen las er etwas.

Bitte.

Bitte lass nicht zu, dass er meinen Vater tötet.

Jacob zuckte mit den Schultern, ließ den Rucksack seine Arme hinuntergleiten und öffnete ihn. Seine Hände schlossen sich um den Windstein. Und er hoffte, nur das Meer wusste, wie sehr, dass Hali ebenfalls die Worte las, die er ihr mit seinen eigenen Augen sandte.

»Du willst ihn haben?«, sagte er zu Sato. »Also gut. Dann fang!«

Jacob warf seinem Onkel den Windstein zu, und im selben Augenblick, da sich Sato von Bourne abwandte, sich darauf konzentrierte, den unglaublich mächtigen Edelstein aufzufangen, wusste Jacob, dass seine Nachricht Hali tatsächlich erreicht hatte. *Haut ab!* Sie schubste Bourne über die Reling und sprang dann hinter ihm her.

Sato knurrte erneut, stürzte zur Reling und feuerte die Harpunenpistole geradewegs ins Wasser. Jacobs Blick traf Tristans, der eine unmissverständliche Handbewegung machte: *Lass uns auch von hier verschwinden!*

Tristan und Jacob landeten beide zugleich im Wasser. Sofort schoss Tristan unter den Bootsrumpf, packte Jacob und zog ihn tiefer hinunter. Plötzlich war Hali bei ihnen und legte Jacob den Mastertech-Gurt wieder um den Kopf. Diesmal zuckte er noch nicht einmal zusammen, als sich die Kiemenkästchen zu beiden Seiten seines Halses festsogen. »Wo ist dein Dad?«, keuchte er. »Ist er getroffen worden?«

»Nein«, sagte Bourne direkt hinter ihm. »Dem geht's gut. Allerdings nicht wirklich gut.«

Tristan schwamm zehn Meter vom Boot entfernt zurück an die Oberfläche und tauchte auf. Jacob folgte ihm, blieb allerdings weit genug unter Wasser, dass der Kopfgurt aktiviert blieb. Seine Augen schauten jedoch über den Wasserrand, so dass er und Tristan Sato am Steuer des Bootes stehen sahen.

Er starrte sie beide wütend an.

»Das hier ist noch nicht vorbei!«, rief Tristan.

Satos Stimme klang über die Bordlautsprecher zu ihnen: »Oh, da hast du recht«, sagte er, und Wut blubberte in seiner Stimme wie kochendes Wasser. »Das hier ist noch längst nicht vorbei.«

Sato ließ den elektrischen Motor an und raste davon, zurück zur Turmfestung.

23

Wenige Stunden später schwebten Jacob, Hali und King ein paar Meter unter der Oberfläche und sahen dem riesigen U-Boot der WasserKrieger dabei zu, wie es sich zur Abfahrt aus Bergen bereitmachte.

Es war knifflig gewesen, das U-Boot nahe genug an das zerklüftete Korallenriff heranzubringen, damit die Leute die trocken liegenden Schiffswracks erreichen konnten. Hali und Bourne hatten sich zunächst ins Dorf aufgemacht, um zu erklären, was vor sich ging. Daraufhin waren mehrere Dutzend Flutwesen heraufgeschwommen und hatten dabei geholfen, das gewaltige Boot in die beste Position zu bringen.

Wahrscheinlich wäre es einfacher gewesen, wenn das U-Boot aus dem Wasser aufgetaucht wäre, aber Tristan hatte eindringlich davon abgeraten. »Ich hab keine Ahnung, wie viele Drohnen von meinem Onkel im Moment unterwegs sind, und ich weiß auch nicht, wie weit sie fliegen können, aber wir sollten nicht riskieren, dass er dieses U-Boot zu Gesicht bekommt.«

Jacob hatte ausführlich über all das nachgedacht, und dann hatten er, Hali und alle anderen den Geflüchteten aus Ankerhaven geholfen, aus dem U-Boot und auf das felsige Trockenland zu kommen. Er glaubte nicht, dass Sato sie offen angreifen würde, selbst wenn jemand von der Turmfestung die neuen Flutvolk-Familien bemerken sollte, die sich nun in den Schiffswracks einrichteten. Schließlich hatte Sato keine Ahnung, wie viele Flutwesen überhaupt unter den Wellen lebten. Sicherlich genügend, um emporzutauchen und einen Angriff abzuwehren.

Vielleicht sogar genügend, um emporzutauchen und einen Angriff *zu unternehmen*?

Nein, Sato würde keine Sicherheitskräfte schicken. Er würde nichts so Offensichtliches durchführen. Jacob erinnerte sich an Halis Geschichte darüber, wie ihr Heimatdorf vergiftet worden war. *Das* klang schon eher wie etwas, das Sato tun würde. Oder er würde so viel Abfälle um Bergen herum abladen, dass alle Meereslebewesen getötet wurden, und damit die Nahrungsquelle der Flutwesen vernichten.

Während sie dem U-Boot weiter zusahen, bemerkte Jacob Halis Vater, der vom Dorf auf sie zugeschwommen kam. Eine halbe Minute später war Bourne bei ihnen. »Okay!«, sagte er in einem Ton, der so klang wie jemand, der sich nach erfolgreich getaner Arbeit die Hände sauberwischte. »Alle sind versorgt. Es wird Zeit, dass du und ich nach Ankerhaven zurückkehren, Seepferdchen.«

Hali runzelte die Stirn. »Was willst du denn in Ankerhaven?«

»Du erinnerst dich doch, dass ich dir von diesem Deal erzählt hab? Dass ich gesagt habe, ich könnte ein Haus für uns bekommen? Na ja, das ist noch zu haben. Wahrscheinlich ist das Ding jetzt sogar viel günstiger, wenn ich so drüber nachdenke, weil ja ein Großteil der Bevölkerung weg ist. Angebot und Nachfrage. So was Praktisches. Komm, los geht's, wenn wir den Hayai nehmen, sind wir in null Komma nichts da.«

Der begeisterte Ausdruck auf Bournes Gesicht fiel in sich zusammen, als Hali sagte: »Tut mir leid, Dad, aber ich komme nicht mit.«

»Wie meinst du das, du kommst nicht mit?«

Hali zeigte auf das U-Boot. »Die Mission der Wasser-Krieger hat gerade erst begonnen, Dad. Und wer weiß, was Sato tun wird, jetzt, da er ein weiteres Teil für seine Waffe hat. Ich muss hierbleiben und helfen, ihn aufzuhalten. Ich möchte hierbleiben.«

Bourne stotterte: »Aber – aber ich kann ein *Haus* für uns kriegen. Wir können eine Familie sein, eine richtige Familie!«

Halis Miene verdunkelte sich. »Du kaufst dieses Haus mit dem Geld, das du für den Verrat an Tristan bekommen hast. Außerdem, Dad, egal, wie *du* das sehen willst, aber du hast mich sitzenlassen. Vielleicht können wir irgendwann im Laufe der Zeitströmung wieder eine Familie sein. Doch zuerst musst du dir mein Vertrauen wiederverdienen.« Sie schwamm näher an Jacob und King heran. »Bis dahin bleibe ich bei Jacob und Tristan. Und diesem Kerl hier.«

Sie streichelte King am Kopf, der leise »Juuup!« machte.

Bourne wandte die Augen ab und antwortete: »Okay. Ich verstehe. Ich weiß, ich war nicht der beste Vater. Aber ich schwöre, dass ich dich stolz machen werde auf mich. Und wenn du so weit bist … Ich mein das ernst mit dem Haus. Mit uns. Komm mich dann einfach holen. In Ordnung?« Hali nickte. An Jacob gewandt, sagte Bourne: »Ich danke dir. Euch allen. Dass ihr mein Leben gerettet habt. Und sag Tristan … sag ihm, dass es mir leid tut.«

Er tauchte ab und schwamm von ihnen fort.

Eine Stille legte sich über sie, doch bevor Jacob vorschlagen konnte, dass sie Tristan suchen gingen, drang ein vertrautes Geräusch an ihre Ohren. Es klang wie das Bellen eines Hundes.

Das Erste, das Jacob in den Sinn kam, war: *Wie kann ein Hund überhaupt hier unten atmen? Hat ihm jemand einen Mastertech-Gurt übergestülpt?*, doch der Gedankengang geriet ins Stocken, als Hali herumfuhr und ihr die Kinnlade herunterklappte.

»Blabber?«

Das Bellen des Hais wurde lauter und aufgeregter, als er vom Meeresboden zu ihnen hochschwamm. Jacob bemerkte, dass von seiner Rückenflosse ein Stück fehlte, welches so aussah, als könnte es zum Zahnabdruck eines Weißen Hais passen. Blabber hielt unmittelbar vor Hali an, und sie schlang die Arme um den Riesenmaulhai, der daraufhin die Augen schloss und dessen Bellen in ein zufriedenes Winseln überging.

»Er muss den anderen Haien entkommen sein, gleich nachdem der Strom uns wieder mitgezogen hat!« Halis Lächeln reichte ihr von einem Ohr zum anderen. »Blabber, ich dachte, du wärst tot! Oh, wer ist mein lieber Junge? Wer ist mein absolut bester Junge in der ganzen Unterwasserwelt?« Sie schwamm etwas tiefer und streichelte ihm den Bauch, und bestimmt hätte er sich das gerne noch eine Weile gefallen lassen, allerdings entdeckte er dann King und ließ Hali zurück, um zu seinem Seelöwen-Freund hinüberzuflitzen.

King und Blabber rieben ein paar Sekunden lang die Nasen aneinander, und dann schossen sie von Jacob und Hali weg und schwammen in einer Art Doppelkorkenzieher umeinander herum. Blabber bellte freudig, während King immer wieder zwischen »Juuup juuup!« und »Hey!« wechselte.

»Hey!« Das war nun allerdings nicht King, der Tristan nachahmte, sondern Tristan selbst, der direkt unter der Wasseroberfläche neben einem großen Korallenfelsen, etwa zwanzig Meter westlich vom Hauptriff, trieb. »Ihr beiden! Die Sonne geht unter. Wollen wir gemeinsam zuschauen?«

Hali schaute weiter lächelnd zu Blabber hinüber. Jacob fragte: »Na, was meinst du? Sonnenuntergang? Ich leih dir auch noch mal meinen Kopfgurt.«

Als sie ihn wieder anblickte, hatte sich der letzte Rest an Schmerz und Schuldgefühlen von ihrem Gesicht gelöst. Die Rückkehr ihres Haustieres hatte sie in die beste Laune versetzt, die er je an ihr erlebt hatte. »Klar«, sagte sie. »Warum nicht?«

Eine Minute später kletterten sie auf den Korallenfelsen, wo Tristan bereits saß. Der Mastertech-Gurt lag nun um Halis Kopf und versorgte sie mit Luft anstatt Jacob mit Wasser. Der westliche Himmel glühte pink und orange, die Sonne funkelte gerade eben über dem Horizont. Jacob und Hali setzten sich zu beiden Seiten von Tristan hin. Über ihnen flogen kreischend ein paar Möwen.

Zu seiner Linken konnte Jacob die Geflüchteten aus Ankerhaven in den sonnengebleichten Rümpfen der Schiffswracks ein- und ausgehen sehen. *Es ist nur vorübergehend*, sagte er sich. *Nur, bis das Serum sie zurück ins Wasser ziehen lässt.* Ein paar Wochen wahrscheinlich. Außer, wenn die Forscher aus Gebäude 198 hier auftauchen würden, dann würde es bedeutend schneller gehen. Jacob nahm sich vor, sich damit erst zu beschäftigen, wenn und falls das passierte.

Er wusste, dass hinter dem Riff, zu weit weg, um sie von hier aus erkennen zu können, die Turmfestung stand. Jacob drehte sich zu Tristan um, wollte etwas sagen, doch dann bemerkte er das geflochtene Tau-Armband um das Handgelenk seines Bruders. Und er wusste, ihre Eltern wären stolz auf sie gewesen.

»Du weißt, dass wir nicht zur Turmfestung zurückkehren können«, erklärte Tristan sanft. »Nicht, solange Sato dort das Sagen hat. Vielleicht auch nie wieder. Ich meine, sieh mich an. Ich bin kein Trockensiedler mehr.«

Ohne zu zögern, antwortete Jacob: »Wir müssen ihn aber trotzdem aufhalten. Du hast gesagt, dass er noch drei weitere Dinge braucht, oder? Wir dürfen nicht zulassen, dass er die bekommt.«

Tristan zuckte leicht die Achseln. »Klar, aber die Frage ist, *wie*. Inzwischen wird Sato bei allen Trockensiedlern, denen er begegnet, Lügen über uns verbreitet haben. Was können wir drei schon ausrichten?«

»Vier«, sagte Jacob. »Vergiss King nicht.«

»Fünf!«, rief Hali aus und packte Tristan an der Schulter. »Tristan, mein Haustier-Hai Blabber lebt! Er ist den Weißen Haien entkommen, die ihn angegriffen haben, aber wahrscheinlich hat er uns im Hayai-Strom nicht wiedergefunden und ist dann einfach nach Hause geschwommen! Er spielt da unten gerade mit King!«

Halis Freude war ansteckend, und auch Tristan musste lächeln. »Das ist toll, Hali. Ich freue mich wirklich für dich! Ich meine, auch für Blabber natürlich. Bin schon gespannt, ihn kennenzulernen.«

»Hört mir mal zu, Jungs«, sagte sie. »Ich weiß auch nicht,

wie wir euren Onkel aufhalten können. Aber ich glaube daran, *dass* wir es können. Wir müssen nur alle zusammenarbeiten.«

Während sie weiter in den Himmel blickten, wurde der Horizont immer dunkler, bis sich das nachtschwarze Himmelsgewölbe über ihnen erstreckte. Irgendetwas brachte Jacob dazu, aufzusehen. Und genau in diesem Augenblick flogen mehrere strahlend weiße Lichter über das Tiefdunkel, jedes fast augenblicklich wieder verschwunden. »Wow – seht mal! Sternschnuppen!«

Tristan und Hali ließen sich beide auf die Korallen sinken und bewunderten den Sternschnuppenschwarm. Jacob legte sich dazu und dachte darüber nach, was die Sternenschlucker ihm prophezeit hatten: *Wenn die Sterne selbst zu fallen beginnen, wirst du wissen, dass deine Zeit des Aufstiegs gekommen ist.* »Also«, sagte er zu den beiden, »wir drei haben schon jetzt eine ganze Menge mehr geschafft, als alle gedacht hätten.«

»Das stimmt wahrscheinlich«, sagte Hali.

Jacob fuhr fort: »Warum sollten wir dann jetzt aufgeben? Warum tun wir nicht weiter Dinge, zu denen wir eigentlich gar nicht fähig sein sollten? Warum halten wir nicht Sato auf und retten das Flutvolk?«

Wieder legte sich eine Stille über sie. Diesmal jedoch eine hoffnungsvolle.

»Wir haben schon jetzt das Leben Hunderter Leute gerettet«, sagte Tristan nachdenklich.

Hali führte den Gedanken weiter: »Warum machen wir nicht Tausende daraus?«

Jacob lächelte hinauf in den lichtdurchzogenen Himmel.

Ja, warum eigentlich nicht?

FORTSETZUNG FOLGT

DAN JOLLEY

WATER LAND

Band 2

Leseprobe

ISBN 978-3-7373-4231-5

Ab Frühjahr 2020 im Buchhandel erhältlich

1

Jacob Overland saß tief unten im Ozean im Bauch eines U-Bootes – in Gedanken befand er sich allerdings ganz woanders.

»Jacob! Hallo? Jemand zu Hause?« Hali, ein Mädchen des Flutvolks und Jacobs beste Freundin, klopfte ihm sachte mit einem Finger gegen den Kopf und sah ihn mit ihren großen braunen Augen an. »Sind wir echt *so* langweilig?«

Jacob erwachte aus seinen Tagträumen und blickte sich um. Sie befanden sich im Speisesaal der *Manta*, dem riesigen, aus vielen verschiedenen Einzelteilen zusammengebautes U-Boot, das derzeit als Zentrale für die Aktivisten der WasserKrieger diente. Wie quasi jeder andere Raum in dem Gefährt platzte auch der Speisesaal aus allen Nähten, und Jacob saß mit Hali, einem Trockensiedler namens Sim und zwei halb-aquatischen Flüchtlingen aus Ankerhaven, Dexter und Mariko, an einem Tisch.

Um zu verbergen, wie abgelenkt er gewesen war, grinste

Jacob breit. »Was?«, sagte er. »Ich hör doch zu! Ihr habt darüber gesprochen, dass es ganz schön schwierig ist, mit schwimmhäutigen Händen Essstäbchen zu benutzen.«

Hali wackelte mit ihren langen, anmutigen Fingern, zwischen denen sich nahezu durchsichtige Schwimmhäute spannten. Sie war voll-aquatisch, hatte langes, dunkelbraunes Haar und kupferfarbene Haut, die von schwarzen Tupfen übersät war. Jacob wusste, dass sie eigentlich viel lieber im Meer umherschwimmen würde, als hier im U-Boot festzusitzen, aber glücklicherweise ermöglichte ihr die feuchte und stark mit Sauerstoff angereicherte Luft in der *Manta*, auch außerhalb des Wassers zu atmen. »Stimmt, das ist nicht einfach«, antwortete sie. »Aber das Thema haben wir schon vor zehn Minuten abgehakt.«

»Oh«, machte Jacob und wurde rot.

Hali lächelte und stupste ihn spielerisch an. »Jetzt gerade haben wir darüber gesprochen, wie trocken das Essen hier ist.« Sie stocherte in ihrer Schüssel mit Reis und Fisch herum. »Ich muss mit jedem Bissen einen Schluck Wasser trinken, sonst krieg ich das Zeug nicht runter.«

»Trocken?«, rief Jacob ungläubig. »Du machst Witze! Durch die Luft hier *trieft* es nur so.«

»Das kann auch nur ein Trockensiedler sagen«, schnaubte Hali.

Mariko legte den Kopf schief, und ihre kurzen Locken hüpften auf und ab. Sie und Dexter hatten beide mitternachtsblaue Haut, aber Marikos war von leuchtend gelben

Streifen durchzogen, während Dexters Haut große Flecken schillernder Schuppen aufwies, die bei jeder Bewegung im Licht schimmerten. »Also, ich weiß nicht. Für mich ist es genau richtig. Nicht zu trocken, nicht zu matschig«, sagte Mariko.

Dexter nickte. »Ist kein Feinschmeckergericht aus Ankerhaven, aber ich hab nichts zu meckern. Außerdem esse ich lieber fade Mahlzeiten, statt irgendwo als Haifutter zu enden.« Zusammen mit den WasserKriegern hatten Jacob und seine Freunde Dexter, Mariko und all die anderen halb-aquatischen Bewohner in Ankerhaven vor dem sicheren Tod bewahrt, nachdem die Sauerstoffzufuhr der Stadt zerstört worden war, und sie waren einfach nur dankbar, am Leben zu sein.

»Ihr findet, das hier ist fade?«, fragte Hali überrascht. »Also, viele Leute denken ja, dass Flutwesen verschiedene Geschmäcker gar nicht wahrnehmen können. Aber ich glaube, dass wir unterschiedlichen Aromen sogar *noch* besser herausschmecken als die Trockensiedler. Es gibt Tausende Arten Fisch, und viele Leute an der Oberfläche denken wahrscheinlich, dass sie alle so ziemlich gleich schmecken, aber für mich gibt es einen meerweiten Unterschied zwischen Forelle und Heilbutt …«

Wieder bemerkte Jacob, dass er in Gedanken von der Unterhaltung abschweifte. Seine ehemalige Lehrerin, Miss Petersyn, hätte ihm wahrscheinlich eins auf die Finger gegeben, weil er nicht richtig zuhörte, doch sie war weit, weit weg. Würde er sie jemals wiedersehen?, fragte er sich plötzlich. So viel hatte sich in solch kurzer Zeit verändert, dass er kaum Gelegenheit gehabt hatte, alles richtig zu verarbeiten. Kaum Zeit gehabt hatte, tatsächlich zu begreifen, dass nichts je wieder wie früher sein würde.

War es wirklich erst ein paar Tage her, dass er als einsamer kleiner Junge hoch oben auf der obersten Etage der Turmfestung, dem gewaltigen, pyramidenartigen Bau, gelebt hatte? Er versuchte, zurückzurechnen, musste jedoch feststellen, dass er alles Zeitgefühl hoffnungslos verloren hatte.

»Ich hab absolut nichts gegen das Essen«, sagte Sim, als Jacob wieder mit halbem Ohr hinhörte. »Ich würde Reis und Fisch zu jeder Mahlzeit in Kauf nehmen, selbst wenn es matschig wäre. Und wisst ihr, warum? Weil ich hier wenigstens weiß, dass ich mich unter Freunden befinde. Das Essen in der Turmfestung – zumindest das, was wir uns leisten konnten – war sowieso ungenießbar.« Aus dem Augenwinkel sah Jacob, wie Dexter Sim einen festen Knuff in die Seite gab, und nach einem begriffsstutzigen Moment verstand er, dass Dexter den Knuff wegen ihm ausgeteilt hatte. Inzwischen wussten alle, dass Jacob und Tristan Sato Overlands Neffen waren. Die Turmfestung in ihrer Gegenwart zu erwähnen glich dem Herumstochern in einer offenen Wunde. Jacob war Sim jedoch nicht böse. Wahrscheinlich hatte der einfach nicht daran gedacht. Und selbst *wenn* er daran gedacht hatte, erzählte er nur die Wahrheit.

Jacob bezweifelte keine Sekunde, dass das meiste Essen in der Turmfestung wahrscheinlich ungenießbar gewesen ist – zumindest das Essen, zu dem normale Leute Zugang hatten, nicht das, was er, Tristan und Sato oben in ihrem erhabenen Wohnreich verspeist hatten. Der Gedanke verstärkte seine Schuldgefühle noch, aber er sah keinen Sinn darin, es zu leugnen, noch nicht einmal vor sich selbst.

Jacob fühlte, dass Halis Blick auf ihm ruhte, sie seine Gedanken las, wie sie es immer wieder schaffte, aber er stellte sich vor, dass er eine Mauer errichtete, um sie vom Eindringen in seinen Kopf abzuhalten. Über gewisse Dinge wollte er einfach nicht sprechen, nicht einmal mit ihr. Gerade überlegte er, was er zu Sim sagen könnte, um dessen Gewissen zu beruhigen, als ein markerschütterndes Heulen durch das U-Boot tönte. Jacob wollte sogleich von seinem Stuhl aufspringen.

»Bleib locker«, sagte Sim. »Das ist nur die Ankündigung einer Durchsage.«

»Ich bin locker«, sagte Jacob und strich seine Kleidung glatt. »Total locker.« Das Herz schlug ihm so heftig gegen die Rippen, dass er schon fürchtete, man würde es mit bloßem Auge erkennen. Er war *absolut nicht* locker, doch der Schreck hatte ihn zumindest aus seinen düsteren Gedanken gerissen.

»Achtung, bitte«, dröhnte eine Stimme durch ein paar Lautsprecher und klang dabei, als befände sie sich am anderen Ende eines kalten Metalltunnels. »Alle an Bord, die aktuell nicht im Dienst sind, begeben sich bitte augenblicklich für eine Notfallbesprechung zu Gemeinschaftsraum 1.« Der Lautsprecher knackte und verstummte.

Sofort stand Sim auf. »Ihr habt die Durchsage gehört – lassen wir die anderen besser nicht warten.«

Jacob und Hali erhoben sich ebenfalls, kurz darauf gefolgt von Dexter und Mariko. »Worum geht es denn?«, fragte Mariko. »Hat jemand eine Idee?«

Sim schüttelte den Kopf. »Nicht so richtig. Aber es muss ja was mit den WasserKriegern zu tun haben, oder? Und wenn sie eine Notfallbesprechung einberufen, ist es bestimmt wichtig sein. Also, gehen wir.«

Jacob folgte Hali und den anderen einen schmalen, niedrigen Gang entlang, der zum Bug der *Manta* führte. Es tat ihm leid, dass es Hali solche Mühe bereitete, sich außerhalb des Wassers zu bewegen. Ihre Beine waren so lang und ihre gerade eben funktionstüchtige Lunge so schwach, dass sie halb gebückt laufen und sich mit beiden Händen an den Metallhandläufen der Gänge festhalten musste. Bis sie an Gemeinschaftsraum 1 angekommen waren, dem größeren der beiden Versammlungsräume, keuchte Hali leise.

Die etwa zwei Dutzend Leute, die nacheinander den Raum betreten hatten, standen nun Schulter an Schulter. Jacob stellte sich auf die Zehenspitzen und hüpfte ein paarmal hoch, um über die Köpfe der Leute blicken zu können, suchte in der Menge nach Tristan. Doch er konnte ihn nirgends entdecken. Er stupste Hali in den Rücken und fragte: »Siehst du meinen Bruder irgendwo?«

Hali richtete sich zu ihrer vollen Größe auf, so dass ihr Kopf die Decke streifte, und spähte im Raum umher. »Nein«, sagte sie leise. »Tut mir leid.«

Jacob durchfuhr ein sorgenvoller Stich. Das war nicht die erste Versammlung, die Tristan verpasste.

Gleich nachdem Jacob und Hali seinen Bruder aus Ankerhaven gerettet hatten, ging es Tristan augenscheinlich gut. Dabei war er entführt und einem gefährlichen Experiment unterzogen worden, bei dem er sich innerhalb von achtundvierzig Stunden von einem Luftatmer zu einem voll-aquatischen Flutwesen umgewandelt hatte – ein Prozess, der normalerweise mehrere Wochen dauerte. Es hatte sogar den Anschein gehabt, als wäre er begeistert über die Veränderung seines Körpers gewesen und als freute er sich auf das neue Leben, das nun für ihn begann. Doch dann stellte sich heraus, dass es ihm überhaupt nicht gut ging.

Nachdem das Adrenalin nach der Flucht aus Ankerhaven aus seinem Körper gewichen war, versank Tristan in ein tiefes, dunkles Loch. Die letzten zwei Male, als Jacob ihn suchen gegangen war, hatte er ihn im Schleusenbecken der *Manta* gefunden, einem breiten Raum in der Nähe des Bugs, der mit Meerwasser gefüllt war und von dem aus eine Luke in die offene See führte. Beide Male war Tristan dort mit King umhergeschwommen, Jacobs hochintelligentem Seelöwen-Freund, und mit Blabber, einem Riesenmaulhai, der Halis Haustier war.

Tristan hatte behauptet, dass er nur ein bisschen Bewegung brauchte und King und Blabber Gesellschaft leisten wollte, doch Jacob wusste es besser. Er versteckte sich. Vor Jacob, vor den WasserKriegern – vor allen.

Jacob fiel einfach nichts ein, womit er Tristan helfen könnte, sich besser zu fühlen. Er verstand nicht einmal, was genau mit ihm los war. Aber vielleicht war das alles auch gar nicht verwunderlich. Tristan hatte ein Experiment überlebt, dem sich in der Geschichte der menschlichen Spezies nie zuvor jemand unterzogen hatte. Vielleicht war das eine zu erwartende Reaktion darauf. Vielleicht musste Jacob einfach geduldig sein.

Nur war Geduld leider nicht seine größte Stärke.

Hali lehnte sich weit genug hinunter, um Jacob ins Ohr zu flüstern: »Mach dir keinen Kopf«, sagte sie, woraufhin Jacob sich fragte, ob ihm die Sorge *so* deutlich ins Gesicht geschrieben stand oder ob Hali doch seine Gedanken lesen konnte. »Es wird ihm bald besser gehen. Wenn das hier vorbei ist, kannst du ja mal nach ihm sehen.«

Jacob nickte. Hali stupste ihm aufmunternd gegen die Schulter und richtete sich dann wieder auf.

»Danke, dass ihr alle so schnell hergekommen seid«, sagte eine stämmige, hellhäutige Trockensiedlerin, die Jacob als Kira Redtree erkannte. Kira war eine der WasserKrieger-Anführerinnen, die er kurz nach ihrer Ankunft auf der *Manta* kennengelernt hatte. Sie löste sich aus der Menge, ging zum vorderen Teil des Raumes und wandte

LESEPROBE

sich schließlich den Leuten zu, indem sie sich auf ein kleines Podium lehnte. Sie hatte die Lippen zu einer schmalen Linie zusammengepresst und blickte finster drein. »Keiner hört gern schlechte Nachrichten«, sagte Kira, »aber wir machen gerade schwere Zeiten durch, Leute, und da es sich um die Wahrheit handelt, ist es nicht nur so dahingesagt, wenn ich euch mitteile: Eine Situation muss erst viel schlimmer werden, bevor sie sich bessern kann.«

Ein Raunen lief durch die Menge.

»Das ist wohl sicher«, murmelte einer.

»Erzähl uns mal was Neues«, sagte ein anderer.

»Wir haben heute Abend Neuigkeiten von der Turmfestung erhalten«, fuhr Kira fort. »Und die werden euch nicht gefallen. Die WasserKrieger haben es dort nie leicht gehabt, aber jetzt hat sich die Situation drastisch verschlechtert. Jeder, der mit den WasserKriegern in Zusammenhang steht: Freunde, Familie, sogar Kollegen – jeder, der auch nur *irgendeine* Verbindung zu ihnen aufweist –, wird festgenommen und in den Knast geworfen.«

Nun klang das Raunen verärgert. Hinter Jacob rief ein Mann: »Mit welcher Begründung denn?«

Kiras Miene verdunkelte sich noch mehr. »Das scheint keine Rolle zu spielen. Die Sicherheitskräfte erfinden inzwischen einfach irgendwelche Vergehen.«

Aus der Menge ertönten noch mehr Rufe, und innerhalb von Sekunden war der Gemeinschaftsraum von wütenden Schreien erfüllt. Kira Redtree hob die Arme. »Ruhe! Seid bitte alle still!« Es dauerte bestimmt eine Minute, dann versank die Masse in verbittertes Schweigen. »Natürlich können wir das nicht dulden.«

»Und was wollen wir dagegen tun?«, rief eine Frau von der linken Seite herüber.

»Na, was glaubt ihr?«, erwiderte Kira. »Wir holen sie da raus, wir geben unseren Leuten die Freiheit zurück!«

Diesmal erklangen Jubelrufe. Normalerweise wäre Jacob mit eingefallen, aber sein Kopf schwirrte, erinnerte sich an alles, was er über das Sicherheitssystem der Turmfestung wusste. Denn er hatte in seinen Jahren als Neffe des Gouverneurs ziemlich oft heimlich herumgestöbert. *Bitte um freiwillige Meldungen*, flüsterte die Stimme in seinem Kopf. *Du weißt genau, dass du das willst, Kira. Du musst es tun. Bitte um freiwillige Meldungen. Nun mach schon!*

Kira Redtree sagte: »Das wird ein *außerordentlich* gefährliches Unterfangen. Daher bitte ich ausschließlich um freiwillige Meldungen.«

Fünf Leute riefen durch den Raum, erklärten ihre Bereitschaft, ihre *Begierde*, mitzugehen. Sim, der neben Jacob stand, war einer von ihnen. Jacob holte Luft, um genau dasselbe zu tun – doch dann hielt er inne.

Konnte er wirklich zur Turmfestung zurückkehren?

An diesen Ort, an dem sein Onkel im Grunde allmächtig war?

Vergiss nicht, wie gerne er dich und Tristan tot sehen will, meldete sich die Stimme in seinem Kopf erneut, und Jacob musste den Impuls unterdrücken, laut zu entgegnen: »Würdest du vielleicht endlich mal die Klappe halten?!«

Er hoffte, dass man das Zittern seiner Hand nicht sehen konnte, als er sie hob. »Kira? Hey, siehst du mich?« Die Menge zwischen Jacob und Kira teilte sich, als die Köpfe sich umwandten, um nachzusehen, wer gesprochen hatte.

»Ja, jetzt sehe ich dich«, sagte Kira, eine Augenbraue hochgezogen.

Jacob räusperte sich. »Ich weiß wahrscheinlich mehr über das Sicherheitssystem der Turmfestung als jeder andere hier im Raum«, sagte er, sprach dabei so laut, wie es seine flatternden Nerven erlaubten. »Vielleicht sogar mehr als jeder hier auf diesem U-Boot. Ich muss mit auf diese Mission.«

»Wenn er geht«, rief Hali, »komme ich auch mit.«

Kira blickte zwischen ihnen hin und her, als wollte sie den beiden noch eine letzte Chance zum Rückzug geben. Als keiner von ihnen die Gelegenheit wahrnahm, fuhr sie fort: »Also gut. Dann haben wir unseren Rettungstrupp beisammen.« Sie klatschte laut in die Hände. »Alle Freiwilligen treffen sich mit mir in Gemeinschaftsraum 2! Wir müssen den Plan besprechen und haben nur sechs Stunden Zeit, um alle Schwachstellen zu finden!«

Jacobs Herz zog sich vor Aufregung und Angst gleichermaßen zusammen. In sechs Stunden würde er zurückkehren. Dahin, wo alles begonnen hatte. Zurück nach Hause.